팡쓰치의 첫사랑 낙원

FANG SI-QI'S FIRST LOVE PARADISE(房思琪的初戀樂園)
by Lin Yi-Han(林奕含)

팡쓰치의 첫사랑 낙원

Fang Si-Qi's
First Love Paradise

린이한 장편소설
허유영 옮김

'천사를 기다리는 소녀'와 B에게 바칩니다.

실화를 바탕으로 쓰다.

차례

일러두기

* 책 하단의 모든 주는 옮긴이주입니다.
* 이 책에서 위안은 대만의 화폐단위(NTD)입니다.

1

낙원

樂園

나이가 어려서 제일 좋은 점은 아무도 자기 말을 진지하게 들으려 하지 않는 것이라고, 류이팅劉怡婷은 생각했다. 사실을 부풀려 얘기할 수도 있고, 약속을 지키지 않을 수도 있고, 심지어 거짓말을 해도 괜찮았다. 그건 어른들의 반사적인 자기 보호이기도 했다. 아이가 진실을 말해도 어른들은 어린아이의 철없는 소리일 뿐이라며 귀담아듣지 않는다. 반복된 좌절감에 학습된 아이는 사실을 말하는 아이에서 선택적으로 사실을 말하는 아이로 변하고, 그러면서 어른이 된다.

말을 했다가 꾸지람을 들은 건 호텔 레스토랑에서가 유일했다. 어른들은 모였다 하면 늘 따분한 음식을 먹었다. 광이 나도록 닦은 변기 속 대변처럼 해삼이 새하얀 본차이나 접시 위에 누워 있었다. 류이팅은 그걸 잇새로 밀어 넣었다가 도로 접시에 뱉어내고는 숨이 넘어가게 웃었다. 엄마가 왜 웃느냐고 묻자 비밀이라고 했다. 엄마가 목소리를 높여 다시 묻자 그녀는 "꼭 오럴섹스하는 거 같아"라고 말했다. 엄마가 꾸중하며 창가에 가서 서 있으라고 했다. 팡쓰치房思琪가 자신도 함께 벌을 받겠다고 하자 엄마가 화를 누그러뜨리며 팡쓰치 엄마에게 말치레를 하기 시작했다. 류이팅은 "이렇게 착한 딸을 둬서 얼마나 좋으세요?" 같은 말들이 무의미한 조사의 연속보다도 못하다는 걸 잘 알고 있었다. 같은 아파트 한 층에 살고 있었기 때문에 이팅은 잠옷에 슬리퍼 차림으로 쓰치를 찾아가곤 했다. 간식을 들고 가든 숙제노트를 들고 가든 쓰치 엄마는 오랜만에 돌아온 자식을 반기듯 그녀를 반갑게 맞이했다. 휴지 한 장으로도 하룻밤을 놀 수 있었다. 아이에서 어른으로 넘어가는 나이였지만 둘만 있을 때는 헝겊인형을 가지고 놀아도 부끄럽지 않았다. 굳이 포커나 체스만 가지고 노는 척할 필요도 없었다.

이팅과 쓰치가 나란히 호텔 고층의 커다란 유리 앞에 섰다. 쓰치가 소리 없이 입 모양으로 물었다.

'왜 그랬어?'

이팅이 입을 벙긋거렸다.

'똥 같다고 하는 것보단 똑똑해 보이잖아.'

이팅은 자신이 이해하지 못하는 단어를 사용하는 것이 죄라는 걸 시간이 한참 흐른 뒤에야 알았다. 예를 들면 가슴속에 사랑이 없는데도 사랑한다고 말하는 것처럼. 쓰치가 입술을 오물거리며 저 아래로 펼쳐진 가오슝 항구를 내려다보았다. 고래처럼 큰 화물선 앞에서 새우처럼 작은 파일럿 보트가 길을 안내했다. 작은 배와 큰 배가 짝을 지어 브이v 자로 물결을 가르며 줄을 섰다. 항구 전체가 다리미로 주름을 펴고 있는 파란 셔츠 같았다. 두 소녀는 왠지 조금 쓸쓸해졌다. 둘이 짝을 이룬다는 건 아름다운 일이었다.

어른들이 디저트를 먹으라며 소녀들을 테이블로 불렀다. 쓰치가 아이스크림 위에 깃발처럼 꽂힌 엿 장식을 이팅에게 주자 이팅이 입을 오물거렸다.

'먹기 싫은 걸 나한테 주지 마.'

쓰치가 화가 나서 입 모양이 점점 커졌다.

'나 엿 좋아하는 거 알잖아.'

'그럼 네가 먹든가.'

쓰치는 체온에 녹아 손가락에 들러붙은 엿을 손가락과 함께 입에 넣고 빨았다. 이팅이 소리 죽여 큭큭거렸다.

'못생겼어.'

쓰치는 '네가 더 못생겼어'라고 받아치려 했지만 입술까지 나왔던 말을 엿과 함께 삼켰다. 이팅에게 말하면 정말로 놀리는 말이 되기 때문이다. 이팅도 쓰치의 생각을 읽었다. 얼굴에 번졌던 웃음이 찰나에 바스러지고 두 소녀 사이에 메마른 사막이 생겼다.

첸錢씨 할아버지가 말했다.

"예쁜 소녀들에게 무슨 일이 있누?"

이팅은 '예쁜 소녀들'이라고 불리는 걸 제일 싫어했다. 그런 계산적인 호의에 반감을 느꼈다.

우吳씨 아주머니가 말했다.

"요즘 애들은 사춘기가 너무 빨라요."

천陳씨 아주머니가 말을 받았다.

"우린 곧 갱년기네요."

리李 선생님이 말했다.

"요즘 아이들은 우리 때랑 달라서 여드름도 안 나더군요!"

테이블에 둘러앉은 사람들의 입이 마르지 않는 분수가 된 듯 쉬지 않고 웃음소리를 뿜어냈다. 사라지는 청춘이라는 화제는 어른들이 둥글게 서서 손을 잡고 추는 춤과 같았다. 이팅과 쓰치는 그 대화에 소환된 적이 없었다. 원래 가장 견고한 원은 밖으로 밀어내는 힘이 강한 원이다. 몇 년이 흐른 뒤 이팅은 사라질 청춘을 가진 건 어른들이 아니라 바로 자신들이라는 걸 알았다.

다음 날 두 소녀는 언제나처럼 금세 화해하고 엿처럼 붙어 다녔다.

어느 해 봄, 몇몇 사람들의 제안으로 아파트에서 봉사활동을 했다. 주민들이 돈을 모아 원소절*에 노숙자들에게 탕위안**을 대접하기로 했다. 같은 학군에서도 그들의 아파트 단지는 유독 눈에 띄었다. 자전거를 타고 단지 앞을 지나가면 자전거가 움직이는 것이 아니라 웅장한 그리스식 기둥이 줄지어 행진하는 것 같은 착각이 들었다. 뉴스를 본 친구들이 이팅 뒤에서 부잣집 아이라고 쑤군댔다. 이팅은 빗속에서 울고 있는 강아지가 된 기분이었다. 너희가 뭔데 우리 집을 놀리느냐고 쏘아붙이고 싶었다. 그 후로 한 주에 한 번 사복을 입고 등교하는 날에도 이팅은 혼자 교복을 고집했고 체육 수업이 있든 없든 매일 똑같은 운동화를 신었다. 발이 너무 빨리 자라서 새 신발을 사야 한다는 게 속상할 뿐이었다.

아파트 아주머니들이 모여 탕위안 봉사에 대해 상의하던 중에 우씨 아주머니가 원소절이 마침 주말이니 아이들도 함께하는 게 어떻겠느냐고 했다. 다른 아주머니들도 아이들에게 자선의 의미를 가르쳐줄 수 있으니 좋은 생각이라며 동의했다. 그 소식을 듣고 이팅은 가슴이 서늘해졌다. 어떤 손이 자기 배 속으로 쑥 들어와 성냥개비를 그어 불을 밝히고 뱃가

* 元宵節 음력 1월 15일.

** 湯圓 중국에서 원소절에 먹는 찹쌀경단.

죽 안쪽에 시를 새기는 것 같았다. 자선이라는 말이 무슨 뜻인지 몰라 사전을 찾아보니 이렇게 쓰여 있었다. '선량하고 남을 동정하는 마음. 양간문제梁簡文帝 때 오군吳郡의 석상에 '도를 닦으려면 자비심이 있어야 하고 신령함을 느끼려면 마음을 들여다보아야 한다'고 새겨져 있다.' 아무리 봐도 엄마가 말한 것과는 다른 것 같았다.

이팅은 사람이 경험할 수 있는 가장 좋은 감정은 노력만 하면 그에 합당한 대가를 얻을 수 있다는 믿음이라고 생각했다. 그런 믿음이 있으면 노력을 할 때든 하지 않을 때든 즐거웠다. 친구들에게 모르는 문제를 가르쳐주고, 필기한 노트를 베끼도록 빌려주고, 붓글씨나 만들기 숙제를 도와주었다. 그녀는 그런 일에 너그러웠다. 남에게 베푼다는 우월감 때문은 아니었다. 그녀의 노트가 친구들 사이에서 돌아다니며 여러 가지 글씨체로 옮겨졌다. 비눗방울처럼 동글동글한 글씨, 덜 익은 국수처럼 옹이가 있는 글씨 등등. 노트가 돌고 돌아 다시 자기 손으로 돌아올 때면 그녀는 노트가 제각각 다르게 생긴 아기를 낳고 돌아왔다고 상상했다. 쓰치도 누가 노트를 빌려달라고 하면 이팅의 노트를 빌리라고 추천해주었다. 그럴 때마다 둘이 마주보며 빙긋 웃었다. 다른 누가 알아줄 필요도 없었다.

그해 겨울은 유난히 늦게 왔고, 원소절이 되도록 추위가 물러가지 않았다. 큰길에 천막을 펼쳐놓고 첫 번째 아이가 소금국을 떠주면 두 번째 아이는 짠 탕위안을 넣어주고, 세 번째 아이가 설탕국을 떠주면 네 번째인 이팅이 단 탕위안을 넣어주었다. 포동포동한 탕위안이 얌전하게 떠오르면 그걸 국자로 떠서 담아주었다. 팥소를 넣어 빚은 탕위안의 통통한 얼굴이 앙증맞았다.

'자선의 의미를 배운다고? 봉사심을 기를 수 있다고? 선량함? 동정심?'

이팅이 이런 생각을 하고 있을 때 사람들이 속속 찾아왔다. 찬바람에 절로 얼굴이 실그러졌다. 처음 온 사람은 할아버지였다. 그의 몸에 걸친 건 옷이라고 부를 수 없는, 백 번 양보해도 천 조각이라고밖에 부를 수 없는 것이었다. 바람이 불자 때에 찌든 천 조각이 문어발 모양 광고지처럼 펄럭였다. 당장이라도 찢어질 듯한 행색이었다.

이팅은 또 생각했다.

'아, 내가 무슨 자격으로 남의 인생을 함부로 비유하지? 좋아. 내 차례야.'

할아버지 국에 탕위안 세 개를 넣어주고 테이블로 안내했다. 리 선생님은 3이 길한 숫자라고 했다. 선생님은 아는 게 많았다.

예상보다 사람이 많았다. 남에게 적선하는 것 같은 죄책감과 부끄러움 때문에 밤새 뒤척였지만 많은 사람들의 방문에 찜찜한 기분도 희석되었다. 사람들을 무언가에 비유하지 않으려 노력하며 미소 띤 얼굴로 탕위안을 담았다. 갑자기 앞쪽이 시끄러워졌다. 한 아저씨가 두 개만 더 줄 수 있느냐고 물었는데 짠 탕위안 담당인 샤오쿠이小葵가 찬바람에 굳어진 얼굴로 아무 대꾸도 하지 않은 모양이었다. 이팅은 샤오쿠이의 대답을 들은 것 같았지만, 그녀가 판단할 문제가 아니었다. 아저씨가 말없이 다음 순서로 옮겼다. 그의 침묵은 방금 전 소동이 일었던 붉은 비단 위에 떨어진 보석처럼, 묵직하게 그들의 마음을 짓눌렀다. 이팅은 무서웠다. 탕위안을 더 담아줄 수 있었지만 샤오쿠이를 나쁜 아이로 만들고 싶지는 않았다. 플라스틱 식판을 받아들고 생각할 겨를도 없이 탕위안을 담았다. 식판을 돌려줄 때 탕위안 하나가 더 들어갔다는 걸 알았다. 무의식중에 저지른 실수였다. 뒤를 돌아보니 샤오쿠이가 그녀를 보고 있었다.

한 아주머니가 비닐봉지를 내밀며 집에 가서 먹을 테니 싸 달라고 했다. 그 아주머니에게서는 방금 전 아저씨와 아주머니들에게서 나던 '수해 지역의 냄새'가 나지 않았다. 예전에 태풍으로 수해가 발생했을 때 차를 타고 수해 지역을 지나간 적이 있었다. 무엇을 보았는지는 기억나지 않지만 코는 그 냄새를 기억하고 있었다. 그렇다. 탕위안을 받으러 온 아저씨와 아주머니들에게서는 울타리에 엎드린 채 탁류에 떠내려가던 돼지 냄새가 났다. 더 깊이 생각할 수 없었다. 이 아주머니에게 집이 있다면 노숙자가 아닐 것이다. 역시 더 깊이 생각할 수 없었다.

한 아주머니가 와서 옷을 줄 수 있느냐고 묻자 샤오쿠이가 어른들에게 묻지도 않고 잘라 말했다.

"여긴 탕위안밖에 없어요. 탕위안을 몇 개 더 드릴 순 있어요."

아주머니의 얼굴 위로 멍한 표정이 물감처럼 느리게 번졌다. 탕위안과 옷이 줄 수 있는 온기를 비교하고 싶지만 그럴 수 없는 것 같았다. 아주머니는 멍한 표정을 얼굴에 건 채 그릇 두 개를 들고 천막 안으로 들어갔다. 천막 안에 점점 사람이 차기 시작했다. 사람들의 얼굴이 붉은 천막에 투사되어 들어온 불쾌한 햇빛을 받아 수줍게 달떴다.

쓰치는 사람들을 자리로 안내하고 쓰레기 치우는 일을 맡았다. 이팅이 쓰치를 불러 오전 내내 화장실을 한 번도 못 가서 급하다며 잠시 자리를 지켜달라고 했다. 쓰치가 교대하며 나중에 자기 일도 도와달라고 했다.

갈림길 두 개를 지나 집에 도착했다. 1층 로비의 천장이 천당처럼 높았다. 로비 화장실로 들어가다가 리 선생님의 부인이 시시晞晞를 혼내는 걸 보았다. 화장실로 향하는 복도를 등지고 소파에 앉아 있던 그녀가 이팅을 흘긋 보더니 소파 앞 테이블에 탕위안 그릇을 내려놓았다. 탕위안이 빨간 플라스틱 그릇의 가장자리까지 수북하게 담겨 있었다. 시시의 울음 섞인 한마디가 이팅의 귓속으로 빨려 들어왔다.

"노숙자도 아니면서 받아가는 사람들이 있어."

이팅은 갑자기 요의가 사라졌다. 화장실 거울에 비친 자신을 응시했다. 넙데데한 이목구비 위에 주근깨가 잔뜩 뿌려져 있고 얼굴형은 거의 정사각형에 가까웠다. 쓰치가 그녀에게 아무리 봐도 질리지 않는 얼굴이라고 말할 때마다 이팅은 이렇게 대답했다.

"원래 볼품없는 음식이 안 질리는 법이잖아."

화장실 거울의 테두리가 금색 바로크풍 무늬로 장식되어 있었다. 이팅의 키로 거울 앞에 서면 바로크 시대의 반신 초상화처럼 보였다. 한나절 동안 펴지 못했던 가슴을 쭉 폈다가 누가 볼세라 얼른 몸을 굽혀 세수를 했다. 못생긴 여자아이가 거울 앞에서 자기 모습을 이리 저리 비추어보는 광경이 얼마나 우스꽝스러울까. 시시는 몇 살일까? 이팅과 쓰치보다 두세 살 어린 것 같았다. 리 선생님은 그렇게 멋진데 시시는 리 선생님을 닮은 구석이 없었다. 화장실에서 나오니 방금 전의 모녀도 보이지 않고 탕위안 그릇도 없었다.

소파 등받이 위로 곱슬곱슬한 머리 두 개가 보였다. 뭉게구름 같은 머리들은 하나는 붉고 하나는 회색이었다. 붉은 머리는 10층 리李씨 아주머니인 것 같지만 회색 머리는 짐작되는 사람이 없었다. 귀금속 느낌의 회색이었다. 전체가 회색인지, 백발 사이에 흑발이 섞여 회색으로 보이는 건지 확실하지 않았다. 이팅은 색상의 오묘한 차이를 감상하는 걸 좋아했다. 세상에서 흑과 백이 분명한 일일수록 잘못되기 쉬운 법이다.

곱슬머리 두 개가 점점 내려가 소파 등받이 너머로 사라지더니 골짜기에서 별안간 솟구쳐 오르는 매—매가 부리를 벌려 의기양양한 울음소리를 내면 부리 사이에 끼어 있던 먹잇감이 뚝 떨어진다—처럼 또랑한 목소리가 불쑥 튕겨져 나왔다.

"뭐라고? 그렇게 젊은 마누라를 왜 때려?"

리씨 아주머니가 목소리를 눌러 속삭였다.

"그러게 말이야. 안 보이는 데만 골라서 때린대."

"그걸 어떻게 알았어?"

"그 집 가사도우미를 내가 소개했잖아. 첸성성錢昇生도 일하는 사람 입단속은 못한 거지. 세상에 시집온 지 이 년도 안 된 며느린데. 첸 영감은 회사에만 별일 없으면 다른 건 신경 안 쓰나 봐."

이팅은 자신이 매를 맞은 것 같아 더 듣고 있을 수가 없었다.

눈을 감고 살금살금 걸어 밖으로 나왔다. 찬바람이 얼굴을 때렸다. 중의학을 믿지 않던 사람이 양의학으로 치료해도 효과를 보지 못하자 얼굴 전체에 침을 맞은 것처럼 따끔거렸다. 이원伊紋 언니가 따뜻한 날에도 긴소매 터틀넥을 입는 이유를 이제 알 것 같았다. 멍든 피부만이 아니라 곧 멍들게 될 피부도 드러낼 수 없었던 것이다. 시간이 더디게 흘렀다. 이팅은 오늘 하루 동안 늙어버린 기분이었다.

길모퉁이에서 쓰치가 그녀의 시야 안으로 불쑥 뛰어들었다.

"도와주겠다고 해놓고 왜 이제 와?"

"미안해. 배가 아팠어."

너무 뻔한 핑계라는 생각을 하며 이팅은 쓰치에게 화장실에 가는 길이냐고 물었다. 쓰치의 눈에 눈물이 왈칵 차올랐다.

"집에 가서 옷 갈아입고 오려고. 일기예보에서 오늘 추울 거라고 했어도 새 외투를 입지 말았어야 했어. 옷도 제대로 입지 못한 사람들을 보니 나쁜 짓을 한 것 같아."

이팅이 쓰치를 끌어안았다.

"헌 옷은 작아서 못 입잖아. 네 잘못이 아니야. 우리 나이에는 빨리 자라는 게 정상이야."

둘이 웃음을 터뜨리며 서로에게 기댔다. 아름다운 원소절이 그렇게 지나갔다.

첸성성은 여든 살이 넘은 돈 많은 노인이었다. 대만 경제가 비약적으로 발전하던 시절에 그 역시 돈을 벌었다. 이 고급 아파트에서도 부자로 통했고 대만 사람이라면 누구나 그의 이름을 한 번쯤 들어보았을 정도였다. 그의 늦둥이 아들 첸이웨이錢一維는 류이팅과 팡쓰치가 엘리베이터에서 마주치고 싶어하는 오빠였다. 그를 오빠라고 부르는 건 어서 어른이 되고 싶은 열망의 표현이자, 그의 외모에 대한 찬사였다. 이팅과 쓰치는 자기들끼리 이웃의 외모 순위를 매긴 적이 있다. 1위는 리 선생님이었다. 우수에 찬 듯 깊은 눈동자와 날렵한 눈썹, 훌륭한 글솜씨와 문학, 철학, 역사 등 다방면의 박식함을 지니고 있었다. 2위는 첸이웨이였다. 미국 동부 억양의 영어를 네이티브처럼 구사하는 데다 손을 뻗으면 하늘에 닿을 듯 키가 훤칠했다. 그 둘을 제외하면 눈에 띄는 사람이 없었다. 안경알에 먼지와 각질을 잔뜩 묻히고 다니거나, 울타리 같은 은테 안경을 걸치고 다니거나, 키는 크지만 억지로 잡아 뽑은 쭉정이처럼 볼품이 없었다. 어떤 사람은 바람 같고 또 어떤 사람은 비 내리는 숲 같았다. 같은 또래 남학생들은 명단에 끼지도 못했다. 동화책을 읽는 애들에게 프루스트 얘기를 할 수는 없지 않은가?

첸이웨이는 40대이므로 오빠뻘은 아니었다. 그의 아내인 20대의 쉬이원許伊紋은 명문대학에서 비교문학 박사과정을 밟던 중 결혼으로 학업을 그만두었다. 계란형 얼굴에 눈은 놀란 사람처럼 크고 속눈썹은 무겁지 않을까 싶을 만큼 길었다. 미국에서 지내는 동안 영어뿐만 아니라 콧대까지 미국인을 닮은 듯 우뚝하고, 동화처럼 새하얀 피부 위로 동화처럼 보일 듯 말 듯 엷은 혈색이 돌았다. 어릴 적부터 눈화장을 어떻게 하느냐는 질문을 받을 때마다 화장하지 않은 속눈썹이라고 대답하기가 난처했다고 했다. 어느 날 이팅이 쓰치의 얼굴을 똑바로 응시하며 말했다.

"너 이원 언니랑 닮았어. 아니, 이원 언니가 널 닮았어."

그때는 농담으로 넘겼지만 그 후 엘리베이터에서 마주친 이원 언니의 얼굴을 자세히 들여다본 후 쓰치는 처음으로 그녀에게서 자신의 얼굴을 발견했다. 이원과 쓰치 모두 어린 양을 연상케 하는 얼굴이었다.

첸이웨이는 나무랄 데 없는 집안과 어느 각도에서 보든 근사한 외모, 미국 신사 같은 매너를 지녔지만 세계의 경찰을 자처하는 미국인의 오만함은 없었다. 쉬이원은 이해할 수가 없었다. 그런 남자가 왜 마흔이 넘도록 결혼하지 않았을까? 그는 지금까지 만난 여자들은 돈을 보고 접근하는 여자들뿐이어서 이번에는 돈이 많은 여자를 찾았다는 둥, 그녀는 지금까지 자신이 만난 여자 중 제일 아름답고 착한 여자라는 둥, 연애지침서의 말들을 그대로 가져다 붙였다. 쉬이원은 그 해명이 너무 직접적이기는 하지만 설득력이 충분하다고 생각했다.

첸이웨이가 '미불승수*'라는 사자성어로 쉬이원의 아름다움을 표현하자 그녀가 활짝 웃으며 말했다.

"알맞은 말은 아니지만 참 시적이네요."

그녀는 그 말이 그가 인용한 어떤 정확한 사자성어보다 더 정확하다고 생각했다. 마음속에서 물처럼 끓어오른 미소가 수증기가 되어 얼굴에 떠올랐다. 첸이웨이는 자신의 중국어 문법을 고쳐주는 그녀에게 매료되었다. 쉬이원은 가만히 앉아 있기만 해도 편의점에서 파는 49위안짜리 문고판 로맨스 소설의 표지를 연상시킬 만큼 아름다웠다.

그날도 두 사람은 초밥집에서 만났다. 쉬이원은 작은 체구만큼이나 식사량이 적었다. 유일하게 그녀가 한 입 가득 넣고 먹는 음식은 초밥뿐이었다. 마지막 접시가 나온 뒤 주방장이 손을 닦으며 도마 앞을 떠났다. 쉬이원은 이상한 예감이 들었다. 사레가 들릴 걸 알면서도 커다란 생강을 입에 넣은 기분이었다. 괜한 생각일 거라 생각했다. 첸이웨이가 무릎도 꿇지 않고 덤덤하게 말했다.

"나랑 결혼해요."

수많은 고백을 받아본 쉬이원이었지만 청혼은 처음이었다.

* 美不勝收 아름다운 것이 너무 많아 한눈에 다 볼 수 없다.

이 명령문을 청혼으로 간주할 수 있다면 말이다. 그녀는 생각을 정리하려는 듯 손으로 머리칼을 쓸었다. 두 사람은 겨우 두 달 남짓 데이트를 했을 뿐이었다. 모든 명령문을 약속으로 간주할 수 있다면 말이다.

쉬이원이 말했다.

"첸 선생님, 더 생각해볼게요."

쉬이원은 평소에 예약을 하지 않으면 식사하기 힘든 이 초밥집에 오늘따라 손님이 하나도 없다는 걸 그제야 깨닫고 멍청한 자신을 탓했다.

첸이웨이가 벨벳으로 감싼 보석함을 천천히 가방에서 꺼내자 쉬이원이 놀라서 큰 소리로 외쳤다.

"안 돼요, 이웨이. 보여주지 말아요. 그걸 보고 나면 나중에 내가 청혼을 받아들일 때 당신이 아니라 그 보석함 때문에 받아들이는 걸로 오해하지 않겠어요?"

실수했다는 걸 알았지만 말을 뱉어버린 후였다. 그녀의 얼굴이 주방장이 토치로 구워낸 대하처럼 붉어졌다. 첸이웨이가 말없이 웃기만 했다. 그녀가 청혼을 받아들일 거라고 했으므로, 그녀가 처음으로 그의 이름을 불러주었으므로, 그는 기다릴 수 있었다. 그가 보석함을 다시 가방에 넣었지만 쉬이원은 두 뺨의 열기가 쉬이 가라앉지 않았다.

정말로 그녀의 마음을 흔든 건 태풍이 들이닥친 날 그가 자신의 학교 앞에서 기다려준 일이었다. 학교 정문을 나서는데 검정색 차의 헤드라이트를 등진, 후리후리한 남자의 실루엣이 보였다. 커다란 우산이 발작하듯 떨리고 자동차 헤드라이트가 눈부신 촉수 두 가닥을 빗속으로 뻗었다. 촉수 안에서 비의 모기들이 광란의 춤을 추었다. 그 눈부신 촉수가 그녀를 더듬고 그녀를 꿰뚫었다. 그녀가 달려갔다. 레인부츠에 밟힌 웅덩이에서 물결이 출렁였다.

"미안해요. 당신이 올 줄 몰랐어요. 알았으면……. 우리 학교가 자주 침수돼요."

차에 오른 뒤에 보니 그의 푸른색 양복바지가 종아리까지 흠뻑 젖어 짙은 감색이 되어 있고 카페라테색 구두는 아메리카노색으로 변해 있었다. 그녀는 미생포주* 이야기를 떠올리며 속으로 결심했다. 마음이 흔들린다는 건 결코 가벼운 일이 아니었다. 두 사람은 얼마 안 가서 약혼했다.

결혼 후 쉬이원은 첸이웨이의 집으로 이사했다. 시부모는 꼭대기 층에 살고 첸이웨이 부부는 바로 아래층에 살았다. 이팅과 쓰치는 이원 언니의 집에 책을 빌리러 자주 가곤 했다. 이원 언니는 책이 아주 많았다.

* 尾生抱柱 미생이라는 남자가 다리 밑에서 만나기로 한 연인을 기다리는데, 비가 와서 물이 불어나는데도 피하지 않다가 결국 다리 기둥을 붙잡은 채 죽었다는 중국 고사.

이원이 쪼그려 앉아 두 소녀에게 말했다.

"내 머릿속에 더 많은 책이 들어 있어."

시어머니가 거실에서 텔레비전을 보고 있다가 혼잣말처럼 중얼거렸다.

"머릿속에 책을 넣지 말고 배 속에 애를 넣어야지."

텔레비전 소리가 그렇게 큰데 며느리의 말을 어떻게 들었는지 신기했다. 이팅은 이원 언니의 눈동자에서 빛이 사그라지는 것을 보았다.

이원은 이팅과 쓰치에게 책을 읽어주었다. 그녀가 중국어로 책을 낭독하는 소리가 채소를 씹는 것처럼 아삭아삭하게 들렸다. 한 글자도 대충 흘리는 법 없이 또박또박 읽었다. 이원에게 두 소녀는 핑계일 뿐 사실은 그녀 자신을 위해 책을 읽고 있다는 걸 두 소녀도 점점 알 수 있었다. 두 소녀는 자신들과 이원이 공모한 이 독서를 '청춘과의 귀향'이라고 불렀다. 두 소녀가 돛이 되어 예쁘고 강인하고 용감한 이원을 가려주고, 그녀의 욕망을 대신해 펄럭여주었으며, 욕망의 형태를 구체화해주었다. 저녁에 귀가한 첸이웨이가 양복 외투를 툭툭 털고 들어오다가 소녀들이 있으면 또 보모를 찾아왔느냐며 농담을 하곤 했다. 외투 안에 있는 셔츠 역시 그것을 입은 사람처럼 새로 풀 먹여 세탁한 향기가 났고, 이원을 바라보는 그의 눈빛은 낙원을 약속하는 듯했다.

이팅과 쓰치는 도스토옙스키를 읽었다. 처음에는 이원의 지도에 따라 연도별로 읽다가 《카라마조프 가의 형제들》까지 읽고 나자 이원이 말했다.

"《죄와 벌》의 라스콜리니코프와 《백치》의 미슈킨을 기억하니? 여기 나오는 스메르자코프처럼 모두 간질을 앓았어. 도스토옙스키 자신도 간질 환자였지. 그들은 도스토옙스키가 가장 그리스도에 가깝다고 생각한 인물들이야. 어떤 이유로 인해 사회화되지 못한 자연인이지. 그는 비사회인만이 비로소 인간이라고 생각했어. 비사회와 반사회가 다르다는 건 알고 있지?"

류이팅은 어른이 된 후에도 이원이 어린 그들에게 왜 그렇게 많은 얘기를 해주었는지 알 수 없었다. 또래 아이들은 아직 무라카미 하루키도 접하지 못했던 그때 이원은 어째서 두 소녀에게 도스토옙스키를 가르쳐주었을까? 일종의 보상심리였을까? 자신의 꺾이고 끊긴 곳을 이팅과 쓰치가 이어주기 바랐던 걸까?

어느 날 이원이 아래층 리 선생님 얘기를 했다.

"리 선생님에게 너희가 요즘 도스토옙스키를 읽고 있다고 말씀드렸어. 무라카미 하루키가 카라마조프 가의 세 형제 이름을 외우는 사람이 세상에서 몇 안 될 거라고 했다면서, 다음에 너희를 만나면 시험해보겠대. 드미트리, 이반, 알료샤야."

이팅은 쓰치가 왜 그 이름을 따라 외우지 않는지 의아했다. 첸이웨이가 귀가했다. 이원은 열쇠와 자물쇠가 맞물리는 소리를 눈으로 볼 수 있는 것처럼 문을 뚫어져라 응시했다. 이원은 첸이웨이의 손에 들린 종이백을 향해 너그러운 용서와 의문이 섞인 시선을 던졌다.

이원이 말했다.

"내가 제일 좋아하는 케이크네요. 당신 어머니가 내게 조금만 먹으라고 하는 음식이기도 하죠."

첸이웨이가 이원을 보며 웃었다. 얼굴 위로 돌멩이 하나가 툭 떨어진 듯 잔물결이 얼굴 전체로 번졌다.

"이거? 애들 주려고 산 거야."

이팅과 쓰치는 속으로 기뻤지만 본능적으로 음식에 담담한 듯 반응했다. 짐승처럼 보이고 싶지는 않았다. 방금 전까지 그들은 도스토옙스키를 읽고 있었다. 드미트리, 이반, 알료샤.

첸이웨이가 더 크게 웃었다.

"소녀들이라 낯선 아저씨가 사온 음식은 먹지 않겠군. 어쩔 수 없지. 내가 먹을게."

"아이들 놀리지 말아요."

이원이 쇼핑백을 낚아챘다.

이원의 손이 첸이웨이의 손에 살짝 스쳤을 때 그녀의 얼굴에 기묘한 표정이 스치는 것을 이팅은 보았다. 이팅은 그게 신혼 아내의 수줍음이라고 생각했다. 자신과 쓰치가 음식 앞에서 일부러 담담하게 행동하는 것처럼. 식욕과 성욕은 인간의 본성이라고 했으니까. 첸이웨이가 이원의 마음속에 두려움이라는 이름의 작은 짐승을 기르고 있고, 그 짐승이 이원의 마음을 휘젓고 다니며 모든 감각의 울타리를 향해 수시로 달려들고 있었다는 걸 이팅은 한참 후에야 알았다. 그건 고통의 몽타주였다. 이팅과 쓰치는 고등학교에 진학해 집을 떠난 후 첸이웨이가 이원을 때려 유산시켰다는 소식을 들었다. 이원의 시어머니가 그토록 바라던 아들이었다고 했다. 드미트리, 이반, 알료샤.

그들은 함께 둘러앉아 케이크를 먹었다. 서로의 생일에도 그렇게 즐겁게 보낸 적은 없었던 것 같았다. 첸이웨이는 일 얘기를 했다. 이팅과 쓰치는 상장, 주가, 인사 관리 같은 말들을 알아들을 수 없었지만 어른 대접을 받는 것이 좋았고, 잠시 어른이 되었다가 아이로 되돌아오는 느낌이 좋았다.

첸이웨이가 말했다.

"쓰치가 이원이랑 많이 닮았어. 이것 좀 봐. 눈매에 얼굴형, 눈빛까지 비슷해."

외모 이야기가 나오자 이팅은 혼자 동떨어진 기분이었다. 자기 앞에 있는 귀티 넘치는 얼굴들이 한 가족인 것 같아 울컥 화가 차올랐다. 자신이 세상 그 어떤 아이보다 더 많은 걸 안다 해도 스스로 예쁘다는 걸 아는 여자가 실의에 빠진 듯 고개를 숙이고 길을 걷는 심정이 어떤지는 영영 알 수 없을 것이다.

입시철이 다가왔다. 대부분은 집에서 가까운 학교를 선택했지만 이팅과 쓰치의 엄마는 딸들을 수도인 타이베이에 있는 학교에 보내 둘이 함께 자취하게 하기로 했다. 이팅과 쓰치는 거실에서 텔레비전을 보고 있었다. 고입고사가 끝난 뒤 텔레비전 프로그램이 갑자기 재미있어졌다.

이팅 엄마가 말했다.

"리 선생님이 일주일에 절반은 타이베이에 계신다는구나. 무슨 일이 있으면 리 선생님한테 도와달라고 해."

이팅은 쓰치의 등이 엄마의 말에 짓눌린 듯 더 구부정해지는 걸 보았다. 쓰치가 입만 벙긋거려 물었다.

'타이베이에 가고 싶어?'

영화관이 그렇게 많은 타이베이에 가고 싶지 않을 리가 없었다. 일은 일사천리로 진행되었다. 유일하게 애를 먹은 지점은 이팅과 쓰치의 부모가 타이베이에 사둔 집 중 어느 곳에서 자취를 시킬 것인가였다.

짐은 많지 않았다. 작은 아파트의 작은 유리창을 뚫고 들어온 빛의 터널 속에서 먼지 입자들이 너울거리며 윤무를 추었다. 종이 박스 몇 개가 그들보다 더 집을 그리워하는 듯 바닥에 축 늘어져 있었다. 속옷을 하나씩 꺼냈다. 제일 많은 것은 책이었다. 햇빛마저 벙어리의 언어 같아서 건강한 사람은 낯선 감정이 든다는 사실조차 인정할 수가 없었다.

이팅이 침묵을 깼다.

"우리가 책을 같이 읽어서 다행이야. 안 그랬으면 짐이 두 배로 많았을 텐데. 교재는 같이 볼 수 없지만."

쓰치는 공기처럼 조용했고 또 공기처럼 가까이 다가가 빛과 반대 방향에서 바라보아야만 그 속에서 몸을 뒤틀며 요동치고 있는 걸 볼 수 있었다.

"너 왜 울어?"

"이팅, 만약에 내가 리 선생님과 사귄다면 화낼 거야?"

"그게 무슨 말이야?"

"지금 네가 들은 그대로야."

"사귀는 게 뭐야?"

"지금 들은 그대로야."

"언제부터?"

"잊어버렸어."

"엄마들이 알아?"

"몰라."

"진도가 어디까지 나갔어?"

"해야 하는 건 다 했고 해서는 안 되는 것도 했어."

"맙소사, 팡쓰치! 사모님도 있고 시시도 있는데 너 도대체 무슨 짓을 하는 거야? 역겨워. 정말 역겨워. 저리 가!"

쓰치는 이팅을 빤히 바라보았다. 좁쌀 같던 눈물이 콩알만큼 커지더니 갑자기 이성을 잃고 무너져 큰 소리로 울기 시작했다.

"팡쓰치. 너 내가 선생님을 얼마나 좋아하는지 알잖아. 어째서 나한테서 전부 다 빼앗아가는 거야?"

"미안해."

"네가 미안해할 사람은 내가 아니야."

"미안해."

"선생님이 우리보다 몇 살 많아?"

"서른일곱 살."

"정말 역겨워. 너랑 말도 하기 싫어."

입학한 첫 해 류이팅은 엉망진창이었다. 쓰치는 집에 거의 들어오지 않았고 어쩌다 들어와도 울기만 했다. 이팅은 벽을 사이에 두고 매일 밤 쓰치가 얼굴을 베개에 파묻고 소리 지르며 우는 소리를 들어야 했다. 베갯솜에 스며들었다가 먹먹하게 비어져 나오는 비명. 그 전까지 둘은 정신적인 쌍둥이였다.

한 명이 피츠제럴드를 좋아하면 다른 한 명은 퍼즐을 맞추듯 헤밍웨이를 좋아하는 것이 아니라, 둘이 똑같이 피츠제럴드를 좋아하고 똑같은 이유로 헤밍웨이를 싫어했다. 또 한 명이 책을 외우다 막히면 다른 한 명이 이어서 외우는 게 아니라 똑같은 단락에서 잊어버렸다. 가끔 오후에 리 선생님이 아파트 앞으로 쓰치를 데리러 오면 이팅은 창문 커튼 사이로 내려다보았다. 햇빛에 반들거리는 노란 택시 지붕이 그녀의 두 뺨을 뜨겁게 태웠다. 리 선생님은 벌써 머리가 손바닥만 하게 벗어졌다. 예전에는 보이지 않았다. 쓰치의 머리카락이 도로처럼 곧게 뻗어 찰랑거렸다. 그 도로 위를 달리면 인생의 가장 추악하고 속된 곳으로 갈 수 있을 것 같았다. 백지처럼 흰 쓰치의 종아리가 차 안으로 들어가고 문이 탁 하고 닫히자 이팅은 따귀를 맞은 것 같았다.

"언제까지 그럴 건데?"

"모르겠어."

"설마 선생님한테 이혼하라고 조르는 건 아니겠지?"

"아니야."

"그 관계가 지속될 수 없다는 건 알고 있지?"

"알아. 선생님이 그랬어. 나중에 내가 다른 남자를 사랑하게 되면 자연스럽게 헤어질 거라고. 너무 괴로워."

"난 네가 행복할 줄 알았어."

"그런 식으로 말하지 마. 내가 죽으면 너도 힘들어할까?"

"자살하려고? 어떻게 할 건데? 뛰어내릴 거야? 이 집에서 뛰어내리진 말아줄래?"

전까지만 해도 둘은 정신적인 쌍둥이, 영혼의 쌍둥이였다. 이원 언니가 책을 읽어주다가 두 사람이 부럽다고 한 적이 있었다. 그때 둘은 이원 언니와 첸이웨이 오빠가 더 부럽다고 이구동성으로 말했다.

이원이 고개를 저었다.

"사랑은 달라. 플라톤은 사랑이란 잃어버린 자신의 반쪽을 찾으려는 것이라고 했어. 두 사람이 하나가 되어야 비로소 온전해진다는 거야. 하지만 둘이 합쳐지면 하나가 돼. 무슨 말인지 알겠어? 너희는 뭐가 부족하든 많든 상관없지. 서로 거울에 비친 듯 대칭이 되니까 말이야. 영원히 합쳐지지 않아야 영원히 짝이 될 수 있는 거야."

그해 여름날 오후, 팡쓰치는 사흘이나 학교에도 가지 않고 집에도 들어오지 않았다. 바깥에서 벌레와 새들이 요란하게 울어댔다. 커다란 용수나무 아래에서 매미소리가 피부를 노화시킬 것처럼 쩌렁쩌렁 울렸다. 하지만 매미는 보이지 않고 나무가 스스로 몸을 떨며 울고 있는 것 같았다. 맴——매앰매앰, 맴——매앰매앰. 류이팅은 휴대전화 진동이 한참 울리도록 알아차리지 못했다. 선생님이 고개를 돌렸다.

"누구 휴대전화가 발정난 거야?"

이팅이 책상 아래에서 휴대전화 덮개를 열었다가 모르는 번호인 걸 보고 끊어버렸다. 맴——매앰매앰. 빌어먹을. 끊어버렸는데 또 울리기 시작했다. 선생님이 조용한 얼굴로 말했다.

"급한 거면 받아."

"급한 일 아니에요."

휴대전화가 또 울렸다.

"선생님, 죄송해요. 잠깐 나갔다 올게요."

양밍산陽明山 무슨 호수의 파출소에서 걸려온 전화였다. 택시를 타고 산을 올라갔다. 구불구불한 산길을 따라 마음이 울렁거렸다. 크리스마스 트리를 닮은 산을 상상했다. 어릴 적 팡쓰치와 까치발을 세우고 트리 위의 별 장식을 떼는 건 휴일 중 가장 상징적인 순간이었다.

"쓰치가 산에 있다고요? 파출소요?"

이팅의 마음이 까치발을 세우는 것 같았다. 택시에서 내리자마자 경찰이 다가와 물었다.

"류이팅 씨?"

"네."

"산에서 친구분을 발견했어요."

발견. 불길한 단어였다.

경찰이 물었다.

"친구분이 원래 이런가요?"

이런 게 어떤 걸까?

넓은 파출소 안을 둘러보았지만 쓰치는 보이지 않았다. 단…… 단……, '저것'이 쓰치가 아니라면. 쓰치의 긴 머리가 가닥가닥 얼굴 반쪽에 들러붙어 있었다. 햇볕에 그을려 벗겨진 자국과 모기에 물린 흔적이 얼굴 군데군데 있고, 두 뺨은 젖을 빠는 듯 움푹 들어갔으며 퉁퉁 부어오른 입술에는 피가 엉겨 붙어 있었다. 오래 전 아파트의 탕위안 봉사 때 왔던 노숙자들에게서 나던 체취를 모두 합친 듯한 냄새도 풍겼다.

"맙소사! 왜 수갑을 채우려는 거예요?"

경찰이 그녀보다 더 놀란 표정으로 되물었다.

"상태를 보고도 모르겠어요?"

이팅이 쪼그려 앉아 쓰치의 머리카락을 쓸어 올렸다. 쓰치는 목이 부러진 사람처럼 머리를 한쪽으로 툭 떨구고 눈은 휘둥그레 뜨고 콧물과 침을 함께 흘렸다. 쓰치가 소리를 냈다.

"하하하!"

의사의 진단을 정확히 듣지는 못했지만 류이팅은 쓰치가 미쳤다는 뜻이라는 건 알았다. 쓰치 엄마는 쓰치를 집에 데려갈 수도, 가오슝에서 지내게 할 수도 없다고 했다. 같은 아파트에 의사가 몇 명이나 살고 있었다. 그렇다고 타이베이에서 지내게 할 수도 없었다. 우등생 아이의 부모들 중에 의사가 많았기 때문이다. 절충안으로 쓰치를 타이중臺中에 있는 요양원에 보내기로 했다. 대만 섬을 반으로 접으면 가오슝과 타이베이가 봉우리가 되고 타이중은 골짜기가 된다. 이팅은 영혼의 쌍둥이인 쓰치가 골짜기로 추락한 것 같았다.

이팅은 밤중에 놀라서 깨는 일이 잦아졌다. 그럴 때마다 눈물범벅이 된 채 옆방에서 답답한 흐느낌이 들리기를 기다렸다. 쓰치의 엄마는 딸의 물건을 집으로 가져가지 않았다. 쓰치의 방 문을 열었다. 쓰치가 안고 자던 핑크색 양 인형과 그들처럼 짝을 이룬 문구를 만지고 학교 교복에 수놓아진 학번을 쓰다듬었다. 마치 고대 유적의 담벼락을 만지는 것 같기도 하고, 백일몽을 꾸다가 딱딱하게 굳은 껌을 만지는 것 같기도 했다. 물 흐르듯 이어지던 생명의 연설에서 가장 쉬운 단어를 잊어버린 기분이었다. 그녀는 뭔가 잘못되었다는 걸 알았다. 어느 순간부터 조금씩 어긋나버려 이제는 돌이킬 수 없을 만큼 멀리 와버렸다는 걸 알았다. 둘이 나란히 걷고 있었는데 쓰치가 어딘가에서 비틀어진 것이다.

이팅은 방의 한가운데에서 몸을 옹송그렸다. 이 방이 자신의 방과 똑같아 보였다. 이제 그녀의 삶은 자식 잃은 사람이 미친듯이 놀이공원을 쏘다니는 것 같을 것이다. 한참을 울다가 문득 책상 위에 놓인 핑크색 일기장이 시야에 들어왔다.

그 옆에 뚜껑이 벗겨진 만년필이 다소곳이 놓여 있었다. 일기였다. 쓰치의 글씨체가 이렇게 엉클어진 걸 본 적이 없었다. 자기 자신에게 쓴 것이리라. 빨리 넘기기 힘들 정도로 손길에 닳아버린 페이지들이 한 장 한 장 느른하게 포개져 있었다. 쓰치는 예전 일기에 주석을 달아놓았다. 어린 팡쓰치의 글씨는 통통한 아이의 웃음 같고 조금 더 나이가 든 팡쓰치의 글씨는 달변가의 얼굴 같았다. 예전 일기 옆에 나중에 덧붙인 주석이 달려 있었다. 수업 시간의 필기처럼 본문은 파란 글씨, 주석은 빨간 글씨였다. 손에 잡히는 대로 펼친 곳은 쓰치가 집을 나갔다가 발견되기 며칠 전에 쓴 일기였다. 딱 한 줄이었다.

"오늘도 비가 온다. 일기예보가 빗나갔다."

하지만 그녀가 찾으려는 건 그날의 일기가 아니었다. 쓰치가 비틀어진 그때의 일기를 찾고 싶었다. 제일 첫 장으로 돌아와 읽어 내려가는데 그녀가 찾던 것이 바로 거기에 있었다.

파란 글씨: 써야만 한다. 잉크가 내 감정을 희석시킬 것이다. 그러지 않으면 미쳐버릴 것 같다. 내가 쓴 작문을 고쳐주신다고 해서 아래층 리 선생님에게 갔다. 선생님이 그것을 꺼냈고 나는 벽으로 떠밀렸다. 선생님이 말했다. "입으로 해도 괜찮아." 내가 말했다. "할 줄 몰라요." 선생님이 밀고 들어왔

다. 물에 빠진 것 같았다. 말을 할 수 있게 된 후에 선생님에게 말했다. "죄송해요." 숙제를 잘하지 못한 기분이었다. 내 숙제는 아니지만. 선생님은 2주에 한 번씩 작문을 써올 수 있냐고 물었다. 나는 고개를 들었다. 천장을 지나 위층에서 전화기를 붙들고 수다를 떠는 엄마가 보이는 것 같았다. 엄마의 수다 주제는 내가 받은 상장들이었다. 어른의 물음에 어떻게 대답해야 할지 모를 때는 알겠다고 말하는 게 제일 좋다는 걸 나는 알고 있었다. 그날 나는 선생님의 어깨 너머로 천장이 물컹거리며 바다처럼 울부짖는 것을 보았다. 그 순간 어린 시절의 원피스가 찢긴 것 같았다. 선생님이 말했다. "이건 선생님이 널 사랑하는 방식이야. 알겠니?" 나는 속으로 생각했다. 선생님이 틀렸다고. 나는 성기를 막대사탕으로 착각하는 어린아이가 아니라고. 선생님은 우리의 우상이었다. 나중에 커서 선생님 같은 남자와 결혼하고 싶다고 했다. 정말로 선생님이 남편이 되면 좋겠다고 농담한 적도 있었다. 며칠 동안 생각했지만 방법은 하나뿐이다. 선생님을 사랑하는 것. 좋아하는 것으로는 부족하다. 나를 사랑하는 사람이라면 내게 무엇을 하든 상관없지 않을까? 생각을 바꾸면 된다. 선생님을 사랑해야 한다. 안 그러면 내가 너무 고통스러우니까.

빨간 글씨: 왜 할 줄 모른다고 했을까? 왜 싫다고 하지 않았

을까? 왜 안 된다고 하지 않았을까? 이제 와서야 이 모든 일이 그 첫 순간에 결정되었다는 걸 알았다. 억지로 욱여넣은 건 그인데 내가 죄송하다고 말한 그 순간에.

이팅은 일기를 읽어 내려갔다. 어린아이가 과자를 먹듯, 조금씩 베어 물지만 아무리 조심해도 입으로 들어가는 것보다 바닥에 떨어지는 부스러기가 더 많았다. 간신히 일기 속 내용을 이해했을 때 이팅은 온몸의 모공이 헐떡거리며 발작하는 것 같았다. 눈물이 앞을 가려 사방이 희미해졌다. 방 안이 시끄럽다는 걸 느꼈을 때 까마귀처럼 꺽꺽 울부짖는 자신을 발견했다. 사냥꾼의 총에 맞은 새들이 비명과 함께 추락하는 것 같았다. 하지만 까마귀를 사냥하는 사람은 없다. 왜 내게 이런 얘길 하지 않았을까? 날짜를 보니 5년 전 가을이었다. 그해에 리씨 아주머니 딸이 결혼을 했고, 이원 언니가 이사온 지 얼마 되지 않아 첸이웨이가 그녀를 때리기 시작했다. 올해 그녀들은 고등학교 졸업을 앞두고 있고, 그해에 그녀들은 열세 살이었다.

이야기를 다시 그때로 되돌려야 한다.

2

실낙원

失樂園

팡쓰치와 류이팅은 기억할 수 있는 가장 어린 시절부터 이미 이웃 친구였다. 7층에서 뛰어내리면 죽거나 식물인간이 되거나 팔다리가 부러질 것이다. 난감한 높이였다. 명문학교와 우열반이 있던 시절, 그녀들은 줄곧 우수반에 있었다. 다른 이웃 아이들처럼 쉽게 조기유학을 떠날 수도 없었다. 둘은 중국어는 평생을 배워도 훌륭하게 구사하기 힘든 언어라고 생각했다. 두 소녀는 남에게 속마음을 잘 털어놓지 않았다. 쓰치는 법랑인형은 아무리 똑똑한 척해도 얼굴만 못생겨 보일 뿐 아무도 알아주지 않는다고 생각했고, 이팅은 못생긴 아이가 똑똑함을 자랑해봐야 남들 눈에는 발악하는 걸로밖에 보이지 않는다고 생각했다. 둘이 친구여서 다행이었다. 그렇지 않으면 두 소녀는 세상에 대한 자기 감정에 숨이 막혀 죽었을지도 모른다. 그들은 보들레르는 읽어도 〈레모니 스니켓의 위험한 대결〉*은 보지 않았고, 비상이라는 극약을 처음 안 것도 〈구품지마관〉**이 아니라 《보바리 부인》 때문이었다.

리궈화李國華 가족은 이사온 후 위아래 집을 찾아가 인사를 하고 집집마다 불도장을 돌렸다. 리궈화의 아내는 한 손에는 옹기를 들고 다른 한 손으로 어린 딸 시시의 손을 잡고 다녔다. 시시를 잡은 손보다도 불도장을 든 손이 더 조심스러웠다.

팡쓰치 집에 벽을 따라 긴 책장이 세워져 있었다. 리궈화가 책장에 꽂혀 있는 책들을 죽 훑더니 쓰치 부모님의 문학적 소양을 칭찬했다. 자신이 오랫동안 학원에서 고등학생들을 가르쳤다며, 조금만 더 하면 문학 강의의 장인이 될 것이라고 했다.

쓰치 엄마가 겸손함과 자긍심이 담긴 말투로 말했다.

"우리 책이 아니라 딸아이 책이에요."

리궈화가 물었다.

"따님이 몇 살인가요?"

그해에 그들은 초등학교를 막 졸업한 열두 살이었다. 리궈화가 감탄했다. 대학생의 책장이라고 해도 믿을 거라며 딸을

* 보들레르 가문의 세 남매가 먼 사촌인 올라프 백작에게 입양되면서 벌어지는 이야기를 그린 영화.

** 탐관오리를 벌하는 정의로운 판관의 이야기를 그린 주성치의 코미디 영화.

만나보고 싶다고 했다. 마침 쓰치는 이팅의 집에서 놀고 있었다. 며칠 뒤 리궈화가 류이팅의 집에 인사를 하러 갔는데 그 집에도 긴 책장이 있었다. 리궈화가 붉은 기가 도는 손가락으로 책등을 연주하듯 두들기더니 손가락을 도도하게 튕기며 칭찬했다. 하지만 이팅은 쓰치의 집에서 놀고 있었다. 시시는 집에 돌아가자마자 침대 위에 서서 벽에다가 손으로 그림 그리는 시늉을 하더니 엄마에게 말했다.

"엄마, 나도 책장 사줘."

꼭대기 층에 사는 첸이웨이 오빠가 결혼을 했다. 이웃들도 기뻐하며 결혼식에 참석했다. 첸이웨이에게 신부를 소개해준 건 10층 리씨 아주머니라고 했다. 딸을 시집보내고 난 뒤 리씨 아주머니가 온 동네 중매쟁이로 나선 것이다.

쓰치가 류이팅 집의 문을 두드리며 외쳤다.

"준비 다 됐니?"

이팅이 문을 열고 나왔다. 자루를 뒤집어 쓴 듯 풍덩한 핑크색 플리츠원피스를 입고 있었다. 쓰치는 우스우면서도 난감했다. 이팅이 옷 때문에 고민하다가 깨달음을 얻은 듯 말했다.

"엄마한테 예쁜 드레스는 안 입겠다고 했어. 내가 신부보다 더 눈에 띄면 어떻게 해?"

이팅이 친구의 걱정을 덜어주려 농담을 건네자 쓰치도 조마조마했던 마음을 내려놓았다.

팡쓰치와 류이팅의 가족이 한 테이블에 앉았다. 첸이웨이가 말쑥한 모습으로 레드카펫의 맨 끝에 섰다. 아니, 맨 앞인지도 모른다. 검은 연미복을 입은 첸이웨이에게서 환한 오라가 풍겼다. 외투의 노치트 라펠이 안에 받쳐 입은 새하얀 셔츠를 예리한 연필심처럼 깎아냈다. 어째서 그 연미복의 뒷단이 레드카펫을 썩둑 잘라내려는 것처럼 보이는지 두 소녀는 이유를 알 수 없었다. 신부가 입장했다. 젊고 아름다운 신부였다. 두 소녀가 탄성을 질렀다. 나비를 본 도시 소녀처럼 "와, 나비다!" 하고 외치는 것 말고 달리 할 수 있는 말이 없었다. 쉬이원은 정말로 나비 같았다. 신부가 소녀들의 테이블 옆을 지날 때 레드카펫 양쪽에 있는 기계에서 비눗방울이 뿜어져 나왔다. 신부의 모습이 비친 비눗방울이 넓고 휘황찬란한 연회장을 가득 채울 것처럼 떠다녔다. 비눗방울 속 신부는 누가 뒤에서 떠민 듯 몸이 구부러지고 무지개가 온몸을 휘감았다. 신부를 머금은 비눗방울이 테이블 위로 내려앉으며 하객들의 눈앞에서 터졌다. 첸이웨이가 이원의 눈을 응시했다. 그녀의 눈 속에 빠져 죽을 수만 있다면 당장 뛰어들 것처럼 보였다. 오케스트라의 연주가 울려 퍼지고 박수소리가 폭우처럼 쏟아졌다. 쉬지 않고 터지는 플래시 불빛에 연회장 전체가 다이아몬드 속에 들어가 있는 것 같은 착각이 들었다. 두 소녀는 자신들이 매료된 것이 사실 신부가 쓰치를 닮았기 때문이라는 걸 나중에야 알았다. 그건 행복한 미래에 대한 그녀들의 예행 연습이었다.

결혼식을 올린 후 첫날밤은 첸이웨이 부모님 집의 아래층에서 보냈다. 한 층에 나란히 붙어 있는 아파트 두 채를 터서 합친 신혼집이었다. 첫날밤 첸이웨이는 프러포즈를 할 때 보여준 벨벳상자를 이원에게 건넸다. 핑크다이아몬드 열두 개를 이어 만든 목걸이가 들어 있었다.

첸이웨이가 말했다.

"난 보석을 잘 몰라요. 마오마오毛毛에게 물어봤더니 핑크다이아몬드가 제일 좋은 거라고 하더군요."

이원이 웃었다.

"그게 언제 일이에요?"

"처음 만났을 때요. 당신 가방 안에 있는 소지품이 모두 핑크색인 걸 보고 마오마오를 찾아갔어요."

이원의 웃음이 그치지 않았다.

"원래 한 번 만난 여자에게 다이아몬드를 사줘요?"

"한 번도 그런 적 없어요. 당신이 처음이에요."

"그걸 어떻게 믿어요?"

이원의 목소리에 웃음기가 매달려 있었다.

"마오마오한테 물어봐요."

이원이 몸에서 옷이 흘러내릴 정도로 웃었다.

"마오마오가 누구예요?"

쳰이웨이의 손이 그녀의 엉덩이선을 따라 올라갔다. 이원은 벌거벗은 채 목에 다이아몬드 목걸이만 걸고 신혼집을 돌아다녔다. 허리를 숙이고 쳰이웨이의 어릴 적 사진을 구경하고, 허리에 손을 얹고 집을 둘러보며 여기는 어떤 책을 놓고 저기는 어떤 책을 놓아야겠다고 말했다. 작은 유방이 입을 뾰족이 내밀고 있다가 터키산 카펫 위를 뒹굴었다. 이원이 두 팔을 벌렸다. 그녀의 나신에서 가슴보다 겨드랑이 주름이 더 도드라져 보였다. 이슬람식 대칭형 푸른 꽃문양이 덩굴을 뻗어 그녀를 친친 휘감은 것 같았다. 눈을 뗄 수 없을 만큼 아름다웠다. 그 몇 달이 이원 인생의 황금기였다.

쉬이원이 이 아파트에 살기 시작한 후 처음 찾아온 손님이 바로 두 소녀였다. 결혼식을 올리고 얼마 되지 않았을 때 두 소녀가 찾아왔다.

이팅이 불쑥 첫 마디를 꺼냈다.

"쳰이웨이 오빠가 여자친구가 우리보다 더 아는 게 많다고 입버릇처럼 얘기했어요."

쓰치가 배를 쥐고 웃었다.

"류이팅, 그건 너무 당돌하잖아."

이원은 첫눈에 두 소녀가 마음에 들어 들어오라고 했다.

집의 한쪽 벽이 책으로 꽉 차 있었다. 책장이 깊어서 책을 맨 끝까지 밀어 넣고 그 앞에 근사한 예술품을 진열해놓았다. 첸씨 할아버지 집에서 보았던 것들이었다. 포도, 석류, 사과, 사과나무의 잎사귀가 다채로운 색으로 휘감고 있는 유리주전자가 앙드레 지드의 전집을 가리고 있었다. 《좁은 문》, 《바티칸의 지하실》 등등. 주전자 위로 올라와 있는 맨 처음 글자들만 가로로 읽으면 '좁, 바, 전, 앙, 지, 위, 한, 도, 일'이었다. 뭔가 감추고 있는 암호 같기도 하고 누군가를 부르는 소리 같기도 했다.

이원이 말했다.

"반가워. 난 쉬이원이야. 이원 언니라고 부르렴."

책과 이원의 환대가 두 소녀의 마음을 편하게 했다.

"저는 쓰치예요."

"저는 이팅이에요."

세 사람이 소리 내어 웃었다. 두 소녀는 이원 언니가 결혼식 때보다 더 예뻐 보인다는 사실에 놀랐다. 처음에는 전체를 보며 감탄하고 그다음에는 유화물감의 섬세한 붓터치까지 감상하게 만드는 명화처럼 평생을 감상해도 다 볼 수 없을 것 같았다. 소녀들이 책장 앞에서 발길을 떼지 못하는 걸 보고 이원이 말했다.

"책을 전부 가지고 오지 못했어. 보고 싶은 책이 있으면 친정에서 가져다줄게.”

소녀들이 책장을 가리켰다.

“이렇게 해놓으면 책을 꺼내기가 힘들지 않아요?”

이원이 웃었다.

“주전자가 깨지면 지드의 탓이라고 할 거야.”

세 사람이 함께 웃었다.

두 소녀가 아이에서 사춘기 소녀로 자라는 동안 수없이 책을 빌려갔지만 이원이 그중 하나라도 깨뜨렸다는 얘기를 들은 적이 없었다. 매번 깨끗이 씻은 손으로 무거운 예술품을 천천히 내리고, 슬리퍼와 카펫이 닿지 않게 하고, 손에 난 땀과 지문조차 조심해야 하는 것이 시어머니가 이원에게 내린 교묘한 고문이라는 사실을 소녀들은 알지 못했다. 그녀의 죄는 시어머니의 아들을 옆방에서 아래층으로 데리고 내려온 것이었다. 하지만 그보다 더 큰 이유는 며느리가 자기 아들에게 과분한 상대라는 걸 시어머니가 잘 알고 있었다는 것이다. 그때까지만 해도 이원은 날마다 짧은 소매에 짧은 바지를 입을 수 있었다.

첸이웨이가 그녀를 때리기 시작한 건 결혼하고 일 년도 되지 않았을 때였다. 그는 일곱 시에 정확히 퇴근했지만 거의 매일 열 시가 넘어서 접대를 핑계로 술자리에 불러내는 전화가 걸려왔다. 그러면 옆에서 사과를 깎고 있던 이원의 사과껍

질이 툭 끊어졌다. 첸이웨이가 새벽 두세 시쯤 귀가하면 이원은 침대에 누워 있었다. 그녀는 자물쇠와 열쇠가 서로 맞물리는 것을 볼 수 있었고 담배냄새와 술냄새로 그가 가까이 다가왔다는 걸 알 수 있었다. 하지만 도망칠 곳이 없었다. 다음 날 저녁이 되면 그는 뻔뻔스럽게 섹스를 요구했다. 새로 생긴 멍은 가지처럼 검푸르거나 새우처럼 붉었고, 오래된 멍은 여우나 담비 털, 묵은 찻잎의 색이었다. 목욕을 할 때 이원은 손바닥만 한 상처 위에 손을 올려놓았다. 오래된 상처 위에 주먹질과 발길질이 더해지면 열대어처럼 화려한 색깔이 스며나왔다. 울음소리가 밖으로 새어나가 소문이 나지 않게 하려면 욕실에서만 울어야 했다. 저녁이 되면 또 첸이웨이가 통화하는 소리를 들어야 했다. 통화가 끝나고 그가 옷을 갈아입는 동안 드레스룸 앞에 서서 물었다.

"오늘은 안 나가면 안 돼요?"

첸이웨이는 문을 열고 나와 그녀의 가물거리는 눈빛을 보고는 그녀의 뺨에 입을 맞춘 뒤 외출했다.

이원은 결혼식 당일 아침 리허설을 할 때 진행요원들이 레드카펫을 굴리며 깔고 있는 것을 보고 문득 이름 모를 길고 시뻘건 혓바닥이 날름거리며 자신을 집어삼키는 상상을 했다. 인생에서 가장 아름다운 순간에 말이다. 결혼식이 한 여자의 인생에서 가장 아름다운 순간이라고 정의하는 건 여자의 외적, 내적 아름다움이 결혼과 함께 내리막길을 걷기 때문이라는 것을 그녀는 나중에야 알았다. 여자는 결혼과 동시에 자신의 성적 매력을 자발적으로 판도라의 상자에 넣어 봉인해야 한다는 사실을 한참 뒤에야 알았다. 그녀와 첸이웨이가 쓰는 킹 사이즈 침대가 유일하게 그녀가 미모를 마음껏 발산해도 좋은 공간이었다. 이 침대가 바로 그녀가 죽기도 하고 살기도 하는 공간이었다. 그녀가 할 수 있는 가장 거친 반항은 이를 질끈 물고 "오후에 내 위에 올라타고 밤에 날 때리지 말아요!"라고 뇌까리는 것뿐이었다. 첸이웨이도 그저 웃으며 커프스 단추를 뜯어낸 뒤 입술을 가늘게 찢으며 웃었다. 눈가에 주름이 잡히자 두 눈이 서로를 향해 입맞춤을 하러 헤엄쳐 가는 물고기로 바뀌었다. 술을 마시지 않았을 때 첸이웨이는 세상에서 가장 사랑스러운 남자였다.

리궈화 부부가 딸 시시를 데리고 첸이웨이 집에 찾아왔다. 이원이 시시를 보자마자 쪼그려 앉아 인사를 했다.

"안녕?"

시시는 엉덩이께까지 기른 머리를 자르지 않으려고 했다. 그녀는 엄마의 큰 눈과 아빠의 우뚝한 코를 물려받았고 열 살밖에 안 됐지만 옷을 살 때마다 직접 고르겠다고 고집을 부렸다. 옷에 관한 한 자기 주장을 굽히지 않았다. 시시는 이원의 인사에 대꾸하지 않고 머리카락을 손가락에 말아 장난을 쳤다. 이원이 차 두 잔과 주스 한 잔을 대접하며 남편이 일본 출장을 가서 집을 비웠다며 미안하다고 했다. 시시가 의자 위에서 몸을 비틀었다. 거실 인테리어와 집 안에 풍기는 고상한 분위기가 아이에게는 따분한 것 같았다.

리궈화가 거실 인테리어를 칭찬하기 시작했다. 미인 앞에 서면 그의 말투가 페니스처럼 본능적으로 과장되었다. 20대 여자도 완전히 불가능한 것은 아니었다. 그는 책장에 놓여 있는 옥관음을 손가락으로 가리켰다. 그의 검지도 한껏 들떠 있었다. 한눈에도 훌륭한 원석을 알아볼 수 있었다. 잡티가 없고 비취색에서 광택이 흘렀다. 관음은 오른쪽 다리를 접고 왼쪽 다리를 늘어뜨렸으며 늘어뜨린 다리 위에서 살집 두둑한 엄지를 치켜세우고 있었다.

"저런 자세로 앉아 있는 관음을 수의관음이라고 하죠. 관세음보살을 관자재보살이라고도 하는데요. 관은 관찰한다는 뜻이고 세는 세상, 음은 소리를 뜻합니다. 선한 남자가 세상의 소리를 살펴본다는 뜻이지요. 수의란 편하고 자유롭다는 뜻입니다. 문학을 하셨으니 잘 아시겠죠."

시시가 목이 말라 주스를 한 모금 들이켜고는 엄마 아빠에게 짜증스러운 투로 말했다.

"내가 오렌지주스 싫어하는 거 알잖아."

이원은 시시가 어른들의 얘기가 듣기 싫어서 그런다는 걸 알았다. 이원이 냉장고로 달려가 문을 열고 살피며 물었다.

"포도주스는 괜찮니?"

시시는 아무 대꾸도 하지 않았다.

리궈화가 집 안을 계속 살폈다. 서양미술 작품들도 많았지만 의미를 해석할 수 없었다. 하지만 말하지 않으면 그가 모른다는 걸 아무도 모를 것이다.

"벽난로 위에 있는 작은 그림이 설마 진품은 아니겠죠? 팔대산인*의 진품은 본 적이 없어요. 저 작은 눈 좀 보세요. 팔대산인은 동그라미와 점 하나로 눈을 표현하지요. 이십일 세기가 되어서야 사람들은 이것이 세밀하게 묘사하는 것보다 더 사실적이라는 걸 알았답니다. 소더비의 경매가를 보세요. 그래서 제가 관찰이 중요하다고 말한 겁니다. 첸 선생님은 무척 바쁘신 모양이군요. 제가 이 집 주인이라면 얼마나 좋을까요."

리궈화가 이원의 눈동자를 응시했다.

"저는 아름다운 걸 좋아해서 꼭 갖고야 말지요."

리궈화는 묘한 흥분을 느꼈다. 차 때문은 아니었다. 하지만 그녀는 안전했다. 첸씨 집안은 섣불리 건드릴 수 없는 집안이었다. 입을 꾹 다물고 있던 시시가 퉁명스럽게 말했다.

* 중국 청나라 때의 승려이자 화가, 문인.

"포도주스도 싫어. 농축주스는 다 싫어."

아이 엄마가 아이에게 주의를 주었다.

"쉿!"

이원은 관자놀이가 욱신거리는 걸 느끼며 저녁에 쓰치와 이팅이 찾아와주길 바랐다.

리궈화 가족들이 떠난 뒤 이원은 집 안에 있는 예술품에서 고풍스러움이 아니라 경매장의 방향제 냄새가 나는 것 같았다. 리궈화에게 호감이 가지 않았다. 이웃이라 노골적으로 싫어할 수도 없고 그저 그를 싫어하지 않을 수 있길 바랄 뿐이었다. 얼핏 상대에게 푹 빠져버린 사람이 하는 말 같았다. "당신을 끊을 수 있길 진심으로 바라요"라는 영화 속 대사처럼. 자기도 모르게 피식 웃음이 나왔다. 웃음소리가 바보 같다는 생각을 했다. 시시는 철이 없을 뿐만 아니라 철든 척하지도 않았다. 긴 속눈썹이 커다란 눈을 감싸고 찰랑이는 머릿결이 폭포보다 더 예쁜 아이였다.

손으로 예술품을 가볍게 쓰다듬었다. 법랑은 그 안에 있는 금속이 손끝에 닿는 것 같아 치아가 시큰거리고, 유리는 어릴 적 금붕어 어항 같았으며, 조도*는 막 태어나 주름이 쪼글쪼글한 아기 같았다. 사람의 모양이든 동물이든 추상적인 기호

* 粗陶 모래가 섞인 거친 점토로 구운 토기.

든 아니면 신이든 이 작은 것들이 모두 그녀가 맞는 걸 우두커니 지켜보기만 했다. 관세음도 그녀를 도와주지 않는다는 뜻이리라. 실크는 아침에 흐르는 콧물처럼 미끄러웠다. 첸이웨이는 알레르기가 있었다. 옥그릇은 첸이웨이 같았다.

쓰치와 이팅처럼 꾸중 듣는 걸 싫어하는 여학생들이 어떻게 리궈화를 좋아하는지 이해할 수 없었다. 멀쩡히 예쁜 것도 그가 얘기하면 고리타분해졌다. 직업병일까? 사실 무지함이 꼭 나쁜 건 아니다. 아이들이 찾아와 함께 책을 읽을 시간이 기다려졌다. 그러고 나면 첸이웨이가 들어올 것이다.

어느 날 리궈화가 강의를 마치고 들어오다가 로비에서 엘리베이터 문이 닫히려는 걸 보고 얼른 달려와 버튼을 눌러 다시 열었다. 중학교 교복을 입은 여자아이 둘이 타고 있었다. 엘리베이터의 금색 손잡이에 몸을 기대고 있던 아이들이 금색 엘리베이터 문이 다시 열리자 얼굴에서 미소를 거두었다. 리궈화가 가방을 뒤로 휙 둘러매며 상체를 약간 굽혀 말을 걸었다.

"누가 이팅이고 누가 쓰치니?"

이팅이 깜짝 놀라며 물었다.

"우리 이름을 어떻게 아세요?"

중학교에 올라간 후 쓰치에게 간식이나 음료수를 주는 사람들이 많아지자 소녀들은 본능적으로 남자를 경계했다. 하지만 지금 눈앞에 있는 이 남자는 경계 범위를 넘은 나이인 것 같았다. 두 소녀는 경계를 늦추고 대담해졌다.

쓰치가 말했다.

"류이팅이든 팡쓰치든 어떤 이름을 불러도 제가 뒤돌아볼 거예요."

리궈화는 자신이 안전한 사람으로 분류되었다는 걸 알았다. 처음으로 세월에 고마움을 느꼈다. 해답은 위층의 두 여주인을 각각 닮은 두 아이의 얼굴에 이미 들어 있었다. 팡쓰치는 갓 태어난 양을 닮았다. 리궈화가 상체를 똑바로 세웠다.

"나는 얼마 전에 이사온 리 선생님이란다. 너희 아래층에 살아. 국어를 가르치고 있어. 필요한 책이 있으면 얼마든지 빌려가렴."

옳지. 최대한 담담하고 고상한 어투를 유지해. 마른기침으로 나이를 강조하고. 엘리베이터가 왜 이렇게 빨라? 리궈화가 손을 뻗자 두 소녀가 멈칫했다가 차례로 악수를 했다. 소녀들의 얼굴에서 교육받은 미소가 깨어났다. 소녀들의 눈, 코, 입이 미소의 절벽 같아서 한 발만 더 내디뎌도 까르르 소리를 내며 떨어질 것 같았다. 리궈화는 엘리베이터 문을 나서며 너무 멀리 나간 건 아닌지 생각했다. 그는 부잣집 아이들은 건드리지 않았다. 성가신 일이 생길 수 있기 때문이다. 게다가 류이팅의 얼굴에는 곰보 자국이 있었다. 하지만 악수할 때의 표정이 눈앞에서 쉽게 사라지지 않았다. 소녀들의 책장만 보아도 어른처럼 보이고 싶은 열망이 드러났다. 젖가슴처럼 말랑말랑한 손바닥. 커먼퀘일의 알 같은 손바닥. 시적인 손바닥.

주말에 소녀들이 부모를 따라 리궈화의 집을 방문했다. 교복 대신 이팅은 바지를, 쓰치는 스커트를 입고 있었다. 상징적인 옷차림이었다. 현관으로 들어와 슬리퍼로 갈아 신는 순간 쓰치의 얼굴에 홍조가 떠올랐다. 아, 양말을 신지 않은 것이었다. 리궈화는 쓰치가 발끝을 오므릴 때 발톱에 핑크빛이 도는 것을 보았다. 반짝이는 발톱 위로 수줍음이 배어났다. 쓰치 엄마가 뒤에서 선생님이라고 부르라고 시켰다. 두 소녀가 동시에 선생님이라고 불렀지만 입만 재잘거릴 뿐 선생님을 대하는 깍듯함은 없었다. 이팅 엄마가 아이들이 장난기가 많다며 미안하다고 사과했다. 장난기란 얼마나 아름다운 말인가. 열네 살을 넘기면 어울리지 않는 단어였다. 두 소녀의 엄마는 "고맙습니다" "죄송합니다"라고 예의바르게 얘기하는 걸 잊지 말라고 당부한 후 아이들을 두고 돌아갔다.

아이들은 시시에게 맞추어 잘 놀아주었다. 고작 두 살 어릴 뿐인데도 시시는 소녀들에 비하면 까막눈에 가깝고 성격도 막무가내였다. 그림책을 큰 소리로 더듬거리며 읽는 소리가 얼핏 들으면 사극 드라마 속에서 황제의 조서를 읽는 어린 태감 같았다. 쓰치가 방금 전 시시가 힘들게 읽어낸 글자의 뜻을 설명해주려는데 시시가 갑자기 책을 집어던지며 악을 썼다.

"아빠 바보!"

커다란 동화책이 탁 하고 덮이며 일으킨 바람에 쓰치의 앞머리가 날렸다. 리궈화의 시선이 그 장면을 놓치지 않았다. 어린 소녀의 앞머리는 스커트보다 더 들추기 힘들다는 걸 그는 알고 있었다. 순간적으로 쓰치의 앞머리가 위로 떠오르자 그녀가 높은 곳에서 떨어지고 있는 것 같았다. 긴 목이 떠받치고 있는 달걀형 얼굴 전체가 드러났다. 이마가 딸꾹질하는 갓난아기의 그것처럼 윤기가 흘렀다. 리궈화는 동화책 속 작은 요정이 자기 마음을 알고 자신을 위해 연출해준 장면이라고 생각했다. 소녀들은 놀라 당황한 얼굴로 시시의 뒷모습을 보다가 그에게로 시선을 옮겼다. 그는 이 순간만큼은 자신이 너무 나이 들어 보이지 않길 바랐다. 두 소녀는 오랜 시간이 흐른 뒤에야 리궈화가 일부러 시시에게 글을 가르치지 않고 내버려두었다는 걸 알았다. 아는 게 많은 사람들이 어떤 일을 저지르는지 그는 누구보다 잘 알고 있었기 때문이다.

리궈화가 아이들에게 부드럽게 말했다.

"노벨문학상 전집을 읽어보겠니?"

딸의 사랑을 기다리는 아빠이자 인생의 중년기에도 이해받지 못한 국어 선생님으로 보여야 했다. 한쪽 벽을 가득 채운 고전들은 그의 학문이요, 교과서들은 그의 고독이며, 소설들은 그의 영혼이었다.

리궈화는 학원의 교단에 서서 눈앞에서 넘실대는 검은 물결을 바라보았다. 필기를 끝낸 아이들이 헤엄치다가 숨을 쉬려고 머리를 내밀 듯 고개를 들었다. 그는 긴 칠판 앞을 서성였다. 한 폭의 중국 산수화 같았다. 그는 자신이 만들어낸 풍경 속에 살고 있었다. 대입시험의 부담이란 얼마나 기묘한 것인가! 학교와 학원이 생활의 전부인 여학생들은 스트레스를 무두질해 러브레터로 만들고 향기가 폴폴 날리는 핑크색 봉투에 담았다. 그중에는 못생긴 아이들도 있었다. 홍역에 걸린 듯 수줍은 홍조가 뒤덮인 얼굴로 한껏 당겨진 활시위처럼 손을 뻗어 그에게 편지를 내밀었다. 못생긴 아이들은 쉽게 손에 넣을 수 있다 해도 별로 관심이 없었다. 하지만 못생긴 아이들도 그의 비밀 아파트에 있는 러브레터 상자를 가득 채우는 데에는 쓸모가 있었다. 그를 따라 아파트에 오는 예쁜 여학생들은 그 핑크빛 바다에 빠져 허우적거렸다. 아무리 아름다운 소녀도 그렇게 많은 편지를 받지는 못했다. 그 상자를 보고 나면 훨씬 고분고분해지는 아이도 있었고, 말을 잘 듣지는 않더라도 어느 정도는 기꺼이 그와의 관계를 받아들이게 된다고 그는 믿었다.

한 아이가 옆집 친구를 이기려고 새벽 한 시부터 두 시까지 버티고 공부를 하면, 옆집 아이는 또 그 아이를 이기려고 두 시부터 세 시까지 악착같이 버텼다. 못생긴 아이는 수만 명의 수험생을 이기기 위해 죽어라 공부했다. 밤을 밝히는 전등이 정오의 태양보다 더 뜨거웠다. 엄청난 스트레스 앞에서 걱정 근심 없는 학교생활에 대한 향수와 행복한 미래에 대한 환상이 모조리 리 선생님을 향한 동경으로 바뀌었다. 여학생들은 서로 바꾸어 채점한 시험지를 돌려주는 틈에 그에 대해 토론하며 리 선생님 덕분에 국어를 좋아하게 되었다고 말했다. 하지만 본질적으로는 국어 시험 덕분에 리 선생님이 사랑받고 있다는 것을 그녀들은 깨닫지 못했다. 뿐만 아니라 자신들의 욕망이 사실은 절망이라는 사실도 깨닫지 못했다. 리궈화의 우뚝한 콧대 덕분에, 그의 심오한 유머 덕분에, 또 그의 유머러스한 필기 때문에. 십수만 수험생 가운데 두각을 나타내고 싶은 십수만 개의 염원이 차곡차곡 쌓여 수려한 글씨체가 되어 편지에 꼭꼭 새겨졌다. 수려함 사이로 비스듬히 삐쳐 올라간 획마다 욕망으로 가늘게 떨리고 있었다. 러브레터를 담아놓은 상자는 생을 향한 거대한 아우성이었다! 그 아이들이 글씨체의 반만큼만 예뻐도 충분할 것이다. 그는 그 거대한 욕망을 아름다운 아이들 안으로 쏟아넣었다. 입시교육의 고통,

잔혹함, 비정함을 밀어넣고, 등불을 들고 전쟁을 치르는 투지에 365일을 곱하고 다시 못생긴 아이들이 싸워 이겨야 하는 십수만 명을 곱해 아름다운 아이들 속으로 싹 다 욱여넣었다. 장렬한 정절, 서사시 같은 강간, 위대한 입시지옥이여!

학원의 학생들은 최소한 열여섯 살에 롤리타의 섬에 뛰어들었지만 팡쓰치는 고작 열두세 살에 섬에서 나무줄기를 타고 파도의 혓바닥에 유린당했다. 그는 부잣집 아이는 건드리지 않았다. 부잣집 아이를 잘못 건드리면 곤란해진다는 건 누구나 아는 사실이었다. 법랑인형은 누가 일부러 바닥에 내동댕이치지 않는 한 절대로 깨지지 않는다. 그녀와 연애를 했다면 차라리 나을 것이다. 이건 학생이 1지망에 합격하도록 돕는 것과 달랐다. 이것이야말로 한 사람의 인생을 송두리째 바꾸어놓는 일이었다. 이건 매춘과도 달랐다. 처음 페니스를 본 아이는 그 추하고 더러운 핏줄의 소리 없는 웃음 때문에, 자신이 그 사납고 난폭한 것을 받아들였다는 사실 때문에 처절하게 울부짖었다. 얼굴의 윗부분은 울고 아랫부분은 웃는 기괴한 표정이었다. 간신히 그녀의 무릎을 벌렸지만 팬티에 그려진 작은 리본과 배꼽 아래 앉아 있는 작은 나비도 보지 못했다. 정말로 그저 웃는 것도 우는 것도 아닌 그 표정을 보고 싶었을 뿐이다. 얻으려는 것은 무엇이고, 얻을 수 없는 것은 또 무엇일까? 팡쓰치의 책장은 그녀가 롤리타의 섬에 뛰어들려다가 파도에 실려 다시 백사장으로 던져진 기록이었다.

롤리타의 섬은 그가 찾아 헤맸지만 찾지 못한 신비의 섬이었다. 젖과 꿀이 흐르는 땅. 젖은 그녀의 유방이고 꿀은 그녀의 체액이었다. 그녀가 섬에 있을 때 그녀를 찾아가 오른손 검지와 중지로 사람 인 자를 만들어 그녀의 질 속으로 밀어넣고, 노벨문학상 전집 위에서 그녀를 깔고 짓눌렀다. 그녀가 자신을 중년의 혼돈에서 구해줄 유일한 희망의 빛이라고 속삭이며 그녀를 언어 속에 부수어 넣고, 남자 중학생들은 구사할 수 없는 어휘의 바다에 빠뜨렸다. 그녀가 언어의 세례 속에서 어른이 된 듯한 착각을 느끼고 그녀의 영혼이 육체를 속이게 만들었다. 그녀는 어려운 말을 입에 달고 다니는 중학생이었다. 그녀의 교복 스커트를 허리까지 밀어올리고 나비를 발꿈치까지 끌어내린 다음, 그가 뒤에서 밀어주면 그녀의 몸도 영혼을 따라잡을 수 있다고 말했다. 윗집 이웃. 가장 안전한 곳이 가장 위험한 곳이었다. 법랑인형 소녀. 처녀보다 더 순결해야 할 소녀. 그는 이런 팡쓰치가 웃을 수도 울 수도 없는 표정을 지으면 어떤 모습인지 간절히 보고 싶었다. 그러지 못하면 청나라 때 후궁의 떨잠을 다 수집하고도 황후의 떨잠 하나를 갖지 못한 것과 같았다.

엘리베이터에서 쓰치를 처음 만난 날, 리궈화는 서서히 열리는 금색 엘리베이터 문 틈이 새로 액자를 끼운 그림 같다고 생각했다. 그가 말을 건넸을 때 쓰치는 관자놀이를 거울에 살짝 대기만 할 뿐 거울 속 제 얼굴을 보지 않았다. 거울 속 그녀의 뺨은 밝은 노란색이었다. 그가 모은 곤룡포처럼 황제만이 쓸 수 있는 색깔, 태생적으로 귀한 색깔. 그녀는 아름다움의 파멸성을 아직 모르고 있었을 것이다. 그녀의 블라우스에 수놓인 학번 밑으로 핑크색 브래지어의 가장자리가 은근히 비친 것처럼. 가장자리에 레이스도 없는, 아무것도 모르는 사춘기 소녀의 브래지어였다! 둥글게 휘어진 와이어도 없었다! 흰색 양말이 그녀의 하얀 다리 위에서 빛을 잃었다. 소동파는 "흰 것을 찾으려 하면 눈도 검게 보인다"고 했다. 그다음 구절은 잊어버렸다. 하지만 괜찮다. 어차피 교육부에서 발표한 필독 리스트에 포함되지 않으니까.

•

곧 입추였다. 끔찍한 가을이었다. 리궈화는 일주일에 나흘은 남쪽에서, 사흘은 타이베이에서 지냈다. 하루는 리궈화와 동료 강사들이 타이베이 마오쿵貓空에 술을 마시러 갔다. 산에 사람이 적고 한적해서 얘기를 나누기 좋았다.

영어 선생이 말했다.

"내가 천수이볜陳水扁 총통이라면 퇴임 후에 대기업 고문으로 갈 거야. 임기 내에 비리 없는 사람이 어디 있어? 한 몫 챙기지 못하면 그게 멍청한 거지."

수학 선생이 말했다.

"7억*은 그렇다 쳐도 대만과 중국이 별개의 국가라고 주장한 것만 해도 징역 사십 년감이야."

영어 선생이 말했다.

"믿을 수 있는 정치인이 어디 있나? 선거 때는 청렴하겠다고 말해도 퇴임이 다가오면 제 주머니 챙기느라 정신이 없지."

물리 선생이 말했다.

"신문을 보니까 대만 독립을 지지하는 지식인들이 많았어."

리궈화가 말했다.

"그건 지식인들이 상식이 없어서 그래."

네 사람은 자신들의 풍부한 상식을 흡족해하며 왁자하게 웃었다.

영어 선생이 말했다.

"요즘은 텔레비전에 천수이볜이 나오면 채널을 돌려. 천민쉰陳敏薰**이 함께 나올 땐 예외지만."

리궈화가 웃었다.

"그 여잔 늙었잖아. 난 싫어. 우리 마누라랑 너무 닮았어."

그림 같은 패스로 화제를 자신의 최고 관심사로 돌려놓

* 천수이볜 전 대만 총통이 해외 유령계좌를 이용해 7억 위안의 비자금을 빼돌린 일이 있다.

** 지성과 미모를 겸비한 여성 사업가. 천수이볜에게 뇌물을 준 죄로 처벌받은 바 있다.

았다.

영어 선생이 물리 선생에게 물었다.

"가수 지망생 아직도 만나? 몇 년째야? 대단하네. 그러면 마누라랑 다를 게 뭐야?"

다른 두 명이 낄낄거렸다. 물리 선생이 한없이 자애로운 표정으로 웃으며 자기 딸에게 하는 말투로 말했다.

"가수 되기가 너무 힘든가 봐. 모델로 데뷔했어."

"텔레비전에도 나와?"

물리 선생이 안경을 벗고 번들거리는 콧등을 닦으며 아련한 눈빛으로 겸손하게 말했다.

"광고를 하나 찍긴 했지."

다른 세 명이 기립박수라도 칠 기세로 그의 용기를 칭찬했다.

리궈화가 물었다.

"들킬까 봐 겁나지 않아?"

물리 선생은 대답 대신 계속 안경만 닦았다.

수학 선생이 말했다.

"난 의장대 대장 세 명이랑 자봤어. 한 명만 더 자면 그랜드 슬램이야."

건배. 천수이볜의 7억짜리 교도소 밥을 위해 건배. 지식만 있고 상식은 없는 대만독립주의자들을 위해 건배. 보건 시간에는 열심히 필기하면서 성에 대한 상식은 전혀 없는 소녀들을 위해 건배. 그들이 꽂아 넣을 대입고사라는 이름의 거대한 구멍을 위해 건배.

영어 선생이 말했다.

"난 오는 사람은 막지 않아. 왜 그렇게 한 사람한테 집착하는지 모르겠군. 자네들 좀 봐. 여자들보다 더 조심스럽잖아."

리궈화가 말했다.

"당신 같은 사람을 게이머라고 하지. 누구든 가리지 않고 한참 놀다 보면 제일 못생긴 여자에게도 제일 낭만적인 면이 있다는 걸 발견하는 거야. 나는 그런 애정이 없어."

리궈화가 겸연쩍은 표정으로 술잔의 밑바닥을 들여다보며 덧붙였다.

"난 연애라는 놀이를 좋아하기도 하고 말이야."

영어 선생이 물었다.

"사랑하지도 않으면서 연기하는 게 피곤하지 않아?"

리궈화가 생각에 잠겼다. 그동안 자신을 거쳐간 여학생들의 수를 세어보았다. 자신을 우상으로 여기는 여학생을 강간하는 것이 그녀를 붙들어둘 수 있는 가장 빠른 길이라는 걸 그는 알고 있었다. 그러다가 그녀들은 매몰차게 버려졌다. 그는 다음번 여학생에게 속삭일 달콤한 말을 지금의 여학생에게 연습했다. 그렇게 연결되는 불멸의 감정이 아름다웠다. 버릴 때 느껴지는 원심력은 더욱 아름다웠다. 영화 속 여주인공이 캠코더를 들고 눈밭에서 빙글빙글 도는 것 같았다. 여주인공의 얼굴이 렌즈 앞을 가로막았다가, 화면이 바뀌는 순간 배경이 바뀌며 정사각형이던 마당이 달리는 고속철도 창밖으로 지나가는 풍경이 된다. 공간을 억지로 잡아 늘여 시간이 되고 피범벅이 된다. 이 아름다운 희열을 영어 선생에게 설명할 수가 없었다. 그에게는 애정이 너무 많다. 여학생이 자살했다는 소식을 처음 들었을 때 리궈화가 느꼈던 기쁨, 희열, 안도감을 영어 선생은 절대로 이해할 수 없을 것이다. 마음속에서 〈청평조〉*의 태평한 노랫가락이 파도처럼 넘실댔다. 한 남자를 향한 최고의 존경은 그를 위해 자살하는 것이다. 그를 위한 자살인지, 그로 인한 자살인지는 중요하지 않았다.

수학 선생이 리궈화에게 물었다.

"타이베이에 사는 고2 여자애 아직 만나? 이제 고3인가?"

리궈화가 콧김으로 탄식했다.

"슬슬 싫증나. 하지만 새 학기가 시작되어 새 학생이 들어올 때까지는 어쩔 수 없지. 계속 만나는 수밖에."

물리 선생이 언제 안경을 꼈는지 갑자기 목소리를 높여 혼잣말처럼 말했다.

* 淸平調 이백의 시. 당나라 현종이 양귀비의 아름다움을 노래하기 위해 이백을 시켜 지었다.

"하필 마누라랑 텔레비전을 보고 있었단 말이지. 광고가 나올 거라고 언질을 줬어야지 원."

다른 세 사람이 낙엽 떨어지듯 박수를 치고 그의 어깨를 두드렸다. 건배. 스승과 제자의 연애처럼 은밀한 중국과 대만의 관계를 위해 건배. 텔레비전에서 불쑥 거실로 뛰쳐나온 내연녀를 위해 건배. 모텔에서 귀가한 후 불을 환히 밝힌 채 마누라와 섹스할 수 있는 남자를 위해 건배. 새 학년의 시작을 위해 건배.

영어 선생이 물리 선생과 리궈화에게 동시에 물었다.

"자네들이 여자애들보다 더 순정파로군. 새로운 애들이 들어올 때까지 굳이 기다릴 게 뭐야?"

밖에서 케이블카가 구름을 비스듬히 가르며 움직였다. 케이블카는 아주 멀고 작아 보였다. 창가로 가까이 다가온 케이블카가 서서히 위로 올라가면 반대쪽에 있는 케이블카가 서서히 내려갔다. 헐거워진 염주를 한 알씩 옮기는 것 같았다. 리궈화는 문득 〈청평조〉의 한 구절을 떠올렸다. 구름을 보면 미인의 옷차림을 생각하고, 꽃을 보면 미인의 얼굴을 생각하네. 대만의 나무들은 입추가 다가오는데도 잎이 무성했다. 구름을 쳐다보다가 자기도 모르게 팡쓰치가 생각났다. 그러나 떠오른 건 그녀의 옷이 아니라 처음 방문했을 때 그녀가 했던 말이었다. 팡쓰치는 말했다.

"엄마가 커피를 못 마시게 하지만 만들 줄은 알아요."

심오한 뜻이 담긴 말이었다. 쓰치가 수납장 꼭대기 칸에 놓인 그라인더를 내리려고 손을 뻗었다. 상의와 스커트 사이로 새하얀 허리가 드러났다. 녹색 격자무늬 원고지에 나중에 쓰려고 했다가 작문을 제출하고 나서야 생각난 생경한 단어처럼. 그 공백이 너무 넓어서 첨삭해주는 선생님도 학생이 무엇을 쓰려 했는지 짐작할 수 없다. 그라인더를 내리자 쓰치의 상의가 무대의 커튼처럼 내려왔다. 쓰치는 고개를 들어 그를 보지 않았지만 그라인더를 돌리는 얼굴이 발그레했다. 다음 번 방문 때는 그라인더가 조리대 위에 있었기 때문에 손을 뻗을 필요가 없었다. 하지만 그라인더를 집는 그녀의 얼굴이 지난번보다 더 붉어졌다.

리궈화를 결심하게 만든 건 팡쓰치의 자존심이었다. 이렇게 정교하게 다듬어진 아이는 절대 입 밖에 내어 말하지 않을 것이다. 너무 더러운 일이기 때문이다. 자존심은 종종 남과 자신을 찌르는 바늘이 된다. 그녀의 자존심은 그녀의 입을 꿰매는 바늘이 되었다. 이제 리궈화가 치밀한 계획을 세우기만 하면 그만이었다. 팡쓰치의 부모는 자주 출장을 간다고 했다. 가장 큰 난제는 류이팅일 것이다. 샴쌍둥이를 분리할 때 하나뿐인 중요한 장기를 누구에게 주어야 할지 아무도 모른다. 그녀가 류이팅에게도 비밀을 털어놓을 수 없을 만큼 자신을 아끼기를 바랄 수밖에 없었다. 그런데 리궈화의 계획이 완성되기 도 전에 누군가 그에게 그녀를 덥석 안겨주었다.

10층 리씨 아주머니의 지상 최대 근심거리는 딸의 혼사였다. 아주머니의 딸은 서른다섯 살이었다. 서른다섯에도 자신 있게 애인이라고 부를 상대가 없는 그녀는 생일케이크의 촛불마저 힘없이 가물거렸다. 리씨 아주머니의 남편은 장張씨다. 아주머니는 장씨 아저씨가 학생이었을 때 함께 고생하며 뒷바라지를 했고, 아저씨가 성공하자 조강지처라는 자부심을 가졌다. 아저씨도 한결같아서 학교를 막 졸업하고 결혼하기 전에는 국 속에 든 건더기는 모두 건져 리씨 아주머니의 밥그릇에 얹어주었고, 지금도 술자리에서 맛있는 것이 나오면 아내에게 주려고 싸온다. 친구들이 놀리면 아저씨는 웃으며 "이렇게 맛있는 걸 어떻게 나 혼자 먹어?"라고 말했다. 아저씨는 딸이 연애하지 못하는 걸 조급하게 생각하지 않았다. 엄마의 변변찮은 외모와 열등감 강한 성격을 닮기는 했지만 장씨 아저씨의 눈에는 귀엽기만 한 딸이었다.

예전에 첸이웨이가 늦도록 결혼하지 못하자 그의 아버지가 술이 거나하게 취해서는 장씨 아저씨에게 말했다.

"차라리 자네 딸을 내 며느리로 주는 게 어때?"

옆에 있던 리씨 아주머니가 두 손으로 술잔을 들어올렸다.

"우리 딸이 감히 어울리기나 해요?"

아주머니가 집에 가서 남편에게 말했다.

"첸이웨이가 여자를 몇이나 사귀었는지 내가 모르는 것도 아닌데 아무리 급해도 우리 완루婉如는 그 집에 못 보내지."

옆에서 듣고 있던 완루는 엄마가 자신을 위해서 그러는 것 같지도 않고, 속으로 참담하기만 했다. 엘리베이터에서 첸이웨이를 만나면 침묵의 공기에 숨이 막힐 것 같았다. 하지만 첸이웨이는 아무렇지 않아 보였다. 서로의 부모가 둘의 혼사를 놓고 그런 농담을 했다는 걸 모르는 것 같기도 하지만, 그 얘기를 한 푼 가치도 없는 순수한 농담으로 여기는 것 같아서 더 화가 났다.

장완루의 서른다섯 살 생일이 다가오자 리씨 아주머니는 세계 종말의 날 카운트다운을 시작한 것 같았다. 아주머니는 식탁을 차렸다. 흰 율무마국과 부기를 내리는 데 좋은 풋콩고기볶음, 디저트는 보양식인 흑미였다. 완루는 그릇을 눈높이까지 들고 꿀꺽꿀꺽 마셨다. 뜨거운 김이 두꺼운 안경을 부옇게 덮어 그녀가 화가 났는지 상심했는지, 아니면 아무렇지도 않은지 알 수가 없었다.

완루는 생일이 지난 지 얼마 되지 않아 가족들에게 싱가포르 출장 때 남자친구를 사귀었다는 소식을 전했다. 싱가포르 화교인 그녀의 남자친구가 중국어로 말할 때마다 쓰치와 이팅은 향신료와 펜데스 냄새를 맡는 것 같았다. 그의 외모도 향신료처럼 알싸한 향기가 풍겼다. 우뚝 솟은 눈썹 뼈와 움푹 들어간 눈, 또렷한 인중과 살짝 말려 올라간 윗입술이 어느 각도에서 보아도 준수했다. 게다가 완루처럼 공부를 잘해서 완루의 미국 석사 유학 시절 선배라고 했다. 신랑이 신부집에 빙금*을 보낼 때도 나무함에 미국 달러를 가득 넣어 보냈다고 했다. 말솜씨마저 훌륭한 신랑이 빙금을 건네며 완루의 부모에게 이렇게 말했다.

"저와 완루 모두 경제학을 전공했지만 완루는 값을 매길 수 없습니다. 이건 제 작은 마음입니다."

쓰치와 이팅은 완루 언니의 신랑 이름을 몰라 남자친구라고만 불렀다. 류이팅은 십수 년이 지난 후에도 리씨 아주머니가 자랑하는 걸 들어야 했다.

"우리 완루가 조용해 보여도 신랑감을 직접 골랐어. 빙금이 든 함 뚜껑을 열었는데 지폐 다발이 풀밭보다 더 푸르더라니까."

완루가 결혼해 싱가포르로 떠난 뒤 리씨 아주머니는 자식 혼사에 걱정 많은 부모들을 위로하며 자식을 결혼시키고 나니 속이 시원하다고 자랑했다. 그리고 얼마 되지 않아서 이원

* 聘金 중국에서 결혼할 때 남자가 여자에게 주는 재화.

을 첸이웨이에게 소개했다.

어느 날 리씨 아주머니가 엘리베이터에서 마주친 리궈화에게 불쑥 말했다.

"리 선생님이 우리 완루를 못 봐서 아쉽네요. 우리 딸이 조용해 보여도 엘리트 총각들이 어찌나 좋다고 따라다니는지."

그녀가 목소리를 낮추고 속삭였다.

"첸이웨이 아버님도 우리 완루를 며느리로 달라고 졸랐다니까요."

"그래요?"

리궈화는 이원을 떠올렸다. 슬리퍼를 신고 조리대 앞에 서 있는, 뼈를 꼭 쥔 발뒤꿈치 살이 핑크빛을 띠었다. 종아리에 있는 모기 물린 자국도 핑크색이었다.

"왜 그 집에 시집을 안 보낸 줄 알아요? 우리 완루가 자기주장이 강해서 말이에요. 첸이웨이한테는 말 잘 듣는 여자가 어울리지. 이원은 이웃집 애들 보모 노릇까지 하잖우. 뉘 집 애들이냐고요? 누구긴 누구예요? 류 선생이랑 팡 선생네 애들이지. 칠 층 말이에요."

리궈화는 사타구니를 타고 흐르는 찌르르한 전율을 이처럼 또렷하게 느낀 적이 없었다. 리씨 아주머니의 수다가 계속되었다.

"애들이 뭐하러 문학을 읽는지 모르겠네. 참, 리 선생님은 고문 읽는 사람들처럼 고리타분해 보이지 않아요. 우리 딸이랑 사위처럼 경제학하는 사람 같아요. 역시 쓸모 있는 건 경제학이지."

리궈화는 아무 얘기도 귀에 들어오지 않았다. 그저 수다스런 아낙의 벙긋거리는 입을 쳐다보며 고개만 끄덕였다. 그의 고갯짓은 정신을 다른 데 팔고 있는 사람의 고분고분함이었고, 그의 눈빛은 마음 깊숙이 감추어둔 가장 감성적인 고백을 하려는 사람이 상대 앞에서 보여주는 맑고 투명한 눈빛이었다.

쓰치와 이팅은 하굣길에 집에 들르지 않고 곧장 이원의 집으로 갔다. 이원은 간식을 준비해놓고 기다리고 있었다. 원래 집에 있는 것들이라고 했지만 아이들이 도착해보면 늘 따뜻하게 데워져 있었다. 최근에 그들은 중국의 문화대혁명을 배경으로 한 작품에 매료되어 있었다. 이원은 오늘 아이들에게 장이머우張藝謀 감독의 〈인생〉을 보여주었다. 영화감상실의 커다란 스크린이 황제의 조서처럼 천천히 돌아가며 내려오고 프로젝터가 윙윙 소리를 냈다. 이원은 장중한 느낌을 위해 다른 영화를 볼 때처럼 팝콘을 준비해두지 않았다. 세 사람이 가죽소파에 몸을 묻었다. 송아지 가죽으로 된 소파가 햇빛처럼 포근했다.

이원이 말했다.

"타인의 고통을 방관해선 안 돼. 알았지?"

쓰치와 이팅이 고개를 끄덕이며 등받이에서 몸을 일으켜 허리를 곧게 폈다. 영화가 시작되고 얼마 지나지 않아 주인공 푸구이福貴가 도박장에서 업혀서 집에 돌아오는 장면이 나왔다. 이원이 낮은 소리로 아이들에게 말했다.

"우리 할아버지도 어릴 적에 업혀서 등교했대. 다른 아이들은 전부 걸어서 등교하는데 혼자만 업혀서 가는 게 창피해서 날마다 업히지 않으려고 도망 다녔대."

그리고 세 사람 모두 아무 말도 하지 않았다.

푸구이의 아내 자전家珍이 말했다.

"내가 바라는 건 당신이 편하게 사는 것뿐이에요."

이원이 소매로 눈물을 닦는 것을 보며 쓰치와 이팅은 늦더위가 가시지 않아 선풍기를 켜야 할 만큼 더운 날씨에 그녀가 긴소매 터틀넥을 입는 까닭이 궁금해졌다. 하지만 화면에 그림자극이 나오자 다시 영화에 몰입했다. 고개를 돌리지 않아도 이원이 계속 울고 있다는 걸 알 수 있었다. 성마른 초인종 소리가 영화 속 그림자극 속으로 불쑥 뛰어들어 벽에 걸린 스크린을 찢었다. 이원은 초인종 소리를 듣지 못했다. 삶 속에 영화가 있고 영화 속에 드라마가 있으며 삶 속에 또 드라마가 있었다. 쓰치와 이팅은 이원에게 말을 걸 수가 없었다. 세 번째 초인종이 울렸을 때 이원이 소리에 얻어맞은 듯 정신이 들었다. 그녀가 뺨을 누르며 급하게 밖으로 달려 나갔다. 나가면서 자기는 여러 번 봤으니까 기다리지 말고 영화를 계속 보라고 했다. 이원의 뺨이 축축이 젖어 있었다. 스크린을 비추는 빛이 놀이공원에서 파는 화려한 색깔의 막대사탕 같았다. 눈물자국이 이원의 네온색 눈동자 속으로 들어갔다.

영화 장면이 바뀌었지만 쓰치와 이팅은 영화에 집중할 수가 없었다. 이원의 집에서 이원에 대해 얘기할 수가 없었다. 두 소녀는 스크린을 멍하니 응시했다. 똑똑한 사람이 이해할 수 없는 일을 맞닥뜨리면 남들보다 더 흐리멍덩해지곤 한다. 아름답고 강하고 용감한 이원 언니가 아닌가. 문이 벌컥 열리고 노란빛이 어두컴컴한 영화감상실 안으로 쑥 빨려 들어왔다. 그곳에 리궈화가 서 있었다. 빛을 등에 업은 그의 잔머리와 옷 표면의 솜털이 전등 빛을 받아 은색 실루엣만 드러났다. 선풍기 바람이 겨드랑이 밑을 비집고 들어왔다. 얼굴은 어두운 그늘에 가려 보이지 않았다. 이슬람교의 벽화 속 얼굴이 보이지 않는 대천사 같았다. 실루엣이 천천히 걸어 들어왔다. 이원도 바로 뒤를 따라 들어와 소녀들 앞에 앉았다. 눈물은 이미 말라 있었고 프로젝터의 다채로운 불빛이 그녀의 이목구비를 색칠했다.

이원이 말했다.

"선생님이 너희를 보러 오셨대."

리귀화가 말했다.

"참고서가 여러 권 생겼어. 너희 생각이 나더구나. 너희는 다른 아이들과 달라서 고등학교 참고서를 지금 주는 게 늦은 일일 수도 있지만 받아주겠니?"

쓰치와 이팅이 늦지 않았다며 고마워했다. 소녀들은 리귀화의 방문이 다행스러웠다. 자신들의 여신이 무너져 내리는 걸 보며 충격에 빠져 있던 그녀들을 구해주었다고 생각했다. 또 이기적인 생각도 있었다. 이원 언니가 그녀들 앞에서 우는 건 처음이었다. 그건 그녀들 앞에서 배설을 하는 것보다 더 끔찍한 자기 모독이었다. 눈물이 이원의 뺨을 타고 흘러내리는 순간 닫혀 있던 지퍼가 열리며 영롱한 옥 안에 감추어져 있던 너저분한 솜뭉치를 본 것 같았다. 지퍼가 열린 틈새로 세상의 추악함이 모습을 드러내려는 순간 리귀화가 그녀들을 구해준 것이었다. 이원의 울음은 또래 소녀들이 열광하는 우상이 마약을 한 사건처럼 느껴졌다. 소녀들은 다시 아이로 돌아가야 했다.

리귀화가 말했다.

"내게 좋은 생각이 있어. 너희가 각자 일주일에 한 편씩 작문을 써오면 어떨까? 물론 내가 가오슝에 있을 때."

쓰치와 이팅이 망설임 없이 대답했다.

"내일부터 할게요."

"그럼 내가 다음 주까지 수정해놓고 그걸 같이 살펴보는 거야. 물론 수업료는 받을 거다. 나는 수업료가 무척 비싸거든."

이원은 농담이라는 걸 알고 웃었지만, 웃음 속에 길 잃은 표정이 섞여 있었다.

"작문 제목은…… '진실함'으로 하자. 요즘 내가 학생들에게 내준 주제란다. 설마 '장래희망'이나 '꿈' 같은 주제를 원하는 건 아니겠지? 자신에 관한 주제일수록 학생들은 자신과 동떨어진 글을 쓰더구나."

두 소녀는 재미있는 선생님이라고 생각했다. 이원은 웃음을 거두었지만 길 잃은 눈빛은 여전히 미간에 엷게 남아 있었다.

이원은 리궈화가 마음에 들지 않았고 그로 인해 두 소녀와 보내는 시간을 방해받는 것도 싫었다. 처음에는 다른 남자들이 그러듯 그의 시선이 자신에게서 맴돌고 있다고 생각했다. 메뉴판이 없는 레스토랑에 가서 메뉴판을 보고 싶어하는 프티브루주아처럼 군침을 흘리면서 말이다. 그런데 어쩐지 조금 이상했다. 리궈화의 눈빛은 단순한 탐닉이 아니라 관찰하고 연구하는 눈빛이었다. 이원은 아주 오랜 시간이 지난 후에야 리궈화가 그녀의 얼굴에서 쓰치가 장차 짓게 될 표정을 찾아내 미리 감상하려 했다는 걸 깨닫게 될 것이다.

"잊지 말고 꼬박꼬박 써오렴. 내 딸에게도 이런 혜택은 베

풀지 않으니까."

두 소녀는 정말 재미있는 선생님이라고 생각했다. 훗날 류이팅은 〈인생〉을 끝까지 볼 수 없었다.

쓰치와 이팅은 리궈화에게 매주 한 편씩 작문을 제출했다. 몇 번 지나지 않아 리궈화는 네 사람이 함께 있으니 한담을 나눌 수는 있어도 작문에 대해 진지하게 얘기할 수가 없다며 두 사람에게 하교 후 학원에 가기 전에 번갈아 자기 집으로 오라고 했다. 옆에서 듣고 있던 이원은 간섭하지 않았다. 소녀들을 서로 차지하겠다고 이웃과 싸울 수는 없었다. 그렇게 해서 이원은 일주일에 이틀씩 소녀들을 볼 수 없었다. 상처투성이인 그녀에게 정신적인 양식이 되어주는 그 귀여운 소녀들.

쓰치는 진실함에 대해 이렇게 썼다.

'나의 몇 안 되는 장점 중 하나가 바로 진실하다는 것이다. 진실하게 행동함으로써 내가 누릴 수 있는 것은 삶에 대한 나만의 친밀감과 자기만족이다. 진정한 진실함이란 엄마에게 솔직하게 털어놓기만 하면 꽃병을 깨뜨렸어도 자랑스러워할 수 있는 것이다.'

이팅은 이렇게 썼다.

'진실함이란 남에게 보여줄 수 없는 연애편지를 베개 밑에 숨기면서 누가 몰래 훔쳐보길 바라는 것처럼 무의식중에 봉

투 모서리를 살짝 보이게 놓는 것이다.'

쓰치는 예상대로 자존심이 강했다. 리궈화의 빨간 펜이 움직여야 한다는 것도 잊은 채 희열에 겨워 원고지 위에 멈추었다. 빨간 잉크가 원고지 위에 커다란 점을 만들었다. 류이팅의 작문도 훌륭했다. 두 소녀의 작문은 표현만 조금 다를 뿐 내용은 거의 같았다. 하지만 그건 중요하지 않았다.

그날 리 선생님은 유난히 즐거워 보였다. 화제가 작문에서 식탁으로 옮겨가고 그의 손도 화제에 따라 쓰치의 손 위로 옮겨졌다. 쓰치의 얼굴이 붉어졌다. 달아오르는 열기를 누르려고 했지만 얼굴이 더 빨개졌다. 파란 펜이 흔들리다가 책상 밑으로 떨어지자 쓰치가 몸을 숙여 펜을 집었다. 고개를 들었을 때 서재의 노란 불빛에 비친 선생님의 미소가 유들유들해 보였다. 선생님이 손바닥을 비비는 그 금빛 동작을 보며 쓰치는 더럭 겁이 났다. 반딧불이 같은 불빛이 자신을 덮치면 어떤 모습이 될지 상상할 수 있었기 때문이다. 지금껏 선생님을 남자로 생각한 적도 없고 선생님이 자신을 여자로 생각한다는 것도 전혀 몰랐다.

선생님이 말했다.

"내가 방금 말한 책을 꺼내오렴."

쓰치는 선생님의 목소리가 처음으로 해서체楷書體처럼 힘 있게 자신을 내리누르는 것을 느꼈다.

쓰치가 까치발을 세우고 손을 뻗자 리궈화가 벌떡 일어나 뒤로 오더니 자신의 몸과 두 팔, 책장으로 그녀를 포위했다. 그의 손이 책장 높은 곳에서 미끄러져 내려와 책등에 닿아 있는 그녀의 손 위로 떨어졌다가 다시 내려오더니 그녀의 허리를 감아 꽉 조였다. 쓰치는 작은 틈조차 없이 그의 몸에 밀착되었다. 창밖의 하늘처럼 축축한 콧김이 정수리를 덮치고 그의 하반신에서도 심장 박동을 느낄 수 있었다.

그가 아무렇지 않게 말했다.

"이팅이 그러는데, 너희가 날 좋아한다면서?"

너무 가까이에서 속삭여 이팅이 했던 말과는 뉘앙스가 전혀 달랐다.

자기 자신이 찢기는 것보다 옷이 찢기는 것이 더 고통스러운 어린 소녀였다. 아, 죽순 같은 허벅지, 얼음꽃 같은 엉덩이, 갈아입기 위한 것일 뿐 쾌락을 위한 것이 아닌 민무늬 팬티, 배꼽 바로 아래 팬티 위에 멈추어 있는 나비. 이 모든 것이 그가 낙서해주길 기다리고 있는 새하얀 종이 같았다. 쓰치의 입이 꿈틀거렸다. 싫어. 싫어. 싫어. 싫어. 쓰치와 이팅이 어려운 일이 닥쳤을 때 입술로 보내는 신호였다. 리궈화에게는 그 벙긋거림이 '창녀, 창녀, 창녀, 창녀'로 보였다.* 그가 쓰치의 몸

* 싫다는 의미의 '不要'와 창녀를 뜻하는 '婊'는 발음이 서로 비슷하다.

을 뒤로 돌리고 그녀의 턱을 들어올렸다.

"안 되면 입으로도 괜찮아."

손님이 가격을 너무 낮게 부르자 흥정해볼 의욕마저 잃고 마지노선을 제시하는 종업원의 김빠진 표정이 그의 얼굴 위로 떠올랐다.

쓰치가 소리 내어 말했다.

"안 돼요. 할 줄 몰라요."

그가 자신의 것을 꺼냈다. 핏줄이 툭 불거진 눈앞의 것에 놀라 어린 양 같은 그녀의 이목구비가 벌어진 순간 그가 밀고 들어갔다. 첫날밤 신방처럼 붉은 입속, 문 앞에 드리운 주렴처럼 깔끄러운 작은 치아들. 그녀의 비틀린 목구멍 틈으로 구역질이 왈칵 쏟아지려고 할 때 그의 목소리가 터졌다.

"오, 신이시여."

류이팅은 나중에 쓰치의 일기에서 이런 구절을 읽을 것이다.

'오, 신이시여. 이 얼마나 부자연스러운 말인가. 영어를 억지로 옮겨놓은 그 말처럼 그는 나를 억지로 휘저어놓았다.'

그 후에도 쓰치는 일주일에 하루씩 아래층으로 내려갔다. 그때마다 책상에는 지난주에 그녀가 제출한 작문과 빨간 볼펜이 놓여 있지 않았다. 쓰치의 마음도 책상 위만큼이나 처량했다. 그는 샤워를 하고 있었고 그녀는 소파에 앉았다. 샤워 물줄기 소리가 고장 난 텔레비전 소리 같았다. 그는 그녀를 번쩍 들어 올려 교복 상의 단추를 하나씩 비틀어 끌렀다. 생일케이크의 촛불을 하나씩 끄듯이. 그가 원하는 건 단지 소원을 비는 행위일 뿐 소원은 없었다. 그녀의 온몸이 송두리째 꺼졌다. 교복 치마가 침대 밑으로 떨어졌다. 그녀는 내던져진 자신을 내려다보듯 자기 옷을 보았다. 그의 수염이 거칠게 지나간 자리에 살갗이 발갛게 부어올랐다.

그가 말했다.

"나는 사자야. 내 땅에 흔적을 남길 거야."

그녀는 그의 말을 글로 써놓아야겠다고 생각했다. 말투가 어떻게 그렇게 속되고 천할 수 있을까. 다른 생각은 하고 싶지 않았다. 너무도 고통스러웠다.

그녀의 머릿속에 저절로 비유가 떠올랐다. 커튼이 내려진 침실과 커튼 틈으로 들어오는 어렴풋한 빛에 눈이 점점 익숙해졌다. 그의 어깨 너머로 보이는 천장이 조각배처럼 흔들렸다. 어릴 적 원피스가 찢겨진 것 같았다. 그의 눈을 들여다보려고 했다. 달리는 기차의 두 칸 사이에 서서 꿈틀거리는 이음새를 보려는 것처럼. 하지만 그럴 수 없었다. 샹들리에 아래로 둥글게 매달린 크리스털 구슬은 아무리 세어도 몇 개인지 셀 수가 없었다. 쉬지 않고 빙글빙글 돌았다. 그도 돌았다. 생명도 돌았다. 그가 그녀의 몸 위에서 개처럼 짖을 때 그녀는 마음속 무언가가 그에게 찔려 죽은 것 같은 또렷한 감각을 느꼈다. 그는 손을 짚고 눈물이 스며든 베개 위에 말없이 누워 있는 그녀를 보았다. 그녀의 얼굴은 방금 목욕을 마치고 나온 듯 흥건하게 젖어 있었다.

리궈화는 침대에 누워 고양이가 혀로 핥듯 가볍게 생각했다. 그녀는 강간을 당할 때도 소리를 내지 않고 울 때조차 소리를 내지 않았다. 창녀, 작고 어린 창녀. 쓰치가 침대 아래 널브러져 있는 옷으로 다가갔다. 무릎을 꿇고 치마에 얼굴을 묻었다. 2분 동안 울다가 머리도 들지 않고 이를 악문 채 말했다.

"옷 입는 거 보지 마세요."

리궈화가 베개를 손으로 짚었다. 사정 후의 노곤함 위에 아직도 욕망의 싹이 남아 있었다. 보지 않으려 해도 그녀의 사과 껍질 같은 입술, 사과 속살 같은 가슴, 살구씨 같은 젖꼭지, 무화과 같은 그곳이 보였다. 중의학에서 무화과는 비장을 튼튼하게 하고 장을 윤활하게 하며 입맛을 돋운다고 했다. 그의 수집품이 된 무화과. 잘린 팔다리보다 처녀막을 복원하기가 더 어렵다고 믿는 어린 소녀가 그의 욕망을 쫓아내고 장대 위에 낚싯대를 드리우며 더 멀리 있는 무화과를 찾아보라고 유혹했다. 그녀의 무화과는 금기의 깊은 곳으로 향하는 통로였다. 그녀는 무화과였다. 그녀는 금기였다.

그녀의 뒷모습은 그녀가 그의 언어를 알아듣지 못한다고 말하는 것 같았다. 끈끈하게 젖어버린 팬티가 자기 것이 아니라고 말하는 것 같았다. 그녀는 옷을 다 입고 두 팔로 자기 몸을 감싼 채 그 자리에서 미동도 하지 않았다.

리궈화가 천장을 보며 말했다.

"이건 선생님이 널 사랑하는 방식이야. 알아듣겠니? 날 원망하지 마. 넌 책을 많이 읽었으니 아름다움이란 자기 혼자만의 것이 아니란 걸 알 거야. 넌 정말 아름다워. 하지만 모든 사람의 것일 수 없으니 내가 가질 수밖에. 넌 내 거야. 넌 선생님을 좋아하고 선생님도 널 좋아해. 우린 잘못된 행동을 하지 않았어. 이건 서로 좋아하는 두 사람이 할 수 있는 최상의 일이야. 날 원망하지 마. 내가 여기까지 오는 데 얼마나 큰 용기를 냈는지 넌 모를 거야. 널 처음 봤을 때 네가 나의 운명적인 아기천사라는 걸 알았어. 네가 쓴 작문을 읽었어. 넌 이렇게 썼지. '사랑 속에서 나는 항상 천국을 본다. 그 천국에서 은색 갈기를 날리는 말들이 서로 짝을 지어 입을 맞추고 비릿한 흙냄새가 엷게 피어오른다.' 나는 학생의 글을 외워본 적이 없어. 하지만 난 방금 전 네 위에서 정말로 천국을 경험했다. 나는 빨간 펜을 들고 펜을 깨물며 그 문장을 쓰는 널 보았어. 넌 왜 내 머릿속을 떠나지 않니? 너무 많이 와버렸다고 나를 나무라도 좋아. 하지만 내 사랑을 원망할 수 있어? 너 자신의 아름다움을 원망할 수 있어? 게다가 며칠 있으면 스승의 날이잖아. 넌 이 세상에서 가장 훌륭한 스승의 날 선물이야."

그녀가 듣든 말든 리궈화는 자신의 유창한 언변에 만족했다. 강의할 때도 그의 언변은 늘 최고의 효과를 발휘했다. 그는 그녀가 다음 주에도, 또 그다음 주에도 찾아오리라는 걸 알고 있었다.

쓰치는 그날 저녁, 집에서 멀지 않은 찻길 위에서 정신이 들었다. 장대비가 쏟아지고 교복은 흠뻑 젖어 있었다. 얇은 옷이 몸에 찰싹 달라붙고 긴 머리는 두 볼을 친친 휘감았다. 자동차 헤드라이트가 찻길 한가운데 서 있는 그녀를 휘갈기고 지나갔다. 하지만 그녀는 자신이 언제 집에서 나왔는지, 어디로 가려는 건지, 무엇을 했는지 기억나지 않았다. 리 선생님의 집에서 나와 집으로 돌아갔다고 생각했다. 아니 어쩌면 선생님이 그녀에게서 나간 것일 수도 있다. 그때 팡쓰치는 처음으로 잠깐 기억을 잃었다.

그날 하교 후 쓰치와 이팅은 또 이원의 집에 갔다. 요즘 이원은 우울하고 기운이 없어 보였다. 환상적이고 풍부한 마르케스가 그녀의 입을 거치며 단조롭고 밋밋해졌다. 한 단락을 읽고 난 후 이원은 마르케스의 작품 속에서 배설이 상징하는 의미에 대해 설명했다.

"마르케스의 작품 속에서 대변은 삶에서 날마다 마주해야 하는 황폐한 감정이야. 다시 말해서 대변을 누는 건 등장인물로 하여금 삶의 황폐함 속에서 생명의 황폐함을 깨닫게 하는 장치이지."

이팅이 맥락 없이 불쑥 말했다.

"요즘 매일 리 선생님 댁에 가는 날이 기다려져요."

마치 이원의 집은 지나쳐가는 곳이라는 뜻으로 들렸다. 리궈화가 소녀들을 하루 만나주는 덕분에 이원이 소녀들을 닷새 동안 만날 수 있다는 것처럼 말이다. 이팅은 말을 내뱉자마자 하지 말았어야 하는 말을 했다는 걸 알았다. 이원은 "그래?" 하고 짧게 말한 후 마르케스의 작품 속에 나오는 대변과 소변에 대해 계속 얘기했다. 하지만 말투는 완전히 달랐다. 마르케스의 작품 속으로 들어가 변비에 시달리며 변소에 쭈그려 앉아 있는 것 같았다. 쓰치도 변비에 걸린 사람처럼 얼굴이 발개졌다. 이팅의 무지는 실로 잔인했지만 그녀를 탓할 수 없었다. 그녀 위에 올라타 그녀를 때리는 사람도 없고, 그녀 위에 올라타 매를 때리는 것보다 더한 고통을 주는 사람도 없었다. 두 소녀는 이미 이원의 긴 소매가 의미하는 게 무엇인지 알고 있었다. 쓰치는 이팅이 이원을 위로하려고 건네는 다정한 눈빛이 싫었고, 흠집 하나 없는 이팅이 싫었다.

쓰치와 이팅이 가고난 뒤 이원은 화장실에 틀어박혀 수도꼭지를 열고 손으로 얼굴을 감싼 채 울음을 터뜨렸다. 아이들도 자신을 동정하고 있었다. 수도꼭지에서 물이 콸콸 쏟아졌다. 한참 동안 울었다. 손가락 틈으로 새어드는 불빛에 결혼반지가 반짝였다. 첸이웨이의 싱글거리는 눈동자 같았다.

그녀는 첸이웨이의 미소를 좋아했다. 그가 핑크색 연필부터 핑크색 스포츠카까지 핑크색 물건만 보면 그녀에게 사다 주는 것도 좋았다. 영화감상실에서 영화를 볼 때 그가 패밀리 사이즈의 아이스크림을 끌어안고 먹는 것도, 그가 자신의 쇄골 위 움푹 파인 곳을 두드리며 여기가 그녀의 자리라고 말하는 것도 좋았다. 똑같은 디자인의 상의를 컬러별로 일곱 벌이나 사는 것도 좋고, 5개 국어로 사랑한다고 말해주는 것도 좋았으며, 허공에 손을 뻗고 왈츠를 추는 것도 좋고, 눈을 감고 그녀의 얼굴을 만지며 업어주겠다고 말하는 것도 좋았다. 또 그가 고개를 들어 나라 국國을 어떻게 쓰느냐고 묻고 허공에 글씨를 쓰는 그녀의 손가락을 끌어다가 입에 무는 것도 좋았다. 그가 행복한 것이 좋고, 그가 좋았다. 하지만 첸이웨이는 그녀를 무자비하게 때렸다!

쓰치는 매일 샤워를 할 때마다 손가락을 밑에 집어넣었다. 아팠다. 그렇게 좁은 곳에 그는 어떻게 들어가는 걸까. 하루는 손을 집어넣다가 자신이 무슨 짓을 하고 있는지 깨달았다.

'그가 내 사춘기를 찢어버렸지만 나도 내 사춘기를 찢어버릴 수 있어. 그가 한 것처럼 나도 할 수 있어. 내가 나를 버린다면 그는 나를 다시 버릴 수 없을 거야. 어차피 우리가 먼저 선생님을 사랑한다고 했어. 네가 사랑하는 사람이 네게 뭘 하든 상관없잖아. 안 그래?'

진실은 무엇이고, 거짓은 무엇일까? 진실과 거짓은 상대적인 것이 아닐 수도 있다. 세상에 절대적인 거짓이 존재할 수도 있다. 그녀는 찢겼고 휘저어 뭉개졌으며 찔려 죽었다. 그러나 선생님은 그녀를 사랑한다고 했다. 그녀도 선생님을 사랑한다면 그건 사랑이 된다. 사랑하는 사람끼리 아름다운 사랑을 나누는 것이 된다. 그녀에게는 다른 미래가 있었다. 하지만 지금 그녀는 과거 자신의 위조품이다. 애초에 진품이 없는 위조품. 분노의 오언절구는 영원히 늘여 쓸 수가 있다. 쓰고 또 쓰고 천 글자를 써도 끝나지 않는, 애절하고 장엄한 시가 될 수 있다. 선생님은 문을 닫고 검지를 입술에 대며 말했다.

"쉿, 이건 우리 둘의 비밀이야."

그녀는 아직도 그 검지가 자기 몸 안에서 조이스틱이나 모터가 되어 자신을 조종하고 지배하고 자신의 반점을 깨물며 쾌락을 즐기고 있는 것 같았다. 사악함이란 이처럼 평범한 것이고, 평범함이란 이처럼 쉬운 것이다. 선생님을 사랑하는 것은 어렵지 않다.

인생은 되돌릴 수 없는 것이라고 했다. 물론 이건 현재에 충실하라는 뜻이 아니다. 인생을 되돌릴 수 없다는 건 그녀가 위조품이 아니었을 때부터 이미 위조품이었다는 뜻이다. 그녀는 솜인형을 가지고 이팅과 싸우고, 젖은 솜 위에 누워 있는 녹두 주위를 돌며 빨리 자라라고 춤을 추었다. 피아노를 고약한 피아노 선생님 삼아 이팅은 낮은 음계의 건반을, 쓰치는 높은 음계의 건반을 마구 두드리기도 했다. 키 크는 보약 위에 거꾸로 비친 서로의 얼굴을 보며 보약 속에 유니콘의 뿔과 봉황의 꼬리 깃털이 들어 있다고 상상했다. 인생을 되돌릴 수 없다는 건 이 모든 것이 단지 훗날 선생님을 아프게 하지 않으면서도 사정하게 하는 법을 더 빨리 터득하기 위한 것이었다는 뜻이다. 또 사람은 한 번밖에 살 수 없지만 계속 죽을 수는 있다는 뜻이다. 그 무렵 생각의 실타래가 미친듯이 그녀를 사냥하러 다녔다. 사냥꾼에게 쫓기다가 나뭇가지에 걸린 작은 동물처럼 죽어야만 겨우 풀려날 수 있었다. 더는 살고 싶지 않을 핑계가 생겼다. 그걸 깨닫는 순간 그녀는 미친듯이 기쁘고 또 미친듯이 슬펐다. 욕실에서 소리 내어 웃었다. 웃다가 웃다가 눈물이 나오기 시작하더니 이내 울음이 터졌다.

작문을 제출하는 날이 되지도 않았는데 리궈화가 쓰치의 집을 찾아왔다. 초인종이 울렸을 때 쓰치는 식탁에서 간식을 먹고 있었다. 엄마가 리궈화를 거실로 데리고 들어오자 쓰치는 고개를 들었지만 아무 눈빛도 담기지 않은 눈동자로 그를 보았다.

리궈화가 말했다.

"벽에 걸린 유화가 아주 훌륭하군요. 쓰치가 그렸겠죠?"

그가 쓰치에게 책 한 권을 주며 쓰치 엄마에게 말했다.

"요즘 시립미술관에서 훌륭한 전시회가 열리고 있어요. 쓰치를 데리고 가실 수 있을지 모르겠군요. 어차피 저는 전시회와는 인연이 없어요. 시시가 그런 델 싫어해서 말이죠."

쓰치 엄마가 말했다.

"잘됐네요. 선생님이 우리 쓰치를 데리고 가시면 어때요? 우리 부부가 요즘 바빠서요."

리궈화가 고민하는 척하더니 선심 쓰듯 그러겠다고 했다.

엄마가 쓰치를 나무랐다.

"선생님께 고맙다고 해야지. 어서 옷 갈아입고 오렴."

쓰치가 평소보다 더 또박또박 정확한 발음으로 말했다.

"고맙습니다."

방금 전 식탁에서 쓰치는 빵에 버터를 바르듯 무심한 말투로 엄마에게 물었다.

"우리 집은 가정교육은 훌륭하지만 성교육이 빠져 있는 것 같아."

엄마가 이상하다는 눈초리로 딸을 보며 말했다.

"성교육이라니? 성교육은 성이 필요한 사람한테나 하는 거야. 교육이라는 게 다 그렇지 않니?"

그때 쓰치는 알았다. 이 이야기에서 부모의 자리는 영원히 비어 있다는 것을. 그들은 수업에 무단결석해놓고 아직 수업이 시작되지 않았다고 착각하고 있었다.

선생님이 준 책을 가지고 방으로 들어와 문을 잠갔다. 문에 등을 기대고 서서 폭풍처럼 책장을 넘겼다. 책의 마지막 부분에 스크랩한 신문이 끼워져 있었다. 그녀의 인생이 그 종이 한 장에 응집되어 있었다. 검은 머리를 길게 늘어뜨린, 예쁜 여자의 사진이었다. 신문 연예면에서 오려낸 것 같았다. 쓰치는 자신이 소리 없이 웃고 있다는 걸 알았다. 류용劉墉의 자기계발서와 연예면에서 오려낸 여자 사진의 조합이라니. 그는 쓰치가 생각하는 것보다 훨씬 더 재미있는 사람이었다.

나중에 이팅은 쓰치의 일기장에서 이런 글을 읽게 될 것이다.

'류용과 연예면 신문이 아니었다면 나도 거부감을 느끼지 않았을 것이다. 예를 들어 대담한 글씨로 신학자 아벨라르가 소녀 엘로이즈에게 써주었던 것처럼 '너는 나의 안전을 파멸시키고 나의 철학적 용기를 무너뜨렸다'라고 썼다면. 내가 혐오하는 건 그가 자신의 저속함을 감추려 하지도 않는다는 사실이었다. 내가 혐오하는 건 그가 남자 중학생들과 조금도 다르지 않다는 점이다. 내가 혐오하는 건 그는 내가 다른 여중생들과 똑같은 줄 안다는 사실이었다. 류융과 신문으로는 나를 설득할 수 없었다. 하지만 유감스럽게도 이미 늦어버린 뒤였다. 나는 더럽혀졌다. 더러운 게 즐겁다. 깨끗해지려고 하면 고통스러워진다.'

쓰치는 옷장 앞에 웅크리고 앉아 수많은 생각을 했다. 너무 예쁘게 입을 수는 없었다. 앞날을 위해 남겨두어야 했다. 앞날? 그녀는 원피스들 사이에 무릎을 꿇고 앉았다. 잔잔한 물결 위에 떠 있는 섬이 된 것 같았다. 옷을 입고 나가자 엄마는 선생님이 모퉁이 편의점에서 그녀를 기다리고 있다고 했다. 너무 늦게 들어오지 말라는 당부도 하지 않았다. 아파트를 나선 뒤에야 장대비가 내리고 있다는 걸 알았다. 모퉁이까지 가면 분명히 온몸이 흠뻑 젖을 것이다. 하지만 상관없었다. 걸을수록 스커트가 무거워지고 신발은 찢어진 종이배 같았다. 구슬발을 걷어내듯 빗줄기를 걷어보려고 했다. 길가에 택시 한 대가 서 있었다. 촘촘한 빗방울이 차 지붕 위에 유리접시를 만들었다. 뒷자리에 올라탄 후 발을 밖으로 뻗어 신발 속에 고인 물을 쏟아버렸다. 한 방울도 젖지 않은 리궈화가 택시 뒷자리에 앉아 있었다.

선생님은 그런 그녀를 좋아하는 것 같았다. 미소 짓는 그의 얼굴 위로 길가의 물웅덩이 같은 주름이 파였다.

리궈화가 말했다.

"예전에 중국 인물화의 역사에 대해 얘기해준 적 있지? 지금 네 모습이 조의출수[*]고 내가 오대당풍[**]이로구나."

쓰치가 웃으며 말했다.

"서로 다른 시대에서 왔네요."

그가 갑자기 앞좌석 등받이로 몸을 기울이며 말했다.

"저기 봐. 무지개야."

하지만 쓰치는 젊은 택시기사가 룸미러로 뒷좌석의 두 사람을 흘낏하는 것을 보았다. 그의 시선이 무딘 칼날 같았다. 각자의 눈에 비친 풍경 만큼이나 멀찌감치 떨어져 앉은 그들을 태운 채 택시가 작은 모텔로 들어갔다.

리궈화는 두 손으로 뒤통수를 괴고 침대에 누워 있고 쓰치는 진즉 옷을 다 입고 바닥에 앉아 모텔의 장모 카펫을 만지며 놀고 있었다. 결을 따라 손으로 쓸면 파란색이 되고 반대로 쓸면 노란색이 되었다. 이렇게 예쁜 카펫에 얼마나 많은 음란한 기억들이 담겨 있을까! 쓰치가 가슴 아프게 울자 그가

* 曹衣出水 남북조 시대에 등장한 중국 인물화의 화풍. 물에서 나와 옷이 살에 휘감겨 몸의 선이 드러나게 표현하는 것이 특징이다.

** 吳帶當風 당나라 때 등장한 중국 인물화의 화풍. 옷이 바람에 날려 하늘로 올라가는 것처럼 표현하는 것이 특징이다.

말했다.

"난 재능 있는 여학생과 대화를 나누고 싶었을 뿐이야."

그녀가 콧구멍으로 웃었다.

"새빨간 거짓말."

그가 말했다.

"글을 쓰고 싶다면 남다른 사랑도 해봐야 하는 거야."

그녀가 또 웃었다.

"핑계."

그가 말했다.

"당연히 핑계가 있어야지. 핑계가 없다면 너랑 내가 어떻게 살겠니? 안 그래?"

리궈화는 내심 그녀의 수치심이 좋았고 그녀의 몸에서 씻기지 않는 도덕성이 좋았다. 이 이야기를 영화로 만든다면 방백*을 통해 그녀의 수치심이 바로 그의 부끄러움 모르는 쾌락의 정점이라고 분명히 얘기할 것이다. 그녀의 깊숙한 교양 속으로 정액을 쏟아넣고 그녀의 수치심을 힘으로 주물러 창피한 모습으로 짓뭉갰다고 말이다.

다음 날에도 쓰치는 작문을 가지고 아래층으로 내려갔다. 그 후 리궈화는 수시로 위층으로 올라와 쓰치에게 전시회를

* 연극에서 관객만 들을 수 있는 대사.

보러 가자고 했다.

이팅은 매주 돌아오는 작문수업이 좋았다. 리 선생님과 단둘이 앉아 선생님이 들려주는 문인들의 일화를 들을 때마다 만한전석滿漢全席이 차려진 식탁에 앉아 무얼 먼저 집어야 할지 모르는 기분이었다. 선생님과 둘만 있을 수 있는 시간을 방해받고 싶지 않았으므로 쓰치도 그럴 거라 생각해 쓰치의 작문수업이 있는 날에는 한 번도 선생님의 집에 가지 않았다. 딱 한 번 방해한 건 쓰치의 엄마가 그녀에게 선생님이 목을 축일 음료수를 가져다드리라고 시킨 날이었다. 리궈화가 축축하게 축여야 할 곳이 어디인지는 아무도 모르고 있었다.

문을 열어주는 선생님의 표정이 평소보다 더 온화했다. 흐뭇한 희열이 얼굴 위에서 넘실거렸다. 책상에 엎드려 있던 쓰치가 고개를 홱 들고 이팅을 뚫어져라 쳐다보았다. 이팅은 책상 위에 필기도구가 없다는 걸 눈치챘다. 쓰치는 슬픈 기색이었고 바람도 불지 않는 실내에서 머리가 부스스하게 헝클어져 있었다. 리궈화가 쓰치를 보다가 고개를 돌려 이팅을 향해 웃으며 말했다.

"쓰치, 이팅에게 할 말이 있니?"

쓰치가 파르르 떨리는 입술을 잇새로 물고 이팅에게 입술로 말했다.

'난 괜찮아.'

이팅이 입술로 대답했다.

'그럼 됐어. 어디가 아픈 줄 알았잖아. 바보야.'

리궈화는 그녀들의 입술 대화는 읽을 수 없었지만 자신의 행동이 쓰치의 몸에서 발효되면서 생겨난 굴욕감에 대해서는 확신이 있었다.

세 사람이 책상에 둘러앉았다.

"방금 어디까지 얘기했는지 잊어버렸구나."

리궈화가 웃으며 고개를 돌려 쓰치에게 자상한 눈빛을 건넸다.

쓰치가 말했다.

"저도 잊어버렸어요."

세 사람은 가벼운 대화를 나누었다. 쓰치는 생각했다.

'내가 어른이 돼서 화장을 하고 밖에서 하루 종일 돌아다닌다면 볼터치 아래가 보일 듯 말 듯 번들거리겠지. 지금의 이 대화처럼 아주 얇고 가볍게. 어른이 된다고? 화장을 한다고?'

뻗어가던 생각의 촉수가 힘을 잃고 늘어졌다. 쓰치는 가끔 자신이 작년 스승의 날 무렵에 이미 죽은 건 아닐까 생각했다. 쓰치는 리 선생님 맞은편에 앉아 있었다. 둘만 아는 쾌락이 둘 사이의 바닥을 뚫고 나올 것 같아서 그녀는 발바닥을 단단히 땅에 붙여야 했다.

이팅이 말했다.

"공자와 열 제자도 동성애자였어요."

리궈화가 말했다.

"난 수업 시간에 그렇게 말할 수가 없어. 그랬다간 학부모들이 항의할 테니까."

이팅이 단념하지 않고 말을 계속 이었다.

"아카데메이아에서 공부하는 사람들도 동성애자였어요. 쓰치 네 생각은 어때?"

두 사람이 즐겁게 얘기하는 걸 보며 쓰치는 온 세상이 행복으로 가득 차 있는데 자기 혼자만 불행한 것 같았다.

"쓰치!"

"아, 미안해. 무슨 말을 했는지 못 들었어."

쓰치는 얼굴 전체가 바스러질 듯 녹슬고 눈만 화끈거리는 것 같았다. 리궈화도 쓰치가 이상한 걸 눈치채고 적당한 핑계로 이팅을 부드럽게 돌려보냈다.

쓰치의 기쁨은 선생님이 그녀의 몸에서 고음을 쥐어짜낸 기쁨이었다. 그녀가 침대에서 자기가 시키는 대로 하는 걸 지켜보는 선생님의 기쁨이었다. 그녀는 사랑하지 않는 것이 아니었다. 물론 미워하는 것도 아니고, 냉담한 것도 결코 아니었다. 그녀는 그저 이 모든 것이 진저리 나게 싫었다. 그가 그녀에게 무엇을 주는 건 다시 가져가기 위함이었다. 그가 그녀에게서 무엇을 가져가는 건 결정적으로 돌려주기 위함이었다. 선생님을 생각할 때마다 쓰치는 태양과 별이 본래 같은 것이고 기쁨과 고통도 사실은 같은 것이라고 생각했다. 그녀는 기쁨이 극에 달한 나머지 죽을 만큼 고통스러웠다. 리궈화가 문을 잠그고 돌아와 그녀의 입술을 빨았다.

"내가 널 사랑하느냐고 물었지?"

쓰치가 입술을 빼내어 스푼을 물었다. 2년 동안 아무도 보지 못하고 아무도 고쳐주지 않은 채 계속 쓰기만 하고 있는 그녀의 연필 원고 같은 맛.

그가 그녀의 옷을 벗기고 추궁하듯 그녀에게 돌진했다.

"물어! 내가 널 사랑하느냐고 물어! 물으란 말이야!"

일이 끝난 뒤 리궈화가 옆으로 풀썩 쓰러져 누우며 느른한 눈꺼풀을 감았다. 쓰치는 어느새 또 옷을 다 입고 혼잣말처럼 중얼거렸다.

"이원 언니가 《백 년 동안의 고독》을 읽어준 적이 있는데, 거기 이런 말이 있었어요. '그가 문을 두드리기 시작한다면 멈추지 않고 계속 두드릴 것이다.'"

리궈화가 말했다.

"난 이미 문을 열었어."

"나도 알아요. 난 내 얘기를 하고 있는 거예요."

리궈화는 이원의 목소리와 얼굴을 떠올렸다. 난생 처음 느끼는 평온함이 온몸에 번졌다. 작은 물결 하나 없이 잔잔했다. 이원이 아름답긴 아름답다. 하지만 그는 이렇게 짧은 시간 동안 두 번 연달아 한 적이 없었다. 그는 생각했다. 역시 어린애가 좋다고.

어느 날 이팅의 작문 수업이 끝나고 선생님이 외출했다. 이팅이 선생님의 집에서 나와 곧바로 쓰치의 집으로 올라갔다. 쓰치가 문을 열어주자 이팅이 옆에 누가 있는 것도 아닌데 입술로 말했다.

'선생님의 눈이 수호愁胡 같아. 근사해.'

'뭐라고?'

'눈이 수호 같다고.'

'무슨 말인지 모르겠어.'

'수심에 찬 호인 말이야.'

쓰치가 대답하지 않자 이팅이 물었다.

'그런 거 같지 않아?'

'무슨 말인지 모르겠어.'

이팅이 노트 한 장을 뜯어 글씨를 써서 보여주었다.

'목여수호目如愁胡.'

"손초孫楚의 〈응부鷹賦〉라는 시에 나오는 말이잖아. '깊은 눈 아름다운 눈썹이 수심에 찬 호인 같구나.' 아직 안 배웠어?"

쓰치의 눈을 들여다보는 이팅의 눈 속에 승자의 여유가 차올랐다.

"아직."

"선생님의 눈이 수심에 찬 호인 같아. 정말이야. 너도 다음 주에 배울 거야."

"그래. 다음 주에."

쓰치와 이팅은 중학교 시절 내내 작문 수업을 받았다. 작문 수업은 쳇바퀴 돌 듯 따분한 독서 생활을 지탱해주는 깃발이었다. 이팅에게는 작문 수업이 있는 날이 찬란한 한 주의 시작이었지만, 쓰치에게는 긴 대낮에 막무가내로 뛰어드는 짙고 어두운 밤이었다.

막 입추가 지난 어느 날, 이팅이 리궈화의 집에 있는 동안 쓰치가 이원을 찾아갔다. 어둠 속을 오래 걷다가 갑자기 햇빛에 눈을 찔린 사람처럼 문을 열어주는 이원의 눈에 눈물이 그렁그렁 매달려 있었다. 이원은 쓰치의 방문을 예상하지 못한 것 같았다. 외로움에 길들여진 사람이 갑자기 말을 해야 할 때 입이 떨어지지 않는 것처럼 어눌하고 연약해 보였다. 이원의 얼굴에 상처가 난 건 처음이었다. 첸이웨이의 결혼반지에 긁힌 상처라는 걸 쓰치는 알지 못했다. 아름답고 강하고 용감한 이원 언니였다.

두 사람이 거실에 앉았다. 마트료시카 인형에서 꺼낸 것처럼 한 사람은 크고 한 사람은 작을 뿐 똑같이 아름다운 닮은 꼴이었다. 이원이 침묵을 깨고 볼에 보조개를 띠며 말했다.

"몰래 커피 마실까?"

쓰치가 말했다.

"언니 집에 커피가 있는 줄 몰랐어요."

이원의 보조개가 생기를 잃었다.

"어머니가 마시지 말라고 하셨지. 친애하는 치치, 언니 집에 뭐가 있고 뭐가 없는지도 아네. 갑자기 무서워졌어."

이원이 쓰치의 애칭을 부른 건 이번이 처음이었다. 이원이 부르려는 것이 쓰치인지 이원 자신의 청춘인지 쓰치는 알 수 없었다.

이원이 핑크색 스포츠카에 쓰치를 태우고 지붕을 열었다. 차 위를 스치고 지나가는 공기가 이 도시의 것이 아닌 듯 상쾌했다. 쓰치는 자기 혼자서는 이 세상의 아름다움을 영영 발견할 수 없다는 걸 알았다. 중학교 1학년 스승의 날 이후 그녀는 조금도 자라지 않았다. 리궈화가 자라지 못하게 그녀의 몸을 짓눌렀다. 인생에 대한 의욕, 삶에 대한 열정, 둥그렇게 뜨고 있던 커다란 눈, 아니면 그 무엇이든, 누군가 밑에서부터 그녀의 몸속으로 파고 들어와 모든 걸 비틀어놓았다. 허무주의도 아니고 도가에서 말하는 '무無'도 아니고 불교의 '무'도 아니었다. 그건 수학의 0이었다. 이원은 신호대기를 하는 사이에 바람에 날려 쓰치의 얼굴을 가로지르는 눈물자국을 보았다. 자신이 침대에 누워 눈물을 흘릴 때의 모습과 비슷하다고 이원은 생각했다.

이원이 말했다.

"나한테 할 말 있니?"

그녀의 목소리에 모래가 잔뜩 섞여 있었다. 바위에서 깎여 나온 모래가 아니라 금광에서 부스러져 나온 사금이었다. 이번에는 치치라고 부르지 않았다. 아까 쓰치를 치치라고 부른 것이 어쭙잖은 모성의 장난일지 모른다고 생각했기 때문이다.

파란불 두 개와 빨간불 두 개를 지난 뒤에야 쓰치가 입을 열었다.

"언니, 미안해요. 말할 수가 없어요."

적극적이고 건설적이며 굴삭기와 덤프트럭이 쉼 없이 움직이고 있는 이 도시가 그녀들을 에워싸고 있었다.

"미안하다고 하지 마. 미안해할 사람은 나야. 네가 무슨 얘기든 다 털어놓을 수 있을 만큼 좋은 사람이 되지 못했으니까."

쓰치의 울음소리가 더 커졌다. 눈물줄기가 바람에 흩날리지 않을 만큼 무거워졌다. 쓰치가 갑자기 큰 소리로 외쳤다.

"언니도 우리한테 고민을 다 털어놓지 않잖아요!"

그 순간 이원의 얼굴이 솜이 비어져 나온 인형처럼 처량하게 일그러졌다.

그녀가 말했다.

"나도 알아. 정말로 말할 수 없는 일들이 있다는 걸."

쓰치가 또 악을 썼다.

"언니 얼굴에 난 상처는 어떻게 된 거예요?"

이원이 천천히 한 글자씩 말했다.

"넘어졌어. 결국에는 내가 바보 같아서 그렇지 뭐."

쓰치는 깜짝 놀랐다. 이원의 말이 진실이라는 걸 알았다. 이원은 비유의 옷을 들추고 추한 나체를 보여주고 있었다. 이원은 쓰치가 그 말을 알아들으리라는 걸 알았고, 쓰치도 이원이 그걸 안다는 걸 알았다. 얼굴에 난 상처는 더 깊은 눈물자국이었다. 쓰치는 자신이 형편없는 일을 저질렀다고 생각했다.

쓰치가 손가락을 누르며 작은 소리로 말했다. 이원의 귀로 날아 들어갔다가 바람에 금세 흩어져버릴 정도의 음량이었다.

"언니, 미안해요."

이원이 한 손으로 핸들을 붙잡고 시선을 전방에 고정한 채 한 손으로 쓰치의 머리를 쓰다듬었다. 더듬어 찾지 않아도 그녀의 머리가 어디에 있는지 알고 있었다.

이원이 말했다.

"우리 둘 다 미안하다고 하지 말자. 미안하다고 해야 할 사람은 우리가 아니야."

자동차가 쇼핑가 앞에 멈추었다. 스포츠카의 안전벨트가 그녀들을 안전하게 붙들어주고 있었다. 마음이 죽어버릴 만큼 안전하게.

쓰치가 말했다.

"누군가를 사랑하기로 결정하는 게 이렇게 쉬운 일인 줄 몰랐어요."

이원이 거울처럼 맑은 물속을 들여다보듯 쓰치의 눈을 응시하다가 안전벨트를 풀고 그녀를 안았다.

"나도 예전에는 몰랐어. 불쌍한 치치."

그들은 하나는 크고 하나는 작은 마트료시카 인형이었다. 그들은 인형을 계속 열고 꺼내고 열고 꺼내면 마지막으로 손가락만큼 작은 인형이 들어 있다는 걸 알았다. 마지막 인형은 너무 작고 붓은 너무 두꺼워서 대충 그려놓았기 때문에 울고 있는 것처럼 얼굴이 희미하다는 것도.

두 사람이 들어간 곳은 카페가 아니라 보석숍이었다. 눈을 가늘게 뜨고 사방을 둘러보았다. 반짝이는 보석이 매장을 가득 채우고 있었다. 진열장마다 살고 있는 작은 요정들이 눈을 깜박이는 것 같았다. 자홍색 니트 원피스를 입은 나이 든 부인이 진열장 뒤에 앉아 있었다. 색깔과 재질을 정확히 말할 수도 없고 기억도 나지 않는 옷이었다. 마치 "나는 무엇이든 다 될 수 있고 그 무엇도 아닐 수도 있어"라고 말하는 것 같았다. 자홍색 부인이 이원을 보자마자 안경을 벗고 손에 들고 있던 보석과 돋보기를 내려놓으며 반색했다.

"사모님 오셨어요? 올라가서 마오마오 불러올게요."

부인이 잰걸음으로 계단을 올라갔다. 동작이 워낙 빨라서 쓰치는 계단이 어디에 있는지도 알 수 없었다. 보석들이 테이블 위에 그대로 놓여 있었다.

이원이 작은 소리로 말했다.

"여긴 우리의 비밀 아지트야. 여기 네 키만큼 큰 더치커피 추출기가 있어."

파란 옷을 입은 사람이 내려왔다. 뿔테 안경을 쓴 둥근 얼굴의 남자였다. 어째서 첫눈에 그의 흰 피부가 흰 모래밭의 흰색이 아니라 치약의 흰색이고, 파란색 니트 셔츠가 바다의 파란색이 아니라 컴퓨터 모니터의 파란색으로 느껴지는지 쓰치는 알 수 없었다. 그의 윗입술 위와 아랫입술 아래에 입술을 반쯤 가릴 듯 수염이 좁게 자라 있었다. 쓰치는 이원이 고개를 돌려 그를 보았을 때 그 수염 위로 누워서 사람을 기다리는 풀밭 같은 표정이 떠오르는 것을 보았다. 마오마오는 보석 요정들의 눈빛 세례를 한 몸에 받으며 온몸으로 이렇게 말하고 있었다. 나는 뭐든지 할 수 있고, 무엇이든 다 될 수 있고, 또 그 무엇도 아닐 수 있다고. 이미 자라기를 멈춘 팡쓰치는 그날 처음이자 마지막으로 사람을 정확히 판단했다.

중학교 졸업이 다가오자 쓰치와 이팅은 지방의 여고와 타이베이의 여고에 함께 지원해 국어우수생으로 입학시험을 쳤다. 두 아이가 모두 합격하자 쓰치와 이팅의 엄마는 둘이 함께 지낸다면 타지에서 학교를 다녀도 안심할 수 있겠다고 했다. 이웃들이 함께 모여 식사하는 자리에서 리궈화가 가볍게 말했다.

"바쁘기는 하지만 타이베이에 있을 때 가끔씩 잘 지내는지 가볼 수 있어요."

리 선생님의 점잖은 말이 두 엄마를 안심시켰다. 테이블에 함께 앉아 있던 쓰치는 얼굴에 아무런 동요도 나타내지 않았지만 초밥 아래 붙은 종이까지 먹고 말았다.

고등학교 입학 전 여름방학에 리궈화는 자주 쓰치를 데리고 전시회에 갔다. 한번은 아파트에서 아주 먼 카페에서 만나기로 했다. 전시회를 보러 가기 전날까지도 리궈화는 타이베이에 있었다. 쓰치는 카페에서 멍하니 앉아 있었다. 한참 앉아 있다가 문득 자신이 초조하게 기다리는 사람 같다는 생각을 했다.

쓰치의 작은 원형 테이블 위로 작은 그림자 하나가 나타나더니 커피 잔을 향해 천천히 움직였다. 오른쪽 유리창 밖에 파리 한 마리가 날아와 앉았다. 그림자가 하트 모양인 건 파리가 양날개를 펼치고 있기 때문일 것이다. 테이블보의 잔꽃 무늬가 모내기를 마친 모처럼 가지런했다. 그림자가 꽃들을 희롱하듯 그 위를 돌아다니다가 그녀의 잔 받침에 앉더니 고통스러운 듯 비틀리다가 커피 속으로 빠졌다. 티스푼으로 거품을 끌어 그림자를 가지고 놀았다. 그림자가 얌전히 멈추어 꼼짝도 하지 않았다. 그녀는 리궈화가 자신을 쓰다듬으며 했던 말을 떠올렸다. 한성제漢成帝가 애첩 조비연趙飛燕의 가슴을 온유향溫柔鄉이라고 불렀다고 했다. 따뜻하고 부드러운 고향. 그때 그녀는 속으로 반박했다.

'조비연의 여동생 조합덕趙合德에게 한 말이었잖아요?'

하지만 그녀가 더 반박하고 싶었던 건 그의 손이었다. 쓰치는 멍하니 생각했다. 선생님이 원하는 건 고향일 것이다. 듣기만 하고 말하지 않으며 조금 아둔해 보이는, 그 자신도 그 아둔함 때문에 마음이 놓인다는 걸 인정하지 않으려 하는 그런 고향 말이다. 그림자가 어느새 커피 잔 밖으로 나와 그녀에게 다가오더니 테이블 가장자리에서 툭 떨어졌다. 그녀가 본능적으로 허벅지를 오므렸다. 검은색 스커트를 입고 있어서 그림자를 찾을 수가 없었다. 유리창을 쳐다보니 파리는 날아가 버린 후였다.

쓰치는 가방에서 조심스럽게 일기장을 꺼냈다. 파리와의 짧은 로맨스를 기록해두고 싶었다. 무심코 고개를 드는데 저만치 있는 테이블에서 바닥에 엎드려 뭔가를 줍는 남자가 시야에 들어왔다. 상체를 잔뜩 숙이자 뚱뚱한 몸집 때문에 체크무늬 셔츠가 위로 올라가며 맨살이 드러났다. 놀랍게도 남자의 허리춤 위로 살짝 드러난 팬티 가장자리에 새빨간 레이스가 달려 있었다! 쓰치가 천천히 시선을 옮겼다. 그녀의 얼굴에는 한 가닥 웃음기도 없었다. 웃음이 나오지 않았다. 그녀의 가슴이 사랑에 대한 황홀한 기대로 차 있었기 때문이다. 비록 사랑하지 않는 것은 아닌 그런 사랑이지만, 그 속에 세상에 대한 일종의 용서가 섞여 있었다. 자존심은 버린 지 오래였다. 자신을 너그럽게 대하는 것조차 하지 않는다면 그녀는 정말이지 살 수 없었다. 펜을 집는데 언제 돌아왔는지 아까 그 파리가 다시 창문에 앉아 있었다. 그림자가 영원히 떠나지 않겠다는 듯 그녀의 오른손에 가만히 멈추어 있었다. 그녀는 파리에게 고맙고 또 자신이 고마워하는 법을 아직 잊지 않았다는 사실에 기뻤다. 훗날 이팅은 쓰치의 일기에서 이런 글을 읽었다.

'어떤 모습의 사랑이든, 그의 가장 잔인한 사랑이든 나의 가장 무지한 사랑이든, 모든 사랑에는 그 사랑 밖에 있는 사람에게 너그럽게 대하는 특성이 있다. 비록 나는 내 앞에 있는 마카롱—'소녀의 가슴'이라고 불린 이 쿠키—을 이제 먹을 수 없고, 연상, 상징, 은유가 세상에서 가장 위험하다는 걸 알고

있지만 말이다.'

다음 날 모텔에서 쓰치가 옷을 입은 뒤 처음으로 바닥에 웅크리고 앉지 않고 선 채로 허리를 굽혀 침대 시트에 묻은 얼룩을 내려다보았다.

쓰치가 말했다.

"이게 누구 거예요?"

"네 거야."

"내 거라고요?"

"그래."

"정말이에요?" 그녀가 이해할 수 없다는 표정으로 시트를 보았다. "선생님 거죠?"

"네 거야."

쓰치는 리궈화가 알면서 모르는 척한다는 걸 알고 있었다. 그의 가슴 털조차도 의기양양하게 보였다. 그가 뒤통수를 괴었던 손을 빼내어 그 젖은 얼룩을 만져보고는 그녀의 손을 잡고 불쌍한 척 말했다.

"너와 함께 있으면 희로애락마저 이름을 잃는 것 같아."

팡쓰치가 웃었다. 그건 작가 장아이링張愛玲의 연인 후란청胡蘭成*이 한 말이 아닌가.

* 작가이자 일본 괴뢰정부의 요직에 있었으며, 유부남이었지만 14살 연하의 장아이링과 비밀결혼을 했다.

"후란청과 장아이링. 또 누구에 비유하실 거예요? 루쉰魯迅과 쉬광핑許廣平*? 선충원沈從文**과 장자오허張兆和? 아벨라르와 엘로이즈? 하이데거와 한나 아렌트?"

그가 웃었다.

"차이위안페이蔡元培***와 저우쥔周峻을 빠뜨렸잖아."

쓰치의 목소리가 달아올랐다.

"빠뜨린 게 아니에요. 정확히 말하면 원치 않은 거죠. 선생님이 추구하는 게 그런 거예요?"

리궈화는 대답하지 않았다. 시간이 한참 흐르고 쓰치는 바닥에 앉아 있었다. 자는 줄 알았던 리궈화가 불쑥 말을 뱉었다.

"세상이 내 사랑을 알아주지 않는구나."

쓰치가 속으로 반문했다.

'그래요?'

20년 전의 일이다. 30대였던 리궈화가 가오슝 학원가에서 유명세를 떨치며 강의마다 수강생이 가득찼다. 결혼한 지 10년

* 루쉰의 제자. 작가였으며 유부남이자 17살 연상인 루쉰과 동거했다.

** 20세기 초 중국의 작가. 8살 연하의 제자 장자오허와 결혼했다.

*** 20세기 초 중국의 사상가. 두 번 아내와 사별한 후 자신보다 22살 어린 제자 저우쥔과 세 번째 결혼을 했다.

쯤 된 해였다.

재수생반에 수업이 끝날 때마다 다가와 질문을 하는 여학생이 있었다. 자세히 뜯어보지 않아도 예쁜 얼굴이었다. 매번 수업이 끝나면 작은 손에 두꺼운 참고서를 들고 교단으로 다가와서는 오른손 검지로 책의 어느 부분을 가리키며 나긋한 목소리로 물었다.

"선생님, 이 문제의 답이 왜 A예요?"

그녀의 손가락은 다 자라지 않은 것처럼 희고 가늘었다. 리궈화는 그 손가락을 처음 보자마자 부러뜨리고 싶은 충동이 들었다. 난데없이 머릿속으로 뛰어든 이 생각에 그 자신도 놀라며 염불을 외듯 속으로 중얼거렸다.

'온량공검양*, 온량공검양.'

여학생이 배시시 웃으며 말했다.

"다들 저를 쿠키라고 불러요. 제가 왕씨이니까 쿠키왕이라고 부르셔도 돼요."

그는 하마터면 '널 캔디라고 부르고 싶구나. 아니면 엿이나 꿀?'이라고 말해버릴 뻔했다.

'온량공검양.'

쿠키는 늘 바보 같은 질문을 했다. 아니, 바보라서 질문이

* 溫良恭儉讓 온화함, 선량함, 공경, 절제, 겸양. 이 다섯 가지 덕으로 공자의 용모와 성격을 표현한 말.

많은 것이기도 했다. 부와 명성이 높아질수록 그에게 다가오는 여자도 많아졌다. 때때로 명예는 부수적인 것이고 핑크빛 로맨스야말로 그가 강의하는 목적인 것 같다는 착각이 들기도 했다. 돈은 고약한 냄새가 나지만 러브레터는 향기로웠다.

그는 고민하고 갈등할 필요 없이 자연스럽게 연애를 즐기기 시작했다. 아내가 있다는 것도 전혀 문제가 되지 않았다. 학생들 스스로 그를 좋아하는데 자원을 낭비할 수는 없잖은가? 지구상에 진실한 사랑이 몇이나 되겠는가?

그가 아무렇지 않은 듯 짧게 물었다.

"수업 끝나고 같이 어디 좀 갈까?"

텔레비전에서 백 번쯤 재방송해준 미국 영화 속에서 나쁜 사람이 공원에서 아이를 유인할 때 하는 말이었다. 흔하디흔한 말이 진리인 법이다. 고개를 끄덕이며 웃는 쿠키의 입술 틈으로 앙증맞은 송곳니가 살짝 비어져 나왔다.

그는 이틀 전에 이미 너무 멀지 않은 곳에 있는 모텔을 점찍어놓았다. 적당한 모텔이 있는지 찾아보는 동안 마음이 차갑지도 뜨겁지도 않았다. 그저 자연스러운 일이라고 생각했다. 그가 처음 떠올린 건 산수유기*였다. 산수유기를 보면 동쪽으로 열 걸음 가면 어떤 산이 있고, 서북쪽으로 열 몇 걸음

* 山水遊記 산천을 유람하고 산수의 풍광, 모습, 연혁 등을 자세히 기록한 글.

가면 숲이 나오고, 남쪽으로 열 걸음 가면 동굴이 나오고 그 동굴 안에 샘물이 있다는 식으로 기록되어 있다. 어딘가를 찾아다닌 기록인 것 같지만 그보다는 어린 소녀의 은밀한 곳을 묘사한 것 같았다. 얼마나 아름다운가. 모텔은 골목 안에 있고 골목은 길의 오른쪽에 있으며, 창밖에 나무가 있고 나무에는 잎사귀가 달려 있다. 그리고 페니스는 팬티 안에 있다. 아름다운 것을 보고도 갖지 않는다면 그건 모욕일 것이다.

모텔 문 앞에서도 쿠키는 배시시 웃으며 물었다.

"선생님, 우리 하는 거예요?"

방에 들어가 커튼을 닫고 담배꽁초 같은 희미한 전등빛만 남은 뒤에야 쿠키의 송곳니가 떨리기 시작했다. 그녀의 말에서 주어가 바뀌었다.

"선생님, 하실 거예요?"

그것 말고 또 뭘 할 수 있을까? 그가 자기 옷을 모두 벗었다. 쿠키에게는 찰나에 벌어진 일이었다. 쿠키가 울기 시작했다.

"싫어요. 싫어요. 전 남자친구도 있어요."

"남자친구도 있는데 왜 나를 좋아한다고 했지?"

"선생님을 남자로 좋아한다는 의미는 아니었어요."

"남자친구도 있으면서 왜 자꾸만 날 찾아왔어?"

그가 쿠키를 침대로 밀쳤다.

"싫어요. 싫어요."

"왜 선생님이랑 이런 곳에 왔어? 이러면 선생님이 오해하잖아!"

"싫어요."

교복이 찢어지면 일이 커질 수 있으므로 팬티만 벗기기로 했다. 그는 자신의 명철한 판단력에 감탄했다. 온량공검양.

"싫어요! 싫어요!"

그가 그녀의 따귀를 후려쳤다. 분필을 던지고 칠판으로 돌아와 다시 설명을 시작할 때의 손짓, 여학생들을 반하게 하는 그 손짓이었다. 쿠키는 더 말하지 않았다. 그가 진지하다는 걸 그녀도 알고 있었다. 그가 오늘 반드시 이 일을 하고 말 거라는 걸 그녀도 알고 있었다. 그날 반드시 나가야 하는 수업 진도처럼 말이다. 물방울무늬의 핑크색 팬티였다. 그걸 보자마자 그가 속으로 뇌까렸다.

"젠장, 남자친구가 있다니."

그녀가 처녀이길 바랐다. 여학생의 힘이 이렇게 셀 수 있다는 걸 그는 처음 알았다. 하는 수 없이 그녀의 눈과 코, 입을 세게 때렸다. 피가 흘렀다. 입술 안쪽이 그 귀여운 송곳니에 찢겼을 것이다. 그런데도 벌리지 않자 멍이 들 수 있는 위험을 무릅쓰고 또 때렸다. 한 번, 두 번, 세 번. 3은 양수이며 다수를 상징하는 수이다. 온량공검양.

쿠키의 두 손이 코를 감싸 쥘 때 그녀의 두 다리에 힘이 풀렸다. 그녀의 입술에서 피가 흐르자 그는 그녀의 엉덩이에서 흐르는 피를 본 것처럼 기뻤다.

이백 명이 동시에 수업을 듣는 강의실에서 남학생들은 항상 왼쪽에, 여학생들은 오른쪽에 앉는다. 그는 그중 절반의 세계가 자신을 향해 두 다리를 벌리고 있다는 걸 깨달았다. 지금까지 그는 무지하게 살았던 것이다. 온량공검양! 예전에 고등학교 교사로 근무할 때 오랫동안 참고 버텨서 겨우 우수교사상을 받았다. 학창 시절에도 싸움 한 번 하지 않았다. 싸움을 하면 친구와 사이가 틀어지고 선생님에게 나쁜 인상을 줄 수 있으므로 득보다 실이 컸다. 첫사랑과 몇 년간 장거리 연애를 하다가 결혼했다. 결혼 후에야 아내의 헐거운 질이 얼마나 좁고, 어린 여학생들의 앙다문 작은 구멍이 얼마나 넓은지 알았다! 온량공검양.

그날 이후 쿠키가 2주 동안 결석했지만 그는 집착하지 않았다. 그에게 질문하려는 학생들이 교단 앞에서 줄지어 기다리고 있었다. 그중 절반이 남학생이라 해도, 나머지 절반의 줄도 충분히 길었다. 그의 걱정은 인생이 너무 짧으면 어쩌나 하는 것뿐이었다. 3주째 되었을 때 쿠키가 학원 앞에서 그를 기다리고 있었다.

"선생님, 저랑 거기 가실래요?"

리궈화는 쿠키를 보자마자 그날 그녀의 팬티를 찢어버려 그녀가 팬티를 입지 않고 집에 돌아간 일이 생각났다. 그의 배꼽 언저리에서 성스러운 소란이 일었다.

쿠키의 남자친구는 그녀의 소꿉친구였다. 쿠키의 집은 파스타 식당을 했고 남자친구의 집은 바로 옆 쌀국수 식당이었다. 그날 그녀는 집에 가자마자 남자친구에게 자기 몸을 주었다. 그동안 브래지어까지만 허락했었는데 갑자기 진도를 훅 뛰어넘은 것이었다. 아무것도 모르는 남자친구는 그저 기쁘고 얼떨떨하기만 했다. 쿠키가 울자 그제야 무슨 일이 있었다는 걸 직감하고 자초지종을 캐물었다. 남자친구가 담배를 꺼내 물었다. 연거푸 세 개비를 피우고 난 뒤 남자친구는 쿠키에게 헤어지자고 했다. 쿠키는 모텔에서보다 더 서럽게 울며 왜냐고 물었다. 남자친구가 4분의 1밖에 피우지 않은 네 번째 담배를 바닥에 던졌다. 담배는 그의 유일한 사치품이었다.

"내가 왜 더러운 너랑 사귀어야 해?"

쿠키가 매달리자 그가 말했다.

"그래서 방금 나한테 준 거잖아! 더러워 죽겠어! 제기랄!"

쿠키는 바닥에 떨어진 담배와 함께 쪼그라지고 옴츠러들어 천천히 꺼졌다.

쿠키는 이제 좋아해주는 사람이 없었다. 선생님이 좋아해준다면 그녀에게도 좋아해주는 사람이 생기는 것이다. 선생님이 뭘 시키든 괜찮았다. 그렇게 해서 쿠키와 선생님이 사귀게 되었다. 그렇게 어리고 예쁜 소녀가 그의 목에 팔을 감다니 킹콩이 목을 틀어쥔 것보다 더 신기한 일이었다. 그 무렵 그는 열심히 돈을 벌어 타이베이와 가오슝에 비밀 아파트를 마련했다. 일 년 뒤 새 학년이 시작되자 수강생 가운데 여학생 하나를 골랐다. 쿠키보다 더 예쁜 소녀였다. 쿠키는 자길 버리지 말라고 울며 매달렸다. 그를 기다리다가 길가에서 잔 적도 있었다.

그 후 20여 년 동안 리궈화는 자신을 좋아하고 동경하는 여학생들이 세상에 널렸다는 걸 알았다. 성을 금기시하는 사회 분위기가 그에게는 최고의 방패였다. 여학생을 강간해도 세상은 그게 그녀의 잘못이라고 했다. 심지어 그녀 자신조차 자기 잘못이라고 생각했다. 죄책감 때문에 그녀는 그의 곁으로 되돌아왔다. 죄책감은 아주 오래된 순수 혈통의 양치기 개였다. 어린 학생들은 온전히 걷는 법을 배우기도 전에 일어나뛸 것을 강요당하는 어린 양이었다. 그럼 그는 무엇일까? 그는 그 어린 양들이 제일 좋아하고, 또 그 어린 양들을 제일 좋아하는 절벽이었다. 눈이 큰 소녀를 원하면 커다란 눈을 동그랗게 뜬 소녀가 있고, 가슴이 작은 소녀를 원하면 소년의 가슴을 가진 소녀가 있었으며, 마른 소녀를 원하면 소장에 병을 앓는 소녀가 있었다. 심지어 자기를 느릿느릿 부르는 소녀를 원하면 말을 더듬는 소녀가 있었다. 원하는 대로 원하는 만큼 다 가질 수 있었지만 처음 쿠키를 찢었을 때의 조마조마한 감정은 이제 느낄 수 없었다. 사람들이 첫사랑이라고 뭉뚱그려 통칭하는 그런 감정 말이다. 그 후에 그런 감정을 느낀 건 10년 후 시시가 태어나 처음 아빠라고 불렀을 때와 10년이 더 흘러 황금색 액자 속에 있는 갓 태어난 어린 양 팡쓰치를 보았을 때, 그 두 번뿐이었다.

쓰치와 이팅, 그리고 그들의 어머니들이 함께 타이베이로 올라가 학교 기숙사를 둘러본 뒤 고민 끝에 이팅의 부모가 타이베이에 사놓은 아파트 중 학교에서 15분 거리에 있는 곳에 자취를 시키기로 했다. "제가 타이베이에 있을 때는 가끔씩 잘 지내는지 가볼 수 있어요"라는 리궈화의 가벼운 한마디도 그 결정에 적잖은 영향을 미쳤다.

쓰치와 이팅은 여름방학 동안 바쁘게 돌아다니며 친척집을 방문하고 생필품을 구입했다. 쓰치가 짐을 정리하며 순진한 말투로 엄마에게 말했다.

"우리 학교의 어떤 애가 선생님이랑 사귄대."

"누가?"

"그건 몰라."

"어린애가 천박하기도 하지."

쓰치는 더 말하지 않았다. 그 순간 그녀는 죽을 때까지 아무에게도 말하지 않겠다고 다짐했다. 그녀가 천진한 표정을 얼굴에 걸고 식탁에 있는 간식을 포크로 짓뭉갰다. 엄마가 보지 않는 틈에 부스러기를 가죽 팔걸이 소파 틈새에 털어 넣었다. 나중에 선생님이 그녀에게 사진을 하나 달라고 하자 그녀는 서랍 속에 있던 가족사진을 꺼냈다. 아빠는 오른쪽, 엄마는 왼쪽에 있고 작은 그녀는 흰 바탕에 파란 꽃이 수놓인, 가는 어깨끈이 달린 원피스를 입고 가운데 선 채 그 나이에 카메라 앞에서 지을 법한 어색한 웃음을 짓고 있었다. 사진에서 아빠와 엄마를 잘라낸 뒤 가늘고 광택이 나는 사진 조각을 선생님에게 주었다. 그녀의 좁은 양 어깨 위에 잘라내지 못한 부드럽고 큰 손이 남아 있었다.

쓰치와 이팅은 고속철도가 낯설지 않았다. 본능적으로 어떤 일에 대해서도 낯선 기색을 보이지 않았다. 리궈화는 어쩌면 그렇게 치밀한지 아무리 바빠도 틈을 내어 쓰치를 불러냈다. 어차피 그는 오래 걸리지 않으니까. 어차피 그에게는 이 넓은 대만에서 가장 흔하게 눈에 들어오는 것이 카페도 편의점도 아닌 모텔이었으니까.

하루는 쓰치가 기분이 좋은 듯 말했다.

"내가 어딜 가든 선생님이 찾아오니까 난 이제 어떤 침대에서도 잘 자요."

사실 그녀는 매일 밤 잠을 설쳤다. 침대가 낯설어서가 아니었다. 그녀가 잠을 자지 못하는 건 매일 꿈에 그의 페니스가 나타나 그녀의 아랫도리로 밀고 들어오기 때문이었다. 꿈 밖의 현실에서도 누가 무언가를 자기 몸 안으로 욱여넣는 것 같았다. 나중에 고등학교에 진학해서는 잠 드는 게 무서워서 날마다 늦은 밤에 진한 커피를 들이켰다. 열세 살부터 열여덟 살까지 5년 동안 2천 번의 똑같은 꿈을 꾸었다.

한번은 쓰치와 이팅이 집에 왔다가 고속철도를 타고 타이베이로 올라가는데 통로 건너 맞은편 자리에 한 모녀가 타고 있었다. 딸은 서너 살밖에 되지 않아 보였다. 두 소녀는 어린아이의 나이를 잘 가늠하지 못했다. 아이가 만화 캐릭터가 그려져 있는 물병 뚜껑을 계속 열었다 닫았다 하며 장난을 쳤다. 뚜껑을 열고 큰 소리로 "엄마를 사랑해!"라고 외쳤다가 뚜껑을 닫고 나서는 또 더 큰 소리로 "엄마를 사랑하지 않아!"라고 외쳤다. 쉬지 않고 시끄럽게 떠들며 작은 손으로 엄마의 뺨을 찰싹찰싹 때리자 승객들이 자꾸만 그쪽을 보았다. 그걸 보던 쓰치의 두 눈에서 별안간 눈물이 주르륵 쏟아졌다. 그렇게 큰 소리로 외칠 수 있는 사랑이 부럽고 질투가 났다. 사랑은 사람을 욕심쟁이로 만든다. 나는 그를 사랑해!

이팅이 손가락으로 쓰치의 뺨을 쿡 찌르며 손가락 끝에 닿은 이슬 같은 눈물을 보고 말했다.

"이게 향수라는 건가?"

쓰치가 식어버린 음식 같은 목소리로 말했다.

"이팅, 난 이미 오래 전부터 나 자신이 아니야. 그건 나 자신을 향한 향수야."

그에게 화가 났더라면 좋았을 것이다. 그녀 자신에게 화가 났더라면 더 좋았을 것이다. 우울함은 거울이고, 분노는 창이다. 하지만 그녀는 살아야 했다. 자기 자신을 좋아하지 않을 수가 없었다. 다시 말해 선생님을 좋아하지 않을 수가 없었다. 그녀가 사나웠더라면 이토록 힘들지는 않았을 것이다.

오랜 시간이 흐른 뒤 류이팅은 두꺼운 원서 위에 길가의 신호등 같은 형광색 기호를 그리고 있을 때든, 좋아하는 남자가 처음으로 그녀에게 입맞춤을 했을 때든, 할머니의 장례식장에서 장의사를 따라 반야심경을 목청껏 읊고 있을 때든 항상 쓰치가 생각났다. 대소변조차 가리지 못하고 요양원에서 지내고 있는, 그녀의 친구 쓰치……. 무엇을 하든 쓰치 생각이 머리에서 떠나지 않았다. 황당한 막장드라마, 노벨문학상 수상자의 신작, 초미니 태블릿, 초대형 휴대전화, 플라스틱 맛이 나는 펄밀크티, 신문 맛이 나는 와플……. 쓰치는 이 모든 것을 경험하지 못했다. 매분 매초 쓰치가 생각났다. 남자의 입술이 그녀의 입술에서 가슴으로 옮겨갈 때도, 백화점 세일의 할인율이 30퍼센트에서 50퍼센트로 높아질 때도, 맑게 갠 날에도, 비가 오는 날에도 언제나 쓰치를 생각했다. 영혼의 쌍둥이인 그녀는 영영 이것들을 누리지 못할 것이다. 이팅은 한 순간도 빠짐없이 쓰치를 생각했다. 이팅은 아주 오랜 시간이 흐른 후에야 그때 쓰치가 한 말이 무슨 뜻이었는지 알았다. 이 모든 것이, 이 세상 전부가 바로 쓰치가 한 번도 보지 못한 고향이었다.

타이베이로 이사하기 며칠 전, 이원이 쓰치에게 아무리 바빠도 하루만 자신에게 시간을 내달라고 했다. 그날 이원은 스포츠카의 지붕을 열지 않았다. 고등학교에 올라가던 해, 여름이 늦도록 가을에게 자리를 내어주지 않고 버티고 있었다. 아침인데도 대낮처럼 더웠다. 쓰치는 자신이 아침에도 대낮처럼 더울 뿐만 아니라 아침에도 한밤중처럼 뜨겁다고 느꼈다. 그해 스승의 날은 팡쓰치에게 인생의 모든 밤 중 가장 짙은 어둠이 드리운 밤이었다. 그녀는 문득 자신이 매 순간 선생님을 생각한다는 걸 알았다. 그리워하는 것도 아니고 생각하는 것도 아닌, 선생님이 그녀의 뇌리 한가운데를 가로지르고 있는 것이었다.

중학교에 다니는 동안 쓰치는 수많은 남자들을 거절했다. 대부분 중학생이었고, 일부는 고등학생이었으며 대학생도 있었다. 그녀는 그럴 때마다 이렇게 말했다.

"미안해. 난 널 좋아할 수가 없어."

이 말을 할 때마다 뻣뻣하게 굳은 얼굴 살갗 밑에서 불길이 타올랐다. 미안해서가 아니었다. 모르는 남학생들이 귀여운 동물이 그려진 편지지에 비뚤배뚤한 글씨와 유치한 단어들로 편지를 써서 그녀에게 주었다. 북극성, 장미, 백합, 아침의 오렌지주스, 저녁의 따뜻한 수프……. 이런 말들로 그녀를 묘사하고 찬미했다. 그녀는 구애의 포크댄스를 추는 남자들에게 에워싸였다. 어린 남학생들의 프러포즈는 거의 애원에 가까웠다. 그들에게 "난 너희들과 사귈 자격이 없어"라고 말할 수가 없었다. 사실 나는 쉬어버린 오렌지주스이고 수프라고, 벌레 알이 잔뜩 들러붙은 장미이고 백합이라고, 현란한 불빛의 도시에서 분명히 존재하지만 누구에게도 보이지 않고 또 누구에게도 필요 없는 북극성이라는 걸 말할 수가 없었다. 그 남학생들이 느끼는 순진하고 용감한 사랑은 세상에서 제일 귀한 감정이었다. 선생님을 향한 그녀의 감정을 제외하면 말이다.

이원은 예전처럼 안전벨트를 풀고 쓰치의 머리를 쓰다듬으며 보석숍 앞에 차를 세웠다. 문을 열자 진열장 뒤에 앉아 있는 마오마오가 보였다. 샛노란 셔츠를 입었지만 쓰치가 그를 처음 보았을 때 파란색 니트셔츠를 입고 있던 그 모습 그대로였다.

마오마오가 그녀들을 보고 일어났다.

"사모님 오셨군요."

"마오 선생님 안녕하세요."

"편하게 마오마오라고 부르세요."

"저한테도 이원 씨라고 부르세요."

쓰치는 깜짝 놀랐다. 단 네 마디를 주고받았을 뿐이지만 두 사람이 수없이 대화를 주고받았다는 걸 단번에 느낄 수 있었다. 쓰치는 몇 글자 안 되는 말 속에 그렇게 많은 감정이 담길 수 있다는 걸 처음 알았다. 그녀는 이원이 무의식중에 그녀 자신을 방종으로 떠밀고 있다는 걸 알았다. 이원 같은 여자가 마오마오의 목소리에 숨겨진 뜻을 알아듣지 못할 리 없었다.

이원은 깃이 높은 상의에 9부 팬츠를 모두 회색으로 맞춰 입고 있었다. 다른 사람이 그렇게 입었다면 먼지나 스모그처럼 보였겠지만 이원은 구름과 안개 같았다.

이원이 부끄러워하며 말했다.

"저의 제일 친한 친구예요. 타이베이에 있는 고등학교에 입학해서 곧 타이베이로 갈 거예요. 기념이 될 만한 선물을 주고 싶어요."

이원이 고개를 돌려 쓰치를 보며 말했다.

"이팅은 도저히 시간을 낼 수가 없다고 하더라. 너희 둘에게 똑같은 걸 사줘도 이팅이 기분 나빠하지 않겠지?"

"이렇게 비싼 건 받을 수 없어요."

쓰치의 놀란 표정에 이원이 웃었다.

"남자가 사주는 비싼 선물은 거절해도 되지만 언니가 사주는 건 꼭 받아야 해. 삼 년 동안 너희를 만나지 못할 나를 위로해주는 거라고 생각해."

마오마오가 웃었다. 그의 둥근 얼굴이 완벽한 원에 가까워졌다.

"사모님은 늘 나이 든 사람처럼 얘기하시네요."

이럴 때는 "마오 선생님도 저를 사모님이라고 부르시잖아요"라고 받아칠 수 있었지만 그녀는 그러지 않았다. 첸이웨이가 함부로 대할 때도 손가락으로 유리만 만지작거리고 있는 그녀였다.

쓰치가 고개를 숙이고 액세서리를 골랐다. 아롱아롱 반짝이는 광채에 둘러싸여서인지 그들이 나누는 대화가 또렷하게 들리지 않았다. 사실 두 사람은 아무 말도 하지 않고 있었다. 이원이 작은 펜던트를 가리켰다. 백금으로 된 장미 펜던트 가운데 홍콩 리펄스베이의 바다색 같은 보석이 박혀 있었다.

이원이 말했다.

"이거 어때? 파라이바는 사파이어와 달라서 별로 비싸지 않으니까 부담 없을 거야."

쓰치가 좋다고 했다.

마오마오가 펜던트를 목걸이에 매달고 깨끗이 닦은 뒤 벨벳 보석함에 넣었다. 묵직한 귀금속과 두꺼운 상자가 그의 손 위에서 가볍지만 조심스럽게 움직였다. 그의 온몸에서 깨끗한 분위기가 풍겼다.

돌아오는 길에 빨간 불에 멈추어 서서 이원이 고개를 돌렸을 때 쓰치의 눈동자 위에 눈물 막이 한 겹 덮여 있었다.

이원이 물었다.

"무슨 일인지 말해줄래? 말할 수 없어도 상관없지만 내가 없다고 생각하고 말해보는 것도 괜찮을 거야."

쓰치가 제 나이보다 훨씬 노숙한 저음으로 말했다.

"리 선생님이 이상한 거 같아요."

이원이 그녀를 보았다. 그녀의 눈에 어룽졌던 눈물이 모두 마르고 눈빛은 촘촘해져 있었다.

파란 불로 바뀌었다. 이원이 엑셀러레이터를 밟으며 리궈화를 떠올렸다. 그의 얼굴을 등지고 있어도 그의 이글거리는 눈빛이 자신의 발뒤꿈치에 닿는 걸 느낄 수 있었다. 첸이웨이가 그녀의 생일파티를 열어준 날이었다. 리궈화는 그녀가 줄곧 갖고 싶어하던 원서 초판본을 선물했다. 그는 핑크색 샴페인을 들고 있었지만 한 방울도 입에 대지 않았고 첸이웨이 앞에서 이상할 정도로 순하게 행동했다. 구하기 힘든 초판본이었지만 어디에 두었는지 생각나지 않았다. 아마도 그녀의 잠재의식 속에서 그에 대한 반감이 작용했던 것 같다. 이원은 그가 처음 두 아이에게 작문 지도를 해주겠다고 제안할 때 자꾸만 그녀의 말을 끊었던 걸 기억하고 있었다.

"아이들을 이렇게 가르치면 작문 시험에서 영 점을 받을 거예요."

그는 이렇게 말하며 그녀의 얼굴을 똑바로 응시했다. 그날 그는 시시에게 줄 거라며 생일파티용 핑크색 풍선을 집에 가져가고 싶다고 했다. 그녀는 어쩐지 그가 거짓말을 하고 있는 것 같았다. 그가 엘리베이터에서 내리자마자 풍선을 터뜨려 휴지통에 던져버릴 것 같았다. 그가 당시를 읊조리듯 자꾸만 서성대며 그녀를 보았던 것도 생각났다.

이원이 쓰치에게 물었다.

"어떻게 이상한데? 나는 그저 리 선생님이 늘 다른 생각을 하고 있는 것 같더라."

'다른 속셈이 있는 것 같다'고 말하려다가 꾹 참았다.

쓰치가 말했다.

"바로 그런 느낌이에요. 선생님이 뭔가 하겠다고 해도 정말로 그걸 할 것 같지 않아요."

이원이 무슨 뜻이냐고 바투 묻자 쓰치가 말했다.

"리 선생님이 일하는 태도가, 예를 들면……, 이른 새벽 아직 불을 켜지 않은 목조집 같아요. 손으로 만져보면 반듯하고 튼튼한 것 같지만 맨발로 걷다가 어딘가 허술한 곳을 밟아 삐거덕 소리가 나는 바람에 그 집에 살고 있는 미지의 존재를 깨울 것 같아요."

쓰치는 생각했다.

'팡쓰치, 한 걸음 모자라. 한 걸음만 더 내디디면 테이프를 거꾸로 돌리듯 절벽 밑에서 절벽 끝으로 돌아오게 될 거야. 한 발만 내디디면 돼. 한마디면 돼.'

쓰치가 막 말을 하려는데 별안간 뭔가에 다리를 깨물린 것 같았다. 어제 저녁 리궈화의 집에서 선생님이 그녀의 다리를 자기 어깨 위에 올려놓고 뒤꿈치를 깨물었다. 마오마오와 이원은 깨끗해 보였다. 이원이 구름이라면 마오마오는 비이고, 이원이 안개라면 마오마오는 이슬이다. 쓰치는 자신이 더럽혀졌다는 생각에 조금 비장해졌다. 그런 생각을 하자 왈칵 웃음이 터졌다. 분명히 웃고 있는 건데 거센 바람에 눈코입이 자리를 바꾼 것처럼 얼굴이 온통 일그러졌다. 기괴한 얼굴로 웃는 쓰치를 보며 이원이 말했다.

"내가 왜 십사행시를 좋아하는지 너희에게 얘기한 적 있지? 약강오보격에 열 개 음절로 이루어져야 한다는 형식이 정해져 있어서 시 한 편을 써놓으면 정사각형이 돼. 그 정사각형이 실연한 사람의 손수건 같지. 이따금씩 내가 너희에게 잘못한 건 아닐까 생각해. 책을 아무리 많이 읽어도 현실에서는 아무 소용도 없다는 걸 이 나이에야 알았어. 리 선생님이 어디가 나빠?"

하지만 유감스럽게도 쓰치는 나머지 한 걸음을 내디디는 걸 포기한 후였다.

중학교 1학년 때는 쓰치가 똑바로 서면 선생님의 가슴이 보였고, 고등학생이 되는 지금은 키가 자라서 선생님의 쇄골이 보였다.

그녀가 웃으며 말했다.

"나쁜 데는 없어요. 선생님이 나한테 얼마나 잘해주시는데요!"

그녀는 선생님이 왜 자길 사랑하느냐고 한 번도 묻지 않는지 알고 있었다. 그녀가 "저를 사랑하세요?"라고 물으면 그게 곧 "선생님을 사랑해요"라는 뜻이라는 걸 알기 때문이다. 모든 것은 그의 말에 따라 만들어지고 지어졌다. 그의 한마디에 우뚝 솟아오른 약속의 탑들이 상어 이빨처럼 끝없이 이어졌다.

팡쓰치가 실성하기 전 이원과의 마지막 만남이었다. 백금 펜던트는 결국 이원에게로 돌아가 그녀들의 보석 같은 시간을 기념하는 징표가 되었다.

쓰치는 고속철도 안에서 이팅에게 보석함을 건넸다.

"리 선생님이 이상한 것 같아."

묵직한 보석함 앞에서 그녀의 말이 가벼워 보이길 바랐다.

이팅이 입술말로 농담을 했다.

'진짜 이상한 건 어린애한테 보석을 선물하는 거야. 곧 죽을 사람처럼.'

쓰치, 이팅, 이원의 보석 같은 시간이었다.

쓰치와 이팅이 타이베이로 이사한 후 리궈화는 타이베이에 있을 때면 거의 어김없이 아파트 앞으로 쓰치를 데리러 왔다. 선생님과 나란히 길을 걸을 때마다 쓰치는 손을 잡고 걷는 것도 아닌데 남들의 흘끔거리는 시선을 느꼈다. 행인, 계산대 종업원, 새하얀 치아를 드러내고 있는 광고판 속 모델까지. 간판 아래 조르륵 매달린 바람막이용 역삼각형 천이 바람에 나부껴 올라가면 모델의 치아가 몽땅 사라졌다. 쓰치가 그걸 보고 까르르 웃었다. 선생님이 왜 웃느냐고 물으면 그녀는 아무것도 아니라고 했다.

쓰치는 타이베이 101빌딩*에는 가고 싶지 않았다. 그녀가 제일 가고 싶은 곳은 룽산쓰龍山寺였다. 멀리서부터 룽산쓰의 날렵하게 올라간 추녀가 보였다. 향 몇 자루를 든 사람들이 절 안을 가득 채웠다. 사람들은 앞으로 걸어가고 연기는 뒤로 날아가 뒷사람 얼굴을 덮쳤다. 사람들이 향을 들고 가는 것이

* 타이베이의 랜드마크인 101층짜리 건물.

아니라 향을 따라가는 것처럼 보였다. 결혼을 관장하는 신, 출산을 관장하는 신, 성공을 관장하는 신, 모든 것을 관장하는 신이 있었다. 쓰치의 귓불이 리궈화의 셔츠 어깨선에 쓸렸다. 그녀는 그것들이 자신과는 영원히 무관한 얘기라는 걸 막연히 알고 있었다. 그들의 일은 신 바깥의 일이었다. 이불로 덮으면 신조차도 볼 수 없었다.

고등학교에 올라온 후 쓰치는 친구들과 잘 사귀지 못했다. 아이들은 그녀의 콧대가 하늘을 찌른다고 쑤군거렸다. 유일하게 친구라고 할 수 있는 건 이팅뿐이었지만 이팅 역시 변했다. 하지만 이팅은 쓰치가 변한 것이라고 했다. 그것이 다른 아이들이 장난을 치면서 놀 때 어떤 어른이 자기 몸 위에서 장난을 치고 있기 때문이라는 걸 쓰치는 몰랐다. 같은 반 아이들이 예쁜 여학생과 다른 남자고등학교 학생을 엮어서 장난칠 때마다 그녀는 칼에 찔려 죽은 표정을 지었고 아이들은 그런 그녀를 보며 역시 남을 깔보고 잘난 척하는 아이라고 손가락질했다. 사실 그런 게 아니었다. 쓰치는 연애가 시작되기 전 탐색기를 거쳐야 한다는 걸 알지 못했다. 교문 앞에서 작은 쪽지가 끼워진 음료수를 건네고, 탐색기가 끝나면 남학생이 일본 영화에서처럼 허리를 90도로 구부리고 고백을 한다. 고백을 하고 나면 손을 잡을 수 있다. 풀밭에 나란히 앉아 손가락이 손가락을 더듬고 붉은색 육상 트랙에 둘러싸인 초록색 운동장이 하나의 우주가 된다. 손을 잡고 나면 키스를 할 수 있다. 골목에서 까치발을 세우면 하얀 스타킹 속 종아리가 아릿하게 단단해지고 얼굴이 새빨갛게 달아오른다. 그때부터는 혀로 할 수 있는 말이 입술이 하는 말보다 많아진다. 쓰치는 또래 남학생들이 자신에게 다가올 때마다 과거의 일기가 자기 피부 밑에서 스멀스멀 스며 올라와 문신처럼 살갗에 새겨지고 지도 같은 흉터가 생기는 것 같았다. 그 남학생이 선생님의 말을 훔치고, 선생님을 모방하고 습작하고 선생님의 뒤를 따르고 있다고 생각했다.

쓰치는 선생님의 등 뒤에 퇴화를 거부한 꼬리처럼 매달려 있는 욕망을 보았다. 그건 사랑이 아니지만 그녀는 다른 사랑은 알지 못했다. 그녀는 음료수 표면에 맺힌 물방울에 축축하게 젖은 쪽지나 90도로 구부린 허리가 무엇을 의미하는지 알지 못했다. 그녀가 아는 사랑이란 끝난 뒤에 피를 닦아주고, 단추가 떨어져나가지 않게 옷을 벗기는 것이었다. 그녀에게 사랑이란 상대가 내 입에다 밀어 넣어도 내가 그에게 미안하다고 말하는 것뿐이었다.

룽산쓰 곳곳에 글자가 있었다. 기둥마다 겉으로 드러난 부분에는 모두 대구나 경구가 새겨져 있었다. 예서와 해서는 초롱등처럼 네모지고, 초서와 행서는 비처럼 흘러내렸다. 기둥에 기대어 잠이 든 사람도 있었다. 그렇게 자면 악몽을 꾸지 않을 수 있을까? 계단에 앉아 신상을 뚫어져라 보는 사람도 있었다. 신상이 있는 감실은 신부의 방처럼 온통 붉고, 신을 보는 사람의 눈빛은 파도가 아니라 고인 웅덩이였다. 가슴 높이에 새겨진 부조는 햇빛을 받아 오렌지색으로 변색되었고 투실투실하게 조각된 원숭이와 사슴의 부조는 고깃간에 매달린 고깃덩이처럼 흔들고 잡아당길 수 있을 것 같았다.

리궈화가 부조를 손으로 가리켰다.

"원숭이와 사슴이 각각 '벼슬'과 '봉록'을 의미한다는 건 알고 있지?"*

또 수업이 시작되었다. 수업 시간에는 가르치지 않고 수업 시간이 아닐 때는 틈만 나면 가르치려 드는 남자였다. 창살마다 대나무 모양을 조각해놓은 돌창문을 손가락으로 톡톡 두드리자 그가 또 말했다.

"죽절창竹節窗이라는 거야. 창살이 다섯 개인 건 오가 길한 숫자라서 그렇지."

뒤이어 충효절의忠孝節義에 관한 강의가 장대비처럼 그녀를 적셨다.

관리원 사무실 앞을 지나는데 반쯤 열린 문틈으로 입에 담배를 물고 있는 관리원이 보였다. 룽간 절임이 들어 있는 커

* 원숭이 후(猴)와 제후 후(侯)의 발음이 같고, 사슴 록(鹿)과 녹 록(祿)의 발음이 같아서 원숭이는 벼슬을, 사슴은 봉록을 의미한다.

다란 통을 아기 돌보듯 곱게 안아 허벅지 사이에 끼우고 있었다. 다른 사람들은 모두 향 연기를 따라 다니는데 유독 그의 연기만 담배 연기였다. 방금 전 선생님은 죽절창 앞에서 정조와 순결에 대한 일화를 장황하게 들려주었다. 모든 것이 해학의 극치였다.

쓰치가 물었다.

"평소에도 절하러 자주 오세요?"

"자주 오지."

그녀가 호기심 어린 말투로 물었다.

"근데 오늘은 왜 절을 안 하세요?"

"그럴 기분이 아니니까."

쓰치는 생각했다.

'신은 정말 훌륭해. 비록 내가 신을 찾을 때는 나타나지 않지만 신을 원치 않을 때도 나타나지 않으니까.'

그녀가 말했다.

"선생님은 사모님을 사랑하세요?"

그가 허공에서 손을 휙 저었다.

"그런 얘긴 하기 싫어. 부질없는 소리."

쓰치는 피가 철철 흐르는 상처를 애써 누르는 표정으로 다시 물었다.

"선생님, 사모님을 사랑하세요?"

그가 허리를 쭉 펴고 대수롭지 않은 말투로 말했다.

"열여덟아홉 살 때쯤, 아주 어렸을 때부터 나한테 잘해줬어. 나한테 워낙 잘해주니까 주위에서 내가 책임져야 한다고 부추기더군. 그래서 결혼했지."

그가 잠시 말을 멈추었다가 다시 말했다.

"그런데 말이지. 사람은 원래 존엄 따위는 없는 동물이야. 사랑하지도 않는 걸 억지로 사랑할 수는 없어. 누가 지금 내 머리에 총을 들이대도 나는 널 사랑할 수밖에 없는 것처럼 말이지."

그녀가 말했다.

"그러니까 다른 여학생은 없다는 거예요? 선생님이 그 달콤한 말을 삼십 년 동안 아무에게도 해주지 않고 참았다는 게 믿기지 않아요."

리궈화가 쓰치의 유머에 장단을 맞추었다.

"나는 잠자는 숲속의 왕자였어. 너의 입맞춤이 날 깨운 거야."

그는 속으로 생각했다.

'타이베이에서 동시에 두 명을 만날 수는 없어. 궈샤오치郭曉奇를 빨리 떼어버려야지.'

밖으로 나온 뒤 쓰치가 한 번 더 고개를 돌려 절을 쳐다보았다. 리궈화가 말했다.

"추녀 위에 올라앉은 저 조각상들을 전점剪粘이라고 부른단다."

그녀가 고개를 들었다. 붉고 노란 전점이 쏟아지는 햇빛 속에서 비늘을 뒤집어 쓴 듯 반짝이고 있었다.

모텔로 돌아갔다. 좁은 로비에 작은 원형 테이블이 군데군데 놓여 있었다. 그중 한 테이블에 남녀 한 쌍이 마주보고 앉아 있었다. 테이블 아래를 보니 남자의 청바지 무릎께가 찢어져 맨살이 훤히 드러나고 운동화의 발등 덮개가 다른 쪽 발등까지 비죽 올라와 있었다. 여자는 한쪽 다리를 남자의 두 다리 사이에 끼우고 있었다. 여자의 발꿈치에 하이힐에 쓸려서 생긴 흉터가 있었다. 쓰치는 그 장면이 한없이 사랑스러워 보였다. 그녀가 남들을 보는 걸 선생님이 싫어한다는 걸 알고 있었다. 그녀가 남들의 시선을 끌까 봐 그러는 것이었다. 그들을 흘긋 훑어보고 곧바로 객실로 올라갔다. 로비의 사랑이 아름다워 보였다.

리궈화가 말했다.

"네 몸 위에서 스트레스를 풀고 싶어. 이건 내가 너를 사랑하는 방식이야."

그는 어떻게 이런 말을 할 수 있을까? 그의 말에는 마침표가 많았다. 자기 말이 옳다는 뜻이었다. 선생님 입에서 나오는 모든 마침표는 그녀가 자기 자신을 들여다보게 만드는 우물이었다. 그녀는 바닥에 웅크리고 앉아 두 팔로 제 몸을 감싼 채 잠들어 있는 그를 보았다. 코를 고는 그의 콧구멍에서 핑크색 콧물 방울이 부풀고 무지개 빛 수초가 자라나 방을 가득 채웠다.

쓰치는 자신이 사랑하는 남자가 코를 고는 모습이 참 아름답다고 생각했다. 하지만 그건 비밀이었다. 그에게도 말할 수 없는 비밀이었다.

궈샤오치는 올해 대학교 2학년이다. 어릴 적부터 성적도 중상, 운동도 중상, 키도 중상이었다. 그녀에게 세상은 힘껏 뛰어오르면 딸 수 있는 사과였다. 고3이 되면서 대학 진학에 대한 위기감이 엄습했다. 2B 연필심에 차갑게 식은 도시락을 뒤섞은 듯한 맛이었다. 도시락이 맛있을 필요는 없었다. 도시락은 학교에서 10시까지 야간자습을 할 수 있도록 충분한 열량을 제공하기만 하면 된다. 샤오치는 전 과목을 학원에서 배웠다. 도시락 속에 든 닭다리가 없는 것보단 나은 것처럼 학원도 다니지 않는 것보단 나았다. 샤오치의 아름다움은 한 번 보고 알 수 있는 것이 아니었다. 샤오치는 객관식 문제가 아니라 서술형 문제 같은 흰 얼굴이었다. 그녀에게 고백하는 남자의 수도 중상이었고, 도시락 속 식어버린 반찬처럼 때를 놓쳐버렸다.

리궈화가 샤오치를 눈여겨보기 시작한 건 그녀가 자주 질문을 해서가 아니었다. 그는 뒷자리에 앉아 있는 여학생이 한눈에 띌 수 있다는 사실이 놀라웠다. 그는 독서에 있어서는 전문가였다. 자신과 눈이 마주치면 그녀의 눈 속에서 파도가 넘실거렸다. 이렇게 넓은 교실에서 선생님이 자신을 똑바로 응시한다는 걸 믿지 못하는 것 같았다. 그가 마이크를 입가에서 떼고 소리 내어 웃었다. 수업이 끝난 뒤 학원 관리교사에게 그 여학생의 이름을 물었다. 관리교사 차이량蔡良은 남자 강사가 여학생에게 접근하는 걸 도와주는 역할에 익숙했고, 가끔 너무 외로우면 본인도 리궈화의 비밀 아파트를 찾기도 했다.

그녀는 죽기 살기로 열심히 일하다가 인생의 중년에 다다른 남자 강사들이 강단에 올라 자신의 막강한 권력을 발견하고 나면 외롭게 보낸 전반생의 모든 밤을 한꺼번에 보상받으려는 듯 음탕해진다는 걸 누구보다 잘 알고 있었다. 차이량은 샤오치가 수강료 영수증을 받으려고 혼자 데스크에 찾아온 기회를 놓치지 않고 가까이 불러 말을 걸었다.

"리궈화 선생님이 네게 특별수업을 해주시겠대. 네 답안지가 너희 학교에서 최고 수준일 거라고 하셨어." 차이량이 주위의 눈치를 보며 목소리를 잔뜩 눌러 말했다. "이건 비밀이야. 다른 애들이 알면 불공평하다고 항의할 거야. 알았지?"

모든 면에서 중상인 궈샤오치가 유일하게 두각을 나타낸 순간이었다. 차이랑이 하교 시간에 샤오치의 학교에서 샤오치를 태워 타이베이에 있는 리궈화의 비밀 아파트로 데려다주었다.

처음에 샤오치는 죽어버리겠다며 미친듯이 울었지만 그 후 몇 번 더 겪고 나자 얌전해졌다. 이따금씩 너무 빨리 끝나면 리궈화가 정말로 수업을 해주기도 했다. 그럴 때마다 그녀는 정말로 특별수업을 받으러 온 것처럼 그 어느 때보다도 집중해서 들었다. 그녀의 흰 얼굴이 생기를 잃기 시작했다. 욕실 타월 같은 흰색에서 양초 같은 흰색으로 변했다. 주변에서는 그녀가 고3이라 힘든 거라고 여겼다.

어느 날 샤오치가 마침내 이렇게 말했다.

"선생님이 정말로 저를 사랑한다면 상관없어요."

리궈화가 상체를 구부려 그녀의 쇄골을 깨물었다.

"내가 쉰 살에 너와 한 침대에 누워 있게 될 줄 꿈에도 몰랐어. 넌 도대체 어디서 왔니? 칼날 같은 달과 바늘 같은 별에서 떨어졌니? 지금까지 어디에 있었어? 왜 이렇게 늦게 왔어? 다음 생에는 꼭 너와 결혼할 거야. 그땐 이렇게 늦게 오면 안 돼. 알았지? 넌 내 거야. 넌 내 인생에서 제일 사랑하는 사람이야. 가끔은 내 딸보다도 너를 더 사랑하는 것 같은데 딸에게 죄책감도 느껴지지 않아. 이게 다 너 때문이야. 네가 너무 예쁜 탓이야."

샤오치가 미소 지었다.

차이랑은 키가 작고 보이시한, 커트 머리를 한 여자였다. 그녀는 공부 잘하는 남학생들을 좋아했다. 매년 대입시험에서 수석을 차지한 학생들과 자신이 친남매만큼 친한 것처럼 떠벌이고 다녔다. 그녀가 침대에서 친근한 말투로 남학생 얘기를 해도 리궈화는 질투하지 않았다. 그는 그저 이 서른 넘은 여자가 어떻게 우등생 명단 속 이름들을 한 획 한 획 뽑아내 검은 베일을 짜고 그걸로 귤껍질 같은 자신의 엉덩이 주름을 가리는지 구경했다. 리궈화는 차이랑 스스로 젊다고 자부한다는 걸 알고 있었다. 그의 유일한 불만은 그녀의 짧은 머리였다. 그는 타이베이 최고 명문 고등학교의 우수반 남학생들을 잘 가르쳐 그녀 곁에 뿌려주면 그만이었다. 쟁쟁한 이름의 1지망 학과가 천사의 후광처럼 오라를 풍기는 남학생들 틈에 있으면 그녀에게는 그곳이 곧 천국이었다. 그 정도 나이에 자기 주제를 알고 그쯤에서 만족하는 여자는 그리 흔치 않았다. 국어, 영어, 물리, 수학 등 남자 강사들이 사적으로 모인 자리에서도 그녀는 화제에 오르지 못했다. 리궈화는 차이랑도 그걸 알고 있을 것이라고 짐작했다. 하지만 남자 강사들이 심심해하면 그녀는 언제나 남학생을 흉내 낸 어설픈 젊음을 불태워 그들과 함께 놀아주었다. 그녀가 차에 태워 리궈화의 아파트로 데려다주는 여학생들은 같은 여자이니 자신을 보호해줄 것이라는 잠재적인 안도감에 스스로 안전벨트로 조수석에 몸을 묶었다. 차이량은 학교에서 그의 아파트로 가는 길에 여학생들의 옷을 절반쯤 미리 벗겨주는 것이나 마찬가지였다. 차이량만큼 자기 직분에 충실한 관리교사도 없었다.

하지만 리궈화가 모르는 것도 있었다. 차이량은 남학생을 만날 때마다 그의 이름이 학원 곳곳에 붙어 있는 우수생 명단에 끼어 있지 않다는 게 원망스러웠고, 헤어스프레이로 날렵하게 세운 그의 머리가 싫었으며, 바지에 넣지 않아 껄렁껄렁하게 너풀거리는 교복 셔츠를 증오했다. 3류 고등학교 학생인 주제에 셔츠를 바지에 넣지도 않다니! 그녀는 명문 고등학교에서 명문 대학으로 진학하고 1지망에 순조롭게 합격해 전공에 대한 희망으로 가득 찬 우등생 남학생들을 동경했다. 그녀에게 우등생의 여름방학보다 더 자연스러운 체취는 이 세상에 없었다. 그 여학생들은 아직 잃은 것도 하나 없으면서 벌써부터 원하는 걸 가지려고 했다. 직접 수석을 차지하지 못해도 수석자를 남자친구로 사귀고, 차석과 차차석도 모조리 차지해버린다. 그녀에게는 하나도 남겨주지 않고 그녀의 심정을 알아주지도 않는다. 차이량은 자기 주제를 파악한 것이 아니라 자신의 부족함을 인정하고 단념했던 것이다. 그녀는 생각했다. 어린 여학생의 젖가슴을 빠는 늙은 남자는 모두 이 세상의 극점에 서서 영원히 시들지 않는 젊음을 흡수하고 있는 것이라고. 또 자신이 아파트로 데려다주는 여학생들이 잠들어 있는 선생님의 젊음을 입맞춤으로 깨워주는 것이라고 말이다. 어쨌든 강사들에게는 열정적으로 학생들을 가르칠 원동력이 필요했다. 그녀는 자신이 그 여학생을 희생시키는 것이 아니라 다른 많은 학생들을 위해 봉사하는 거라고 생각했다. 이것은 그녀가 고심 끝에 내린 도덕적 선택이자 그녀가 생각하는 정의였다.

그날 샤오치는 또 리궈화의 아파트에 갔다. 리궈화가 준 열쇠로 문을 열고 들어가자 테이블 위에 다섯 가지 음료가 놓여 있었다. 선생님은 순진한 표정으로 "네가 뭘 좋아할지 몰라서 다 사왔어"라고 말할 것이다. 그러면 그녀는 감격에 겨워 자신에게 이런 병적인 아름다움만 남아 있다는 것도 알지 못할 것이다.

집에 돌아온 선생님이 학교에서 무슨 일이 있었느냐고 물었다. 그녀가 신이 나서 얘기했다. 새 서클에 가입했는데 서클에서 유명인사를 초대해 강연을 열었다는 이야기, 새 망원경을 산 이야기, 새 망원경을 가지고 선배와 함께 산으로 별을 보러 갔던 이야기 등등.

리궈화가 물었다.

"둘이서?"

"네."

리궈화가 긴 한숨을 내뱉으며 음료수를 집어 들었다. 탄산 음료 뚜껑이 열리는 소리가 탄식처럼 들렸다.

리궈화가 말했다.

"이런 날이 올 줄은 알았지만 이렇게 빨리 올 줄은 몰랐구나."

"그게 무슨 말씀이세요?"

"남학생이 호감도 없는 여학생을 태우고 그렇게 멀리 가겠니? 여학생이 한밤중에 아무 관심도 없는 남자를 따라 깜깜한 교외로 가겠어?"

"서클 선배예요."

"넌 그 선배 얘기를 이미 여러 번 했어."

"저를 서클에 소개해준 선배니까요."

샤오치의 목소리가 구겨진 폐지처럼 점점 맥없이 늘어졌다.

리궈화가 비 맞은 강아지 같은 눈으로 말했다.

"괜찮아. 어차피 언제든 내 곁을 떠나 다른 사람에게 갈 거잖아. 말해줘서 고맙구나. 적어도 버려지는 이유는 알았으니까."

샤오치의 목소리가 높아졌다.

"그런 거 아니에요. 그냥 선배라고요."

리궈화의 강아지 같은 눈에 눈물이 글썽거리는 것 같았다.

"처음부터 너와 사귄 것 자체가 꿈같은 일이었어. 너는 조금 일찍 떠나고 나도 조금 일찍 꿈에서 깨는 것뿐이야."

샤오치가 왈칵 울음을 터뜨리며 외쳤다.

"우린 아무 사이도 아니라고요! 내가 좋아하는 사람은 선생님뿐이에요!"

리궈화가 비장한 말투로 말했다.

"방금 '우리'라고 했잖아. 열쇠는 두고 가."

그가 샤오치를 문밖으로 밀어내고 가방도 밖으로 던졌다.

"이러지 마세요. 제발."

리궈화는 문밖에 개처럼 앉아 있는 샤오치의 모습이 아주 긴 정지화면처럼 느껴졌다. 정말 아름다웠다. 리궈화가 몸을 곧게 펴고 우뚝 선 채 그녀를 내려다보았다.

"네가 오기 전까지 나는 혼자였어. 네가 떠나면 다시 혼자로 돌아가면 돼. 그래도 영원히 널 사랑할게."

샤오치가 뻗은 손이 문에 닿기도 전에 문이 쿵 닫혔다. 문이 철컥 잠기고 체인을 거는 소리가 들렸다. 그는 문득 자기 행동이 실성한 소녀를 보고 놀란 사람 같다고 생각했다. 피식 웃음을 터뜨리며 자신의 유머러스함에 감탄했다.

샤오치가 미친듯이 문을 두드렸다. 두꺼운 철문을 타고 들어온 그녀의 먹먹한 외침이 집 안 공기를 흔들었다.

"선생님, 사랑해요. 내가 사랑하는 사람은 선생님밖에 없어요. 선생님, 사랑해요……."

리궈화는 그냥 내버려두면 두 시간쯤 울다가 제풀에 학교로 돌아갈 거라고 생각했다. 그녀를 한 대도 때리지 않고 처참히 패배시킨 첫날처럼 말이다. 텔레비전을 켜자 뉴스가 흘러나왔다. 마잉주馬英九 총통이 재선에 성공했으며 부인 저우메이칭周美青의 내조가 큰 역할을 했다고 했다. 볼륨을 높여 문밖의 소음을 밀어냈다. 얼마 후 문밖이 조용해졌다. 샤오치는 이런 점에서는 훌륭했다. 안 되는 걸 알면 적당한 때에 물러났다. 너무 길지도, 너무 짧지도 않은 저우메이칭의 스커트처럼.

리궈화는 샤오치를 떼어버린 날 오후 쓰치의 아파트에 가서 그녀를 불러냈다. 택시에서 쓰치의 작은 손바닥 위에 자신의 아파트 열쇠를 올려놓고 그녀의 손가락을 접어 덮어주었다.

"네게 주려고 하나 더 만들었어."

"그래요?"

쓰치는 열쇠가 든 손을 꼭 쥐었다. 아파트에 도착해 보니 그녀의 손바닥에 어린 아기의 잇자국 같은 열쇠 자국이 남아 있었다. 그날 이후 리궈화는 항상 그녀에게 "집에 갈까?"라고 물었다. 그의 아파트가 그녀의 집이란 말일까? 하지만 그녀는 그 말을 듣고도 마음이 설레지 않았다. 그저 아기에게 깨물린 듯 손바닥이 뭉근하게 욱신거렸다.

리궈화가 동료 강사들과 싱가포르 여행을 갔다. 하교 후에 갈 곳이 없어진 쓰치는 카페에 가서 일기를 쓰고 음악을 들으며 시간을 보내기로 했다. 창가 자리에 앉았다. 잎사귀 사이로 새어 들어온 햇빛이 핑크색 일기장 위로 내려앉아 동그랗고 환한 얼룩을 만들었다. 햇빛과 그림자 사이로 손을 뻗자 손에 레오파드 무늬가 생긴 것 같았다. 커피를 한 모금 마시자 이원과 마오마오가 생각났다. 두 사람은 아마 특별한 사이가 아닐 것이다. 하지만 이원이 쓰는 접속사들을 첸이웨이와 연결시킬 수가 없었다. 첸이웨이 스스로 이원과 걸었던 손가락을 풀고 손바닥과 주먹으로 그녀를 대했기 때문이다.

30분 동안 여섯 명이 그녀에게 다가와 말을 걸었다. 명함을 건네는 사람도 있고, 마실 것을 건네는 사람도 있고, 부드럽게 말을 거는 사람도 있었다. 기원전 중국 최초의 시에서는 여자를 꽃봉오리에 비유했다. 그녀는 누가 자신을 꽃이라고 부를 때마다 아무 생각도 용납받지 못한 채 천황 만세, 반공 구호, 작문의 예시답안 같은 세찬 강물 속에 내던져진 기분이었다. 선생님이 그녀를 꽃에 비유할 때만 그 말이 사실이라고 믿었다. 선생님이 말하는 꽃이 남들은 한 번도 본 적이 없는 또 다른 꽃이었지만 말이다.

남자들 때문에 짜증이 났다. 제일 짜증스러운 것은 그들을 보고도 아무 생각이 들지 않는다는 사실이었다. 차분히 일기를 쓸 수가 없어서 밖으로 나와 거리를 쏘다녔다.

정상적인 관계란 어떤 관계일까? 다양한 경로를 통해 타인의 생활을 들여다보고 서로 비교하는 지금의 사회에서 '옳음'이란 타인과 비슷하다는 뜻일 것이다. 그녀는 책에서 자신과 선생님의 관계를 형용하는 문장을 발견할 때마다 베껴 적었다. 책을 읽을수록 이런 관계에 관한 글도 많고 사람들이 이런 관계를 인정하고 있다는 사실을 알았다.

한번은 한 남학생이 그녀에게 이런 편지를 보냈다.

'매주 화요일 학원에 갈 때마다 너와 마주쳐. 화요일의 환한 빛이 점점 다른 날까지 비추더니 이제는 일주일 전체가 찬란히 빛나고 있어.'

물론 어디서 베낀 문장이었다. 하지만 그녀에게는 베낀 말조차 사치였다. 그 남학생이 정말로 미웠다. 그에게 가서 "나는 네 눈에 비친 것처럼 성녀가 아니야. 난 네가 다니는 학원 선생님의 정부야!"라고 쏘아붙인 뒤 그의 입을 꽉 물어버리고 싶었다. "평범한 게 제일 낭만적인 거야"라던 이원의 말을 이제야 조금씩 이해할 수 있었다. 그런 말을 해야 했던 그녀의 처량함도 알 수 있었다. 말할 수조차 없는 사랑을 어떻게 타인의 사랑과 비교할까? 어떻게 해야 평범하고 또 어떻게 해야 정당할 수 있을까? 쓰치는 중국의 고시와 서양의 소설을 인용할 수밖에 없었다. 대만에는 천 년 전 허구의 이야기를 지어냈던 전통이 없다. 대만의 전통은 무엇일까? 식민지로 전락

해 하루아침에 말도 이름도 바뀌어버린 전통이 있다. 자신이 살고 있는 작은 섬처럼 그녀는 한 번도 자기 자신의 것이었던 적이 없다.

가끔씩 납치와 강간을 당한 뒤에 살아남은 사람의 자서전이 출간되었다. 쓰치는 서점에서 책 표지에 있는 어린 여자의 얼굴을 천천히 어루만졌다. 첫장을 넘기는 순간 발이 바닥에 붙어버린 듯 한참 동안 꼼짝도 하지 않고 책을 읽었다. 수갑, 총, 머리를 물속에 처넣는 데 쓰는 대야, 밧줄 등이 나오면 추리소설을 읽는 것 같았다. 신기한 건 그녀들이 가까스로 도망치고 나면 아스팔트에서 꽃이 피듯, 잉어가 협곡을 거슬러 올라가 용이 되듯 큰 뜻을 품고 큰 일을 한다는 사실이었다. 몇 년 동안 감금된 채 학대당한 사람은 탈출해서 살아남아도 편의점 단골손님이나 핑크색 마니아, 보통의 딸, 혹은 엄마가 되지 못한다. 그들은 영원히 '살아남은 자'다. 쓰치는 비록 자신과는 상황이 다르겠지만 납치되어 강간당한 사람이 세상에 또 있다는 사실만으로도 위안을 느꼈다. 하지만 또 금세 자신이 그런 사람들 중 제일 못된 사람일 거라는 생각이 들었다.

쓰치가 선생님에게 물었다.

"선생님한테 난 뭐예요? 정부?"

"물론 아니지. 넌 내 보물이야. 내 애인이고 내 소녀고 내 친구야. 내 평생 가장 사랑하는 사람이야."

그녀가 원하는 모든 말이 이 한마디에 담겨 있었다.

쓰치는 입술까지 나왔던, "하지만 세상은 이런 일을 불륜이라고 해요"라는 말을 다시 목구멍으로 눌러 삼켰다.

그녀가 물었다.

"하지만 난 사모님과 시시를 알아요. 내 말이 무슨 뜻인지 아세요? 내가 사모님과 시시의 얼굴을 봤다고요. 그래서 괴로워요. 이건 아주 구체적인 고통이에요. 여름방학에도 집에 갈 수가 없어요."

그가 짧게 대꾸했다.

"사랑에는 원래 대가가 따르는 법이야."

그녀는 그가 또 지고지순한 사랑에 대한 밀어를 연습하고 있다는 걸 알았다. 그녀는 아무 말도 하지 않았다. 세상에 귀를 닫고 무음 상태로 침대에 누운 그의 입이 벙긋거리는 것을 응시했다. 아파트 밖에서 까마귀가 서리에 울고 가로수가 낙엽에 흐느꼈다. 처량한 예감이 들었다. 혼돈 상태로 되돌아간 것 같았다. 엄마의 터지지 않는 양수를 터뜨렸다. 향기롭고 미끌거리는 감촉이 그녀를 와락 덮쳤다. 그녀는 처음으로 사람은 누구나 언젠가는 죽는다는 말의 의미를 깨달았다.

선생님은 자주 말했다.

"네가 좋아하는 사람도 널 좋아한다는 건 신이 만든 기적이야."

신이 왔었나 보다. 그와 아내와 아이가 함께 사는 집에, 쓰치와 부모님이 사는 집의 아래층에. 선생님은 그녀의 손바닥에 글씨 쓰는 걸 좋아했다.

"하늘도 땅도 용서하지 못한다는 말이 있지." 선생님이 피식 웃으며 그녀의 손바닥에 사람 인 자를 썼다. "하늘과 땅은 용서할 수 있을지 몰라도 사람은 용서하지 않을 거야."

선생님의 두툼한 검지가 그녀의 손바닥에 보드라운 감촉을 남겼다. 그는 죄책감을 입 밖에 내어 말했을 뿐 아니라 죄책감을 엷게 희석시켰다. 선생님은 처음부터 죄책감을 즐기고 있었다. 길에서 그녀에게 말을 걸어오는 사람들은 구붓하게 하늘을 향하고 있는 그녀의 속눈썹은 보았지만 그녀의 잘못되고 혼란스럽고 윤리를 저버린 사랑, 가장 저급한 미련은 보지 못했다. 그녀는 선생님의 비밀이기 이전에 예쁜 여학생이었다.

그는 또 자주 이런 말을 했다.

"우리 관계를 새드엔딩이라고 부르는 건 싫지 않지만 어쨌든 해피엔딩은 아닐 거야. 네가 나중에 돌이켜 생각했을 때 행복한 추억이라면 더 바랄 게 없어. 나중에 좋은 남자를 만나면 내 곁을 떠나렴."

쓰치는 이 말을 들을 때마다 이해할 수가 없었다. 그는 정말로 이걸 자비라고 생각하는 걸까? 내게 이런 일을 하면서 내가 누군가와 또 연애를 할 수 있을 거라고 믿는 걸까? 내가 세상에 찢긴 여자들이 있다는 걸 모른 척하고 학교에서 다른 남자의 손을 잡고 운동장을 돌아다니길 바라는 걸까? 날마다 잠드는 게 두려울 정도로 그의 꿈을 꾸지 말라고 내 머리에 명령하는 걸까? 좋은 남자가 나 같은 여자를, 나 자신조차 받아들일 수 없는 여자를 받아들일 거라고 생각하는 걸까? 내가 그에 향한 사랑 외에 다른 사랑을 배우길 원하는 걸까? 하지만 쓰치는 아무 말도 하지 않고 눈꺼풀을 덮었다. 눈을 감은 채 그의 입술이 덮쳐오길 기다렸다.

갑자기 자동차의 날카로운 급정거 소리가 허공을 찢었다. 누가 그녀를 뒤로 확 낚아채는 바람에 그의 몸에 부딪혔다. 운전자가 차창을 열었다가 병색이 역력한 예쁘장한 소녀가 서 있는 걸 보고 성난 표정이 조금 누그러졌다.

"어이, 학생. 잘 보고 다녀야지."

"죄송합니다."

차가 다시 출발했다. 그녀를 뒤로 잡아당긴 남자는 은담비색 양복을 입고 있었다. 어디서 본 듯한 얼굴이었다. 아, 방금 전 그녀에게 여섯 번째로 말을 걸었던 남자였다.

"죄송해요. 다른 생각을 하는 것 같아서 따라왔어요."

"그래요?"

살려줘서 고맙다는 생각은 들지 않았다. 그저 이 세상에 대한 은근한 죄책감을 느낄 뿐이었다.

은담비 선생이 말했다.

"가방 들어드릴게요."

"괜찮아요."

남자가 그녀의 손에서 가방을 휙 낚아챘다. 지나가는 사람들이 이상하게 생각할 것 같아서 그녀도 가방을 도로 빼앗지는 않았다.

"괜찮아요?"

"괜찮아요."

"방금 하교한 거예요?"

그녀는 속으로 '그럼 아니면 뭐겠어?'라고 생각했지만 입 밖에 내지는 않았다. 놀란 듯한 커다란 눈, 테이퍼*의 긴 코. 풍자만화 속 캐릭터를 닮은 남자였다.

"일본 배우를 닮았어요. 이름이 뭐더라……."

쓰치는 류융의 책 사이에 끼워져 있던 작은 사진을 떠올렸다. 그녀가 웃었다. 그는 그녀가 자기 말 때문에 웃는 줄 알았을 것이다. 그의 목소리가 가늘게 떨렸다.

"분위기 있는 외모라는 얘기 들어보셨어요?"

그녀가 정말로 웃었다.

* 얼굴, 특히 코 부분이 길게 생긴 포유류 코끼리.

"타이베이 사람들은 다 그래요?"

"다 그렇다는 게 어떤 의미죠?"

그녀는 '우리 집에 당신 같은 사람들이 준 명함을 모아놓은 상자가 있어요'라는 말을 꾹 참았다. 그가 정말로 명함을 꺼냈다. 직위가 낮지도 않고 번듯한 회사였다.

"지역 매니저시네요. 바쁘시겠어요."

그가 곧바로 어디론가 전화를 걸어 그날 약속을 취소했다.

"당신과 친구가 되고 싶어요."

길가의 소나무가 잔털이 덥수룩한 손가락을 건들건들 흔들었다.

그가 또 말했다.

"당신과 친구가 되고 싶어요. 같이 밥 먹을래요?"

그녀는 신이 고통이라는 이름의 칼로 이미 얼마 남지 않은 자신의 이성을 잘게 잘라 아무렇지 않게 입에 넣고 씹어 삼키는 걸 보았다. 신의 입가에서 피처럼 과즙이 흘렀다.

그녀가 말했다.

"좋아요."

"밥 먹고 나서 영화 볼래요?"

"좋아요."

영화관에는 사람이 별로 없고 몹시 추웠다. 그녀가 두 손을 비비자 남자가 자기 재킷을 벗어 그녀에게 덮어주었다. 은담비 색 양복 재킷이 모피코트 같았다. 그가 안에 입은 셔츠가 검은색인 것을 보고 그녀가 씁쓸하게 웃었다.

"내 남자친구도, 검은색 옷을 자주 입어요."

"제가 다음 남자친구가 될 거예요. 남자친구는 뭘 하는 사람이에요?"

'그쪽이랑 상관없잖아요'라는 말을 목구멍으로 욱여넣었다.

"무척 어려 보이는데 남자친구는 나이가 더 많겠죠?"

"서른일곱요."

"아, 삼십 대군요. 삼십 대 중에서는 저도 제법 성공한 편이죠."

그녀가 웃는 듯 우는 듯 말했다.

"나보다 서른일곱 살 많다고요."

그의 큰 눈이 더 커졌다.

"유부남이에요?"

그녀의 웃음이 달아나고 울음만 남았다.

"남자친구가 아주 잘해준다고 했잖아요? 그게 정말이라면 이렇게 울 리 없잖아요?"

쓰치는 문득 그날의 일이 생각났다. 모텔에서 나와 밥을 먹으러 갔는데 그녀는 채소요리를 고르고 그는 고기요리를 시켰다. 그녀는 아주 고집스럽고도 온화한 눈빛으로 그의 먹는 모습을 지켜보았다. 그녀는 살이 찔까 봐 고기를 먹지 않았다.

그가 먹는 것만 봐도 좋다고 했다.

그가 말했다.

"넌 지금 몸매가 딱 좋아."

그녀는 그에게 여자들은 말랐다는 말을 듣고 싶어한다는 걸 가르쳐주지 않았다. 그걸 가르쳐줬다면 그는 그 말을 누구에게 들려주었을까? 지금 생각해 보면 웃음이 나왔다. 고문에서 '육식자'는 '상위자'를 의미한다. '상위'라는 건 아주 절묘하게 중의적인 단어였다. 머릿속을 웅웅 울리는 소리 틈새로 은담비 선생의 목소리가 비집고 들어왔다. 자기가 하는 일에 대해 얘기하고 있었다.

"가끔씩 내가 사람 취급도 못 받고 일하는 것 같아요. 상사가 나를 개처럼 대하죠."

쓰치는 생각했다.

'사람 취급도 받지 못하는 게 뭔지 저 사람들이 알기나 할까? 정말로 개처럼 대해지는 게 뭔지 알기나 할까?'

은담비 선생을 어떻게 떼어내야 할지 난감했다. 이팅과 살고 있는 집으로 갔다. 그녀가 드나들 때마다 아파트 입구의 경비원이 그녀를 뚫어져라 쳐다본다는 걸 알고 있었지만 무례해 보일까 봐 쳐다보지 말라고 할 수가 없었다. 경비원은 서른 살도 안 되어 보였다. 집에 들어올 때마다 그녀가 아파트 안으로 접어들기만 하면 그의 시선이 잽싸게 날아와 꽂혀서는 착 달라붙어 떨어지지 않았다.

그녀는 선생님을 사랑했다. 그 사랑은 암흑의 세계에서 찾아낸 불빛이었지만 남에게 보여줄 수가 없었다. 남에게 들키지 않으려고 손을 모아 불을 감싸면서도 또 두 볼에 불룩해지도록 호호 바람을 불어 불길을 키웠다. 너무 지쳐서 길모퉁이에 쪼그려 앉았다. 교복 스커트가 방금 잠에서 깨어 예민해진 꼬리처럼 바닥에 끌렸다. 이 세상을 암흑으로 만든 건 바로 선생님이었다. 그녀의 몸에 난 상처가 험난한 골짜기처럼 그녀와 세상 사람들의 사이를 벌려놓았다. 그녀는 방금 전 길가에서 자기도 모르게 자살하려고 했다는 걸 그제야 깨달았다.

쓰치는 서랍을 뒤졌다. 이원 언니가 준 장미 펜던트가 보석함 속에 얌전히 들어 있었다. 목걸이를 걸자 펜던트의 위치가 또 조금 내려가 있었다. 쇄골 옆에 난 작은 점이 기준이었다. 지난번보다 더 야윈 것이다. 이원 언니와 같이 산 원피스를 입었다. 푸른 바탕 위에 장미가 그려져 있었다. 그녀가 울음을 터뜨렸다. 어깨가 들썩였다. 이 옷을 이런 날 처음 입게 될 줄은 몰랐다. 유서를 쓰는 건 너무 연극 같았다. 만약 쓴다면 딱 한 줄만 쓸 것이다.

'내 사랑이 나를 너무 힘들게 한다.'

커튼을 열자 날이 완전히 저물어 깜깜했다. 환한 불빛들이 그녀가 어릴 적 외던 옛 시처럼 리드미컬하게 펼쳐져 있었다.

베란다로 나가 아래를 내려다보았다. 편의점 앞에 세워진, 소음기를 뗀 오토바이 소리가 7층까지 뭉게뭉게 올라오는 것조차 자애롭게 느껴졌다. 담배를 물고 지나가는 사람의 얼굴 앞에서 빨간 불이 흔들흔들 움직이는 것이 꼭 사람이 반딧불을 따라다니는 것 같았다. 난간으로 올라가 손으로 난간을 붙잡고 울타리처럼 가로지르고 있는 난간에 발을 디뎠다. 쇠 난간의 피비린내가 발바닥을 타고 올라왔다.

그녀는 생각했다.

'손에 힘이 풀리거나 발이 미끄러지기만 하면 돼. 후자가 전자보다는 덜 바보 같겠지.'

바람이 스커트를 벙벙하게 부풀리자 스커트에 꽃이 활짝 피었다. 아직 살아 있는 사람들은 살아 있는 걸 좋아하는 사람들일까? 이렇게 죽어야 한다는 사실이 말할 수 없이 괴로웠다. 아래를 내려다보는데 맞은편 아파트에서 경비원이 또 그녀를 쳐다보고 있었다. 발이 바닥에 박힌 듯 꼼짝도 하지 않고 목이 부러진 사람처럼 뒤로 홱 젖혀져 있었다. 경찰에 신고하거나 크게 소리치지도 않았다. 구름이나 비를 올려다보는 사람 같았다. 그 순간 쓰치는 창피하다는 생각밖에 나지 않았다.

난간에서 내려왔다. 자기 몸이 아닌 것처럼 몸놀림이 민첩했다. 그녀는 겨우 열여섯 살이지만 이건 그녀 인생 전체를 통틀어 가장 창피한 순간이 될 것이라고 확신했다.

베란다에서 가슴이 갈기갈기 찢기는 듯 서럽게 울다가 싱가포르에 있는 선생님에게 문자메시지를 보냈다.

"이 사랑이 나를 너무 힘들게 해요."

리궈화는 여행에서 돌아온 후에도 그 문자메시지에 대해 아무 말도 하지 않았다. 선생님은 사랑 같은 죽음이다. 사랑은 비유의 보조관념이고 죽음은 원관념이다. 원래 이 사회는 입은 옷을 가지고 사람을 판단한다. 나중에 이팅은 그녀의 일기에서 이런 글을 읽게 될 것이다.

'하루 저녁 사이에 수많은 일이 일어날 수 있다.'

하지만 쓰치는 모르고 있었다. 그녀의 인생에서 가장 창피한 일은 아직 일어나지 않았다는 것을.

리궈화와 동료들은 싱가포르에서 매일 느지막이 일어나 관광지에 가서 사진 몇 장을 찍고 나면 홍등가를 어슬렁거렸다. 사진은 집에 있는 가족들에게 보여주기 위한 것이었다.

싱가포르의 홍등가에는 말 그대로 붉은 등이 높이 걸려 있었다. 리궈화는 이곳에서 홍등가라는 말이 어떻게 생겨났는지 생각해본 사람도 없을 것이고 설령 생각했더라도 아무 의미도 없을 것이라고 생각했다.

물리 선생이 말했다.

"흩어졌다가 한 시간 후에 만날까?"

영어 선생이 안경을 가늘게 들썩이며 웃었다.

"난 한 시간으론 부족한데."

다들 웃었다.

수학 선생이 영어 선생의 어깨를 두드렸다.

"역시 젊은 게 좋아. 근데 나는 돈 주고 한 적은 별로 없는데."

리궈화가 말했다.

"나도 그래."

강제로 하는 것이 아니라 잘될지 모르겠다는 걱정을 입 밖으로 내는 사람은 없었다.

영어 선생이 말했다.

"기술이 너무 좋아도 싫은 거야?"

이제 보니 영어 선생은 사랑이 너무 많은 게 아니라 끈기가 너무 없는 거라고 리궈화는 속으로 생각했다. 처음에는 다리도 벌릴 줄 모르던 여학생이 나중에는 제 손으로 페니스를 쥐고 흔들어 절정에 이르게 할 때 느끼는 성취감을 그는 알지 못할 것이다. 그것이야말로 학생에게 줄 수 있는 진정한 지식이자 스승의 영혼이다. 진정한 교육이란 바로 그런 것이다. 가슴속에서 올라온 웃음이 리궈화의 얼굴에서 터졌다. 모두들 그가 웃는 이유를 궁금해했지만 그는 고개를 저으며 물리 선생에게 이렇게 말했다.

"자네의 그 어린 모델에게 죄책감을 느끼지 않길 바라네."

물리 선생이 말했다.

"이건 별개지."

리궈화가 웃었다.

"마누라는 영혼이고 창녀는 육체라면 말 잘 듣는 모델은 영혼과 육체의 결합이겠군. 자넨 행운아야."

물리 선생이 안경을 벗어 닦으며 아무 말도 하지 않았다. 리궈화는 자신이 남의 것을 시샘하는 여자처럼 말이 너무 많았다는 생각에 시원스러운 말투로 말했다.

"난 그 학생이랑 헤어졌어."

동료들이 의아하다는 표정으로 그를 쳐다보았다. 그의 불행을 애처로워하는 것이 아니라 또 누구로 갈아치웠는지 궁금해 하는 표정이었다.

리궈화가 말했다.

"새로 만나는 애가 끝내줘. 아주 훌륭해. 동시에 두 명을 감당할 수 없을 만큼. 몇 살이냐고?"

그는 그저 웃기만 할 뿐 대꾸하지 않았다. 그렇다면 법적으로 문제가 되는 열여섯 살 미만이라는 의미다. 자신에게 몰려드는 선망의 눈길에 리궈화가 대수롭지 않다는 표정을 지었다.

수학 선생이 큰 소리로 말했다.

"세상에 늙지 않는 사람이 어디 있어?"

리궈화가 말했다.

"우린 늙겠지만 애들은 안 늙어."

이 말이 동료 강사들의 가슴속으로 파고들었다.

모두들 목청을 열고 크게 웃으며 호텔 생수를 들어 건배했다. 건배! 자갈처럼 오그라져 늙어가는 남자들을 위해 건배! 강물처럼 영원히 신선하게 흐르는 학생들을 위해 건배! 곧 비아그라에 의지해야 한다는 걸 알면서도 겁 없이 강물에 몸을 부딪치는 자갈들을 위해 건배! 핵폭탄 발사 카운트다운 같은 비아그라의 희열을 위해 건배! 중국어를 할 줄 알고 합법적인 홍등가를 가지고 있는 이 나라를 위해 건배! 대를 이은 족벌 독재 정치에도 홍등가를 폐쇄하지 않은 이 나라의 정권을 위해 건배!

그들은 한 시간 후 그 자리에서 다시 만나기로 하고 흩어졌다.

리궈화가 동료 강사들과 세 번째로 온 사냥여행이었다. 지난 두 번의 여행에 강한 인상을 받지 못한 터라 이번에는 입구부터 화려하게 꾸며놓은 곳을 골라 들어갔다. 명절 때처럼 새빨간 홍등이 주렁주렁 매달려 있었다. 입구로 들어가자마자 치파오를 입은 중년 부인이 일어나 반갑게 맞이했다. 건장한 체격에 까만 양복을 입은 한 남자가 그녀 뒤를 계속 따라다녔다. 부인이 리궈화의 명품가방을 슬쩍 보고 흡족한 미소를 지었다. 그녀가 그를 로비로 데리고 들어가 오른팔을 드라마틱하게 펼치자 부채가 펼쳐지듯 여자들이 그의 앞에 늘어섰다. 눈이 부셨다. 눈 둘 곳을 찾을 수가 없었다. 눈앞이 어질어질하고 눈빛이 휘청거렸다.

지난 여행에서는 길에서 붙잡는 여자들을 따라 들어간 게 실수였다. 역시 큰 곳을 골라 들어오길 잘했다고 그는 생각했다. 모델처럼 그의 앞에 늘어선 여자들이 빨간 입술 사이로 치아 여섯 개를 가지런히 드러내며 웃었다.

그가 낮은 목소리로 부인에게 말했다.

"젊은 애를 원해요."

"좋으실 대로."

부인의 중국어가 유창하면서도 화끈했다. 그녀가 아가씨 둘을 데리고 왔다. 화장을 지우면 열여섯 정도 될 것 같았다.

리궈화가 목소리를 더 낮췄다.

"더 어린 애는 없어요?"

부인이 웃으며 손을 저어 두 여자를 돌려보냈다. 아가씨들의 가는 허리가 부채를 접듯 주렴 뒤로 사라졌다.

"잠깐 기다리세요."

부인이 화끈한 말투로 말하며 그의 어깨에 손을 살포시 얹고 가볍게 주물렀다. 그의 배꼽 언저리에 있는 욕망을 채우는 건 시시할 정도로 쉬운 일이라는 걸 알고 있었지만 손님을 실망시킬 수는 없었다.

부인이 어린 소녀를 데리고 나왔다. 지금 막 립스틱을 바른 듯한 새빨간 입술이 통통했다. 열다섯 살도 되지 않아 보이는 중국 소녀였다.

"좋아요. 이 아이로 하죠."

계단을 올라가는데 아가씨들이 좁은 계단을 따라 줄지어 서 있었다. 중국 소녀를 데리고 올라가며 그는 여자들의 훈련된 입술과 치아가 마치 눈동자처럼 두 사람을 주시하고 있는 것 같았다. 문득 소녀를 보호해야 할 것 같았다.

방은 크지도 작지도 않았고 벽지는 열대 지방 특유의 선명한 초록색이었다. 소녀가 그의 옷을 벗긴 뒤 그의 아랫도리에 비누칠을 해서 씻겨주었다. 소녀는 어리고 몸도 작았다. 하얗게 색칠한 얼굴을 검은 목 위에 꽂아놓은 것 같았다. 그녀의 동작은 물 흐르듯 자연스럽고 익숙했다. 다른 여자들처럼 그녀도 그에게 어디서 왔느냐고 물었다. 전문적이고도 천편일률적인 물음표가 카스텔라처럼 폭신한 말투 뒤에서 처량함을 자아냈다. 그녀가 그의 몸 위에 올라타 발라드처럼 부드럽게 리듬을 타자 그도 그 리듬에 맞추어 노래를 불렀다.

리궈화는 문득 팡쓰치를 떠올렸다. 타이베이 아파트에서 그녀를 사냥하던 날 그녀는 옷이 반쯤 벗겨지고도 필사적으로 도망쳤다. 사냥의 진정한 묘미는 그 과정에 있다. 어떻게 하든 사냥에 성공할 거라는 걸 알고 있기 때문이다. 그녀가 도망칠 때 엉덩이 사이로 눈동자가 반짝거렸다. 그가 잡으려는 것이 그 반딧불이였다. 거의 다 잡았다 싶으면 도망치고, 또 잡았다 싶으면 도망쳤다. 그녀는 술래잡기를 하듯 도망 다녔다. 하지만 5분도 채 되지 않아서 다리에 걸린 팬티에 발이 엉켜 바닥에 넘어지고 교복 스커트가 붕 떠올랐다가 허리춤으로 떨어졌다. 파란 카펫 위 납작한 엉덩이가 익사한 시체의 엉덩이만 강물 위로 떠 있는 영화 장면을 연상시켰다. 그가 침대를 가로질러 그녀에게 다가갔다. 침대가 물컹거려 걷기가 쉽지 않았다. 침대가 너무 푹신해서 안 좋을 때도 있다는 걸 처음 알았다.

이대로는 안 될 것 같았다. 그가 중국 소녀를 바닥에 엎어 놓고 엉덩이를 때리기 시작했다. 팡쓰치의 엉덩이 사이에 있는 반딧불이가 손에 넣을락 말락 자꾸만 빠져나가던 장면을 생각했다. 어릴 적 고향에서 처음 반딧불이를 보았던 때가 떠올랐다. 겨우 한 마리 잡아 천천히 손바닥을 펼치자 반딧불이가 엉덩이를 비틀거리다가 그의 눈앞에서 날아가버렸다. 그가 자기 인생에서 처음으로 생명에 관한 진실을 발견한 것이 바로 그때였을 것이다. 그가 만족스러워 하며 중국 소녀에게 팁을 두 배로 쥐여주었다. 거무스름한 엉덩이 위로 그의 손자국이 잘 보이지는 않았지만 말이다.

하지만 그는 자기 고향에는 반딧불이가 없었다는 걸 잊어버렸고, 자기 평생 한 번도 반딧불이를 본 적이 없다는 것도 잊어버렸다. 어쨌든 그는 바쁜 사람이고 잊어버리는 건 아주 정상적이었다.

대만으로 돌아오자마자 개학이었다. 리궈화가 쓰치의 아파트 앞에서 그녀가 학교에서 돌아오길 기다렸다. 그가 치러우 밑에서 그녀를 기다리는 건 처음이었다. 시간이 왜 이렇게 느리게 가는지 조바심이 났다. 그는 인내심이야말로 자신의 가장 큰 미덕이라고 착각하고 있었다.

팡쓰치는 오늘 모텔은 조금 다르다는 걸 알았다. 방 안이 온통 금빛이었다. 금색 침대 위에 금색 캐노피 기둥이 있고 금색 술이 주렁주렁 매달린 새빨간 천이 걸려 있었다. 침대 앞에도 금색 테를 두른 커다란 거울이 걸려 있었다. 하지만 그 금빛은 집에 있는 금빛과는 달랐다. 욕실 칸막이가 투명해서 그가 샤워를 하는 동안 그녀는 욕실을 등진 채 꼼짝도 하지 않고 서 있었다.

그가 뒤에서 그녀의 얼굴을 돌린 뒤 위를 향하도록 들어올렸다.

쓰치가 말했다.

"선생님, 나 같은 학생이 많아요?"

"한 명도 없었어. 네가 처음이야. 나랑 너는 닮은 점이 있어."

"뭐가 닮았는데요?"

"난 사랑에 결벽증이 있어."

"그래요?"

"내가 러브레터를 많이 받은 건 사실이야. 하지만 내 사랑은 때를 잘못 만났어. 우吳 선생과 좡莊 선생 알지? 그 선생들이 여학생을 수없이 갈아치우며 만났다는 얘기도 해줬지? 그건 사실이야. 하지만 난 그들과 달라. 나는 문학을 배운 사람이니까. 내게 필요한 건 나를 알아주는 지음知音이야. 난 외로워. 하지만 이 외로움과 오랫동안 평화롭게 지냈지. 고개를 숙이고 글을 쓰던 네 모습이 그 외로움을 흔들어놓았어."

쓰치가 망설이다가 말했다.

"그런데 왜 제가 선생님한테 미안하다고 해야 해요? 선생님도 나한테 미안해요?"

리궈화가 그녀의 몸을 벽에다 눌렀다.

쓰치가 또 물었다.

"선생님, 정말 나를 사랑하세요?"

"물론이지. 네가 만 명 중에 섞여 있어도 널 찾아낼 수 있어."

그가 그녀를 안아 올려 침대로 데리고 갔다. 쓰치가 송충이처럼 몸을 동그랗게 말고 울음을 터뜨렸다.

"오늘은 안 돼요."

"왜?"

"여기가 싫어요. 창녀가 된 것 같아요."

"긴장 풀어."

"안 돼요."

"나만 보고 있으면 돼."

"그럴 수가 없어요."

그가 그녀의 팔다리를 벌렸다. 병원에서 간호사가 중풍환자에게 재활치료를 해주는 것처럼 그렇게.

"싫어요."

"나 곧 수업하러 가야 돼. 시간 낭비하지 말자."

쓰치는 자신이 탁한 온천수 속으로 천천히 걸어 들어가는 것 같았다. 물속에 들어가자 팔다리가 보이지 않고 서서히 감각이 무뎌져 자기 것이 아닌 것 같았다. 선생님의 가슴에 난 사마귀가 위아래로 흔들릴 때마다 염주에서 떨어져 나온 구슬처럼 경건해 보였다. 갑자기 시선이 전환되고 몸의 감각이 사라졌다. 그녀는 붉은 캐노피 밖에 선 채 붉은 천 아래에 있는 선생님을 보았다. 그 아래에 깔린 자신도 보았다. 자기 육체가 울고 있는 것을 보았다. 그녀의 영혼도 울고 있었다.

영혼이 육체에서 빠져나간 건 팡쓰치가 중학교 1학년 스승의 날에 처음 기억을 잃은 뒤로 이백 번째인가 삼백 번째였다.

정신이 들고 난 뒤 평소처럼 다급하게 옷을 입었다. 평소에는 손으로 뒤통수를 받치고 노곤하게 선잠을 즐기던 리궈화가 그날은 침대에서 내려와 그녀를 끌어안고 엄지로 그녀의 귀밑머리를 만지작거렸다. 두피에서 그의 거친 숨결이 느껴졌다. 밭은 숨을 내뱉으며 그녀의 머리 냄새를 맡고 있었다. 그녀를 놓아주기 전 그가 짧게 말했다.

"넌 날 너무 아껴. 그렇지?"

너무 로맨틱했다. 쓰치는 겁이 났다. 사랑과 너무 닮아서…….

그가 처음 새 휴대전화를 주었던 날, 그는 이렇게 하면 약속을 정하기 편할 거라고 했다. 처음 그 휴대전화에서 선생님의 목소리가 들렸을 때 그녀는 편의점 문 앞 의자에 앉아 있었다. 전화기 저편에서 그가 말했다.

"어디 있니? 계속 딸랑딸랑 종소리가 들리는구나."

그녀가 대답했다.

"편의점에 있어요."

지금 생각해 보면 그는 그 소리를 듣고 그녀가 급하게 문밖으로 나갔다가 다시 들어왔다고 짐작했을 것 같았다. 그렇게 깊이 생각하지 않았을 수도 있다. 하지만 그때 생각이 나자 그녀는 부끄러웠다. 방금 전보다 더 부끄러웠다. 왜 하필 지금 그 일이 생각난 걸까?

쓰치는 바닥에 앉아 아무 생각이나 하고 있었다. 선생님의 코고는 소리가 말소리처럼 또렷했다. 언제나 선생님이 원했다. 그가 천 번을 원해도 그녀는 번번이 소스라치게 놀랐다. 선생님이 얼마나 힘이 들까? 한 사람이 사회 전체에 오랫동안 뿌리 박혀 있는 관습에 대항하는 건 너무 힘든 일이다. 그녀가 몸을 일으켜 침대 발치부터 이불 속으로 기어 들어갔다. 검붉은색의 선생님을 보았다. 선생님이 깜짝 놀라 잠에서 깨어 공을 굴리듯 그녀의 머리를 쓰다듬었다. 한참동안 빨았지만 소용 없었다. 그의 나신은 그 어느 때보다 더 나약하고 늙어 보였다.

그가 말했다.

"내가 늙었구나."

쓰치의 가슴이 철렁 내려앉았다. 그를 동정하면 안 된다. 그건 너무 일방적이다. 처음부터 될 거라고 예상하지 않았지만 말할 수가 없었다. 어쨌든 이번에는 그녀가 먼저 하려고 했으니 그 혼자 욕망의 십자가를 짊어질 필요가 없었다. 쓰치가 절반은 만족스럽고 절반은 처량하게 살금살금 침대에서 내려와 천천히 옷을 입고 쭈뼛거리며 말했다.

"선생님이 조금 늙은 것뿐이에요."

마오마오의 보석숍을 이원에게 알려준 사람은 리씨 아주머니였다. 막 아파트로 이사 왔을 때 이원은 쓰치와 이팅에게 책을 읽어주는 것 외에는 다른 할 일이 없었다. 혼자 책을 읽고 있으면 시어머니가 늘 못마땅하게 나무랐다.

마오마오의 본명은 마오징위안毛敬苑이었다. 언제부터인지 몰라도 그를 찾아오는 귀부인들이 그를 마오마오라고 부르기 시작했다. 나이 든 아주머니들은 젊은 사람과 친하게 지내면 자기도 젊어진 기분이 드는 법이다. 마오마오도 그런 심리를 알고 있었고 또 원래 둥글둥글한 성격이어서 굳이 본명을 알려주지 않았다. 그러다보니 점점 그의 본명을 아는 사람이 거의 없어졌고 그 자신도 자기 이름을 잊어버린 것 같았다.

이원이 처음 방문한 날 마침 마오마오가 매장을 지키고 있었다. 평소에는 그의 엄마가 매장을 지키고 마오마오는 2층에서 액세서리를 디자인하거나 보석을 선별하는 일을 했다. 보석숍의 입구는 특별히 화려하지도 소박하지 않고 평범했다.

사실 이원은 마오마오를 처음 만난 것이 언제인지 잊어버렸다. 언제부터인지 자기도 모르게 버릇처럼 그를 보러 갔다. 하지만 마오마오는 어제 일처럼 또렷하게 기억하고 있었다. 그날 이원은 흰 바탕에 잔 꽃무늬가 있는 민소매 원피스에 실크리본을 두른 챙 넓은 밀짚모자를 쓰고 발에는 흰색 T자 샌들을 신고 있었다. 이원이 벨을 누른 뒤 문을 열고 들어갔다. 강한 계절풍이 그녀의 등을 떠밀어주는 것 같았다. 원피스가 바람에 풍선처럼 부풀었다가 찰랑이며 내려와 이원의 몸으로 떨어졌다. 그녀가 안으로 들어와 모자를 벗은 뒤 손으로 머리를 쓸어 정리하는 모습이 소녀 같았다. 이원이 매장 안을 서성이는데도 마오마오는 계속 자기 자리에 앉아 있었다. 그렇다고 다른 데로 가지도 않았다. 방금 하얀 페인트칠을 한 것처럼 새하얀 이원이, 문 없는 집 같은 이원이 한 걸음씩 들어와 마오마오의 인생을 에워싸고 그를 꼼짝 못하게 만들었다.

"안녕하세요."

마오마오가 이원에게 인사를 하자 이원이 살짝 고개를 숙이며 구경하러 들렀다고 했다.

"성함을 여쭤봐도 될까요?"

"미스 쉬라고 부르세요."

갓 결혼한 후 '부인'이라는 호칭의 위력을 실감한 그녀는 혼자 있을 때만이라도 '미스 쉬'가 되고 싶었다. 마오마오는 본능적으로 이원이 차고 있는 장신구를 살폈다. 오른손 넷째 손가락에 심플한 트위스트 반지만 끼고 있었다. 어쩌면 그냥 남자친구일 수도 있다. 문득 든 생각에 마오마오 자신도 깜짝 놀랐다.

"찾으시는 게 있나요?"

"아, 잘 모르겠어요."

이원의 미소가 한없이 순수했다. 그건 인간 세상의 통계학에서 태생적으로 완벽한 승리를 거둔 사람만이 지을 수 있는 미소이자 한 번도 상처 받은 적 없는 사람의 미소였다.

"커피나 차 드시겠어요?"

"커피 주세요."

"와, 커피 향이 좋네요."

미소 짓는 이원의 눈이 가늘게 구부러졌다. 그녀의 속눈썹은 영화 속 마리 앙투아네트의 부채 같았다. 마오마오의 가슴이 서늘해졌다. 술잔 속 얼음 같은 차가움이 아니라 하늘에서 떨어진 우박 같은 차가움이었다. 그렇게 아름다운 미소는 영원히 크리스털 구슬 안에 넣어 보호하지 않으면 상처를 피할 수가 없다.

이원이 스커트 자락을 손으로 가다듬으며 의자에 앉았다.

"나뭇가지 모양 귀걸이를 찾고 있어요."

마오마오가 귀걸이를 꺼냈다. 백금으로 된 손가락 길이의 나뭇가지에 구불구불한 무늬와 둥근 마디가 새겨져 있고 눈처럼 작은 다이아몬드가 박혀 있었다. 이원은 나뭇가지가 서로 얽혀 만들어진 은백색 우주가 자기 몸을 휘감는 것 같았다. 그녀는 계절에 관계없이 그런 귀걸이를 좋아했다. 하지만 굳이 고르자면 여름보다는 겨울에 더 잘 어울리는 귀걸이였다. 고개를 들어 앙상한 나무의 깡마른 손가락들이 파란 하늘에 매달려 있는 것을 보면 그녀는 그 나무들이 왼손으로 하늘을 누르며 오른손에 연필을 들고 그려놓은 것 같은 착각이 들었다. 이원이 따뜻한 불을 쬐듯 두 손으로 커피 잔을 들어올려 젖을 빠는 어린 양처럼 커피를 홀짝였다. 그녀가 수줍게 웃었다. 눈꽃이 매달린 나뭇가지 앞에서 옷을 너무 얇게 입고 있는 것이 민망한 듯했다. 지금껏 마오마오의 보석을 이렇게 몰입해서 감상해준 사람은 없었다.

이원이 귀걸이를 하고 거울을 보았다. 다른 각도에서 귀걸이를 보고 싶었을 뿐 자기 얼굴을 보려는 것은 아니었다.

"스탕달 같아."

그녀가 혼잣말로 중얼거리자 마오마오가 말했다.

"잘츠부르크의 소금결정 나뭇가지* 말씀이시죠."

이원의 귀, 작은 치아, 긴 목, 겨드랑이가 모두 활짝 웃었다. 그녀의 혼잣말에 귀를 기울여준 건 그가 처음이었다.

"스탕달의 연애론에서 영감을 얻어서 만든 귀걸이군요. 그렇죠?"

* 《연애론》에서 스탕달은 잘츠부르크의 소금광산 깊은 곳에 나뭇가지를 던져 넣어 두고 서너 달 뒤에 꺼내보면 소금결정으로 뒤덮여 다이아몬드처럼 보인다고 했다. 연애 심리도 이 같은 과정을 거쳐 상대를 아름답게 보이게 만든다는 것이다.

이원이 귀걸이의 의미를 알아본 그 순간 마오마오는 그녀를 꿰뚫어보았다. 그의 마음이 흔들렸다. 소금광산에 떨어져 결정에 뒤덮인 것이 바로 자신인 것 같았다. 이제 그녀가 마오마오의 영감의 원천이 되었다. 이원은 수줍어하지 않았다. 신혼의 행복감이 아직 그녀에게 머물러 있었다. 세상 모든 것이 다정해 보였다. 이원은 그때부터 마오마오가 있는 이곳을 좋아하게 되었다. 두 사람이 함께 문학에 대해 얘기하면 두세 시간이 훌쩍 지나갔다. 가끔 문학을 소재로 만든 장신구 몇 개를 사가지고 돌아오면 그는 유토피아나 설탕으로 만든 집에 다녀온 것 같았다. 하지만 마오마오에게는 그것이 단지 설탕으로 만든 집이 아니라 설탕 그 자체라는 걸 이원은 모르고 있었다.

마오마오는 계속 이원을 '미스 쉬'라고 불렀다. 2층에 혼자 있을 때 거울을 보며 몰래 그녀를 '이원'이라고 부르는 연습을 하곤 했다.

이원은 늘 레몬 케이크 세 조각을 사와서 마오마오의 엄마와 마오마오에게 하나씩 주고 자신도 하나를 먹었다. 케이크를 나누면서 마오마오에게 말했다.

"사양하지 마세요. 이렇게 맛있는 커피에 케이크가 없는 건 너무 잔인해요. 난 딸기가 나오는 계절에도 딸기 케이크를 사지 않아요. 왠지 아세요?"

"왜죠?"

그녀가 딸기 속살처럼 웃었다.

"딸기가 나오지 않는 계절에는 이걸 못 먹겠구나 생각하면 너무 아쉬워서요. 하지만 레몬 케이크는 일 년 내내 있죠. 난 영원한 게 좋아요. 학생 때 옆자리 친구와 친해지고 나면 혼자 속앓이를 했어요. 그 친구가 내 옆자리에 앉지 않았더라도 나랑 친해졌을까 싶고, 또 그런 생각을 하는 내가 부끄럽기도 하고요."

마오마오는 케이크를 자르는 그녀의 손 위에서 트위스트 반지가 반짝이는 것을 보며 아무 말도 하지 않았다.

'당신이 처음 벨을 누르고 들어올 때 그 벨소리가 내 마음을 얼마나 무겁게 짓누를지 알았다면, 당신은 그래도 벨을 눌렀을까요?'

이원이 계속 말을 이었다.

"나는 나보다 먼저 이 세상에 존재했던 사람과 사물을 좋아해요. 이메일보다 카드를 좋아하고 유혹하는 것보다는 맞선으로 만나는 걸 좋아하죠."

마오마오가 말을 받았다.

"장자보다는 맹자를 좋아하고 또 헬로키티를 좋아하고요."

'당신을 웃게 만들었군요. 당신의 미소는 내가 디자인을 하며 밤을 새운 뒤에 보는 일출만큼 아름다워요. 그 순간만큼은 나만을 위한 태양인 것 같은 착각이 들어요. 난 당신보다 나이가 많아요. 당신보다 먼저 이 세상에 존재했죠. 그럼 나도 좋아할 수 있나요?'

마오마오가 고개를 숙여 커피 원두를 꺼냈다. 이원의 머리카락 한 올이 유리 진열대 위에 떨어져 있었다. 그 머리카락을 간직하고 싶었다. 그녀의 일부를 갖고 싶었다.

'당신의 머리카락을 내 침대 위에 올려놓고 싶어요. 당신이 내 방에 왔었던 것처럼. 날 찾아왔던 것처럼.'

이원은 마오마오의 보석숍에 있으면 마음이 편안했다. 보석은 그녀가 어릴 적부터 익숙했던 것이고, 마오마오는 그녀에게 익숙한 것 같았다. 이원은 자기 앞에서 너무 긴장하지도 않고 너무 허세를 부리지도 않는 남자를 만나기가 쉽지 않았다. 그녀는 마오마오에게 고마웠다. 마오마오는 그녀가 처음 왔을 때부터 지금까지 똑같은 잔에 커피를 만들어주었다. 그녀가 오지 않을 때는 다른 사람이 그걸 쓸 수도 있지만 깨끗하게 닦아두었을 것이다. 그녀는 마오마오가 그때 이후로 그 잔을 누구에게도 내어주지 않는다는 걸 모르고 있었다. 그녀만큼 아는 게 많은 사람은 많지만 그녀처럼 잘난 척하지 않고 자연스럽게 얘기하는 사람은 별로 없었다. 마오마오가 작가가 소설 한 편을 쓰는 데 걸리는 10년의 시간을 오로지 브로치 하나를 만드는 데 쏟아붓는다는 것을 다른 부잣집 사모님들은 알지 못했다. 그 역시 괴로워하거나 고고하게 행동하지 않았다. 그저 귀부인들 앞에서 조용히 거울을 들어주었다.

마오마오는 가끔 2층에 틀어박혀 보석 디자인을 하다가 자기도 모르게 종이의 가장자리로 손이 옮겨가 여자용 9호 트위스트 반지를 그리곤 했다. 넷째손가락에 끼워져 있는 반지였다. 그녀가 자신을 마오 선생님이라고 부르는 목소리를 떠올리고는 그 말을 뚝 잘라 '마오'만 남기고 중첩시켰다. 그녀가 자신을 마오마오라고 부르는 상상을 했다. 자신의 애칭이 그렇게 아름답다는 걸 처음 알았다. 넷째손가락 옆에 가운뎃손가락과 새끼손가락도 그렸다. 타원형의 손톱이 지구의 공전 궤도 같았다.

'당신은 어느 별에서 왔나요? 차를 몰고 퇴근하는 길에 이 도시의 불빛도 지우지 못한 별 하나가 반짝이는 것을 보았어요. 그걸 보고 미완의 디자인을 떠올리고 미완의 디자인이 생각나서 밤을 새웠죠. 밤을 새우고 해가 뜨는 걸 보고 나서 또 출근하고, 매장의 컴퓨터 일정표를 보며 내 마음속 일력 한 장을 뜯었어요. 하루만 더 기다리면 또 당신을 볼 수 있다고 생각했죠. 당신은 이런 나를 용서할 수 있겠죠. 태양을 보면 당신이 생각나요. 내 손이 저절로 검지와 엄지를 그리고 손가락 마디와 손등의 솜털을 그려요. 하지만 거기서 더 그릴 수가 없네요. 하지만 매주 당신이 잘 지내는 것을 볼 수 있다면

그걸로 됐어요.'

그날도 이원이 케이크 세 조각을 가지고 마오마오를 찾아왔다. 마오마오의 엄마가 이원을 보고는 마오마오를 불러오겠다며 잠깐 기다리라고 했다. 밀푀유 위에 딸기 머스터드가 듬뿍 올라가 있었다. 이원이 케이크를 꺼내며 고해성사하듯 마오마오에게 말했다.

"사계절 딸기 케이크를 먹을 수 있는 건 유럽인들이 중남미를 식민지배했기 때문이죠. 그런데도 난 딸기 케이크를 좋아해요. 나 참 나쁘죠?"

마오마오가 옅은 미소를 지었다. 이상하게도 이원이 가지고 온 케이크에 크림이 아무리 많이 발려 있어도 크림이 마오마오의 수염에 묻은 적이 없었다. 두 사람의 대화 주제가 식민지에서 자연스럽게 콘래드로 옮겨갔다.

마오마오가 테이블을 정리하고 있을 때 이원이 말했다.

"난 여자인데도 콘래드의 작품이 여성을 억압한다고 생각한 적이 없어요."

그때 리씨 아주머니가 갑자기 벨을 누르고 들어왔다. 이상하게도 리씨 아주머니의 붉은기 도는 퍼머 머리는 아무리 멀리 있어도 금세 눈에 띄었다. 리씨 아주머니의 목소리가 한류보다 더 거세게 물결쳤다.

“어머나, 첸 선생님 댁 며느리가 여기 있었네. 나를 왜 안 불렀어? 차라리 우리 아파트에서 파티를 할까? 마오마오 생각은 어때?”

첸 선생님 댁 며느리. 그 순간 마오마오의 마음이 레몬이 되었다. 시고 쓰고 껍질이 벗겨지고 으깨어져 즙이 흘러 나왔다. 그는 그녀에게 느끼는 낯익음이 로맨스소설 속에서 첫눈에 반하는 것처럼 전생에서 그녀를 본 것 같은 그런 낯익음인 줄 알았다. 그런데 그는 정말로 그녀를 본 적이 있었다. 그날 똑바로 볼 수 없었던 신부가 바로 그녀였다. 마오마오가 홍콩까지 가서 골라 온 핑크색 다이아몬드를 목에 건 사람이 바로 그녀였다. 이원의 미소는 일시정지된 화면 같았고, 마오마오의 미소는 코밑수염 위로 옮게 내려앉았다. 리씨 아주머니의 목소리가 선거 홍보 차량처럼 쩌렁쩌렁 울렸지만 단 한 글자도 그의 귀에 들어가지 않았다. 리씨 아주머니가 돌아간 후 이원이 어색한 미소를 지었다.

“미안해요. 미세스 쉬라고 불러달라고 말하지 못했어요.”

마오마오가 느리지만 가벼운 말투로 말했다.

“괜찮아요.”

‘날 보며 그렇게 웃으면 당신을 용서하지 않을 수가 없잖아요. 괜찮아요. 어차피 나는 상관없는 사람이니까.’

얼마 후 입하立夏가 되었다. 계절이 바뀌어도 이원의 긴소매 옷이 바뀌지 않는다는 것을 알아챈 사람은, 쓰치와 이팅 외에 마오마오뿐이었다. 그는 이원의 팔을 보고 싶어서 그런 생각이 든 게 아니냐고 자신을 나무랐다. 긴소매 옷 외에도 이원이 추위를 타는 표정을 짓는 일이 많아졌다. 커피를 마시겠느냐고 물으면 그녀는 무엇에 깜짝 놀란 사람처럼 "네?"라고 반문했다. 그녀가 고개를 숙이는 것은 보석을 구경하는 게 아니라 붉어진 눈가를 들키지 않으려는 것이었고, 그녀가 고개를 드는 것은 그를 보려는 것이 아니라 눈물이 굴러 떨어지지 않게 하려는 것이었다.

'당신 왜 그래요? 내가 당신의 보석 디자이너가 아니라면 좋겠어요. 차라리 당신 머리빗의 빗살이나 당신 핸드크림의 주둥이가 되고 싶어요. 무슨 일이에요? 왜 그래요?'

어느 날 리씨 아주머니와 우씨 아주머니, 천씨 아주머니가 신상품을 구경하러 매장에 왔다. 보석을 구경하러 왔다고 했지만 사실 수다 떨러 온 것이었다. 마오마오와 그의 엄마가 입이 무겁다는 건 다 아는 사실이었다. 마오마오 엄마가 부인들을 맞이했다. 마오마오가 방금 복사한 디자인 도안을 가지고 계단을 내려왔다. 도안지가 오븐에서 갓 꺼낸 빵처럼 따끈따끈했다. 그가 계단을 내려오고 있을 때 리씨 아주머니의 목소리가 들렸다.

"그래서 안 보이는 데만 때린대."

"심하게 때린대?"

"그야 당연하지! 첸 선생 아들이 해병대였잖아! 내 사촌동생도 해병대였는데 얼마나 우악스러운지 몰라."

마오마오 엄마는 아들의 발소리가 멈춘 걸 알았다. 아주머니들에게 미안하다고 말하고 천천히 계단을 올라갔다. 2층에 올라가보니 마오마오가 디자인 도안을 공처럼 구겨 벽에다 던지고 있었다.

"바보 같은 생각 하지 마. 이혼을 해도 너랑은 인연이 아니야."

마오마오 엄마가 혼잣말처럼 한마디 툭 던진 뒤 1층으로 내려갔다. 아들의 속마음을 알고 있었던 것이다. 어쩌면 마오마오 자신보다 더 먼저 알았을 수도 있다.

마오마오는 칵테일 반지를 들여다보며 "이걸 어디서 본 것 같아요"라고 말하던 이원을 떠올렸다. 그는 그녀가 처음 숍에 왔을 때 보았던 보석들을 줄줄이 읊고 그녀가 그날 입었던 옷까지 정확하게 얘기했다. 서산으로 지는 해처럼 쇠미하지만 또렷한 목소리였다. 그의 얘기에 이원이 깜짝 놀라며 웃었다. 그녀의 웃음 속에 먼 곳을 보는 것 같은 표정이 섞여 있었다. 마치 현재를 볼 수 없는 사람처럼.

그날 저녁 마오마오는 집에 들어가 컴퓨터를 켜고 신문기사를 읽었다. 누구는 비리를 저지르고, 누구는 절도를 저지르고, 누구는 결혼을 했다. 신문기사의 흰 바탕이 평소보다 더 희고, 검은 글씨는 평소보다 더 검게 보였다. 바지 허리를 풀고 이원을 생각했다. 그녀는 웃을 때 속눈썹이 한데 모여 더 짙어졌다. 그녀를 안 지 얼마 되지 않았던 어느 여름날, 조끼를 입은 그녀의 어깨 위로 와인색 레이스가 달린 브래지어 끈이 살짝 드러났다. 그녀가 상체를 숙이고 진열대를 들여다볼 때 젖무덤이 유리에 눌려 네크라인 위로 살짝 올라왔다. 그녀가 프랑스어를 읽을 때 작고 붉은 혀가 치아 사이에서 통통 튀어 올랐다. 그녀를 생각하며 자위를 했다. 방 안이 칠흑처럼 어둡고 컴퓨터 모니터 불빛만 그의 몸을 비추었다. 바지가 종아리까지 내려가 있었다. 하지만 계속할 수 없었다. 그는 아랫도리를 벌거벗은 채 초등학교 졸업 이후 처음으로 울음을 터뜨렸다.

타이베이에 있는 리궈화의 아파트에서 바닥에 앉은 쓰치가 소파 팔걸이의 곱슬곱슬한 털을 만지작거리며 말했다.

"선생님, 저랑 병원에 같이 가줄 수 있어요?"

"왜?"

"저, 병이 생긴 거 같아요."

"어디가 아파? 설마 임신한 건 아니겠지?"

"아니에요."

"그럼?"

"자꾸만 뭘 잊어버려요."

"깜박 잊어버리는 건 병이 아니야."

"내 말은 정말로 잊어버린다는 거예요."

"그게 무슨 소리야?"

쓰치가 목소리를 눌러 말했다.

"선생님은 당연히 알아듣지 못하겠죠."

"선생님한테 예의가 없구나."

쓰치가 바닥에 널브러진 자기 옷을 가리켰다.

"이건 선생님이 학생에게 예의가 없는 거예요."

리궈화가 침묵했다. 그의 침묵은 얼음 강처럼 길었다.

"난 널 사랑해. 나도 죄책감을 느껴. 나를 더 자책하게 하지 마."

"내가 병에 걸렸다고요."

"무슨 병?"

"내가 학교에 갔다왔는지 자주 잊어버려요."

"그게 무슨 말이야?"

쓰치가 숨을 들이켜 인내심을 끌어올리며 말했다.

"항상 이상한 때, 이상한 곳에서 정신이 들어요. 그런데 내가 그곳에 어떻게 갔는지 기억이 나지 않아요. 정신이 들어보면 침대에 누워 있을 때도 있는데 내가 하루 종일 뭘 했는지 기억이 안 나요. 이팅은 내가 자기한테 심하게 욕을 했다는데 나는 이팅에게 뭐라고 했는지 전혀 기억이 나지 않아요. 얼마 전에는 내가 학교에서 수업이 끝나기도 전에 교실에서 나갔대요. 그런데 난 그날 내가 학교에 갔는지도 기억이 나지 않았어요."

쓰치가 말하지 않은 것도 있었다. 그녀는 잠을 자지 못했다. 책상에서 엎드려 까무룩 잠이 든 10분 사이에도 그의 페니스가 밀고 들어오는 꿈을 꾸었다. 잠이 들려고 할 때마다 숨이 막혀 죽을 것 같아 겁이 났다. 그녀가 할 수 있는 건 매일 진한 커피를 마시는 것이었다. 원두 분쇄하는 소리에 잠이 깬 이팅이 짜증스럽게 거실로 나와 보면 쓰치가 달빛에 반짝이는 콧물을 매단 채 커피를 만들고 있었다.

"꼭 이래야 돼? 네 모습이 해골 같아. 내 숙제도 가져가서 베끼고 선생님도 차지하더니 이젠 내 수면까지 빼앗을 작정이니?"

쓰치는 그날 자신이 이팅에게 원두분쇄기를 집어던진 것도 기억하지 못했다. 그녀가 기억하는 건 어느 날 혼자 집에 돌아왔을 때 리궈화의 아파트 열쇠를 열쇠구멍에 밀어 넣으려고 한참 동안 실랑이를 벌인 것과 한참 만에 간신히 문을 열고 들어가 보니 거실 바닥에 쓰레기가 잔뜩 나뒹굴고 있었다는 것뿐이었다.

쓰치는 고등학교에 다니는 몇 년 동안 리궈화 외에 다른 남자에게 겁탈당하는 꿈도 꾸었다. 한번은 수학 선생님이 꿈에서 그녀를 강간했다. 연필심처럼 까맣고 비쩍 마른 그가 그녀의 몸 위에 올라타 군침을 삼켰다. 검은 피부가 툭 불거진 그의 울대가 꿀렁거리며 목소리가 비어져 나왔다.

"이건 네 잘못이야. 네가 너무 예쁜 탓이야."

그의 울대뼈가 영화에서 사람의 피부 속으로 파고 들어간 오팔색 딱정벌레 같았다. 신음소리가 울대뼈 속으로 파고 들어가고, 울대뼈가 그의 목구멍을 비집고 들어가고, 또 그가 쓰치 안으로 파고 들어왔다. 오랫동안 그녀는 그게 정말 꿈일 뿐인지 분간할 수가 없었다. 수학 시간에 시험지를 채점할 때마다 쓰치는 A, B, C, D 정답을 불러주는 선생님을 뚫어져라 보았다. A는 명령, B는 욕설, C는 그녀에게 조용히 하라며 쉿 하는 소리, D는 만족스러운 미소처럼 들렸다. 그러다 어느 날 선생님이 교단 위에서 상체를 숙였을 때 얼핏 보인 셔츠 안에는 목걸이가 걸려 있지 않았다. 그녀의 꿈속에서 수학 선생님은 항상 옥으로 조각된 관음상 펜던트를 걸고 있었다. 그래서 그게 꿈이라는 걸 알았다. 또 한번은 꿈에 샤오쿠이가 나왔다. 역시 그게 그저 꿈인지 분간할 수가 없었다. 어느 날 이원 언니와 통화를 하다가 샤오쿠이가 미국으로 유학을 떠나 3년 동안 대만에 온 적이 없다는 걸 알았다. 역시 꿈이었다. 또 이팅의 아빠, 자신의 아빠도 꿈에 나왔다.

리궈화는 언젠가 책에서 읽은 외상 후 스트레스 장애가 생각났다. 외상 후 스트레스 장애의 증상 중 하나가 바로 피해를 당하고도 자책하고 죄책감을 느끼는 것이었다.

그가 속으로 쾌재를 불렀다.

'이보다 더 좋을 수가 있을까?'

그는 죄책감을 느낄 필요가 없었다. 모든 죄책감을 그녀가 짊어졌으니 말이다. 어린 여학생의 음순은 원래 칼에 베인 상처처럼 아름답다. 죄악을 탐미로 바꾸는 것이야말로 최고의 수사법이다.

리궈화가 물었다.

"정신과에 가고 싶어? 아니면 정신과 의사와 대화를 나누고 싶어? 의사가 네게 무슨 질문을 하고 무엇을 알아낼까?"

쓰치가 말했다.

"아무것도 말하지 않을게요. 그냥 푹 잘 수 있고 기억을 잃지 않기만 하면 돼요."

"언제부터 그랬어?"

"삼사 년 됐을 거예요."

"삼사 년 동안 아무 얘기도 없다가 이제 와서 병원에 가겠다고? 어떻게 그럴 수가 있지? 네 말이 사실이라면 넌 지금 정상이 아니잖아!"

쓰치가 더듬거렸다.

"남들은 이렇지 않다는 걸 몰랐어요."

리궈화가 웃었다.

"정상인이 어떻게 그럴 수가 있겠어?"

쓰치가 손톱을 내려다보며 천천히 말했다.

"정상인이면 이런 짓도 하지 않아요."

리궈화가 또 침묵했다. 침묵은 빙산의 일각이었다. 그 밑에서 열 배는 더 차갑고 잔인한 말들이 침묵을 떠받치고 있었다.

"트집 잡아서 싸우려는 거야? 오늘 태도가 왜 이렇게 버릇없어?"

쓰치가 나머지 한쪽 흰 양말을 신으며 말했다.

"그냥 푹 자고 싶을 뿐이에요."

그녀는 더 말하지 않았고 그 일을 다시 끄집어내지도 않았다.

아파트에서 나와 로비 현관 앞에 섰다. 치러우 아래 노숙자가 웅크리고 앉아 있었다. 바닥에 있는 철도시락통 속에 동전이 쌀밥 속 참깨처럼 드문드문 떨어져 있었다. 그의 팔이 잘린 다리를 대신해 몸을 움직였다. 쓰치가 스커트를 몸에 붙이고 쪼그려 앉아 노숙자와 눈높이를 맞춘 뒤 지갑에 있던 동전을 손바닥에 자르르 쏟았다. 그 동전들을 전부 손에 쥐여주자 노숙자가 그녀를 향해 몸을 접었다 폈다. 그의 잘린 오른쪽 다리가 벽돌 바닥을 두드려 쿵쿵 소리가 났다.

노숙자가 말했다.

"착한 아가씨, 복 많이 받고 오래 살아요. 복 많이 받고 오래 살아요."

쓰치가 미소를 지었다. 아파트 로비의 창문으로 들어왔다가 문으로 빠져나온 바람이 그녀의 머리를 붕 띄운 뒤 립밤 바른 입술에 달라붙었다. 그녀가 진심으로 고맙다고 말했다.

택시를 잡아 탄 뒤 리궈화가 말했다.

"잘했어. 가정교육을 잘 받았구나. 시시도 흑인 애들 몇 명을 후원하고 있어. 그래도 아까 그 거지에게 다시는 돈을 주지 마. 우리가 아파트 앞을 어슬렁거리는 게 남들 눈에 띄어서 좋을 게 없어."

쓰치는 말없이 입술에 달라붙은 머리카락을 떼어냈다. 머리카락 끝이 입속으로 들어가 침이 묻은 머리카락이 입속에서 사박사박 소리를 냈다. 그녀는 또 백일몽을 꾸기 시작했다. 그녀가 생각했다.

'아, 사각거리는 소리. 가로수가 잎사귀를 떨구며 우는 계절. 단풍으로 뒤덮인 강물. 내 몸이 강물에 실려 떠내려 갈 때 이런 소리가 들리겠지. 선생님은 아직도 시시가 후원하는 아이들의 얘기를 하고 있어. 시시가 그 아이들의 엄마가 되었다니. 그럼 선생님은 할아버지가 된 건가?'

쓰치가 킥킥거리자 선생님이 물었다.

"왜 웃어?"

"아무것도 아니에요."

"내 얘길 듣고 있니?"

"네."

쓰치가 머리카락을 입에 문 채 생각했다.

'그런데 정말로 나한테 들려주려고 하는 얘기예요?'

리궈화의 아파트에는 수납실이 있고 별장에도 창고가 있었다. 리궈화는 채소를 사오라고 시키면 마트에 있는 모든 종류의 채소를 하나씩 다 사오는 사람이었다. 가끔씩 그는 돈을 벌어 골동품을 수집하는 것이 자신의 은밀한 생활에 대한 가장 훌륭한 은유라고 생각했다.

그는 여학생들에게 이렇게 말했다.

"재미있는 걸 보여줄게."

그럴 때마다 가슴이 요동쳤다. 중의적인 말이지만 그걸 알아듣는 사람은 없었다. 그는 아파트로 여학생을 데려가 벽에 걸린 일본화 미인도를 보여주었다. 월식으로 가려진 달처럼 눈썹이 구붓하게 구부러진 여인이 책을 읽는 그림이었다. 여학생이 그림을 자세히 감상하려고 하면 그가 뒤에서 여학생의 팔을 뒤로 돌려 꽉 잡고 다른 손을 뻗으며 말했다.

"저 여자가 바로 너야. 네가 내 앞에 나타나기 전까지 내가 얼마나 기다렸는지 알겠니?"

그에게 붙들려 침실로 들어간 여학생들은 울음을 터뜨렸지만, 거실에 있는 미인은 여전히 홍조 띤 얼굴로 말없이 미소 짓고 있었다.

리궈화는 네이후內湖의 별장에 딱 한 번 쓰치를 데리고 갔다. 별장 창고에 골동품이 가득했다. 창고 문을 열자 햇빛이 안으로 쑥 빨려 들어가 바닥에 금빛 평행사변형을 만들었다. 어린아이 키는 족히 될 법한 목조 수의관음상들이 놓여 있었다. 대부분 겹쳐서 쓰러져 있고 새로 들어온 관음상의 코와 입이 부러진 것도 있었다. 조개껍데기를 붙여 만든 병풍과 자수를 놓은 백자도* 뒤에서 먼지가 켜켜이 내려앉은 관음상들이 쓰치를 향해 미소 지었다. 쓰치의 얼굴 위로 한 가닥 수치심이 스쳤다.

"무슨 뜻인지 모르겠어요."

쓰치의 담담한 말투에 리궈화가 음흉한 속을 감추고 천진한 표정으로 물었다.

"예전에 작문 과외를 해줬는데 왜 몰라? 넌 똑똑한 아이잖아."

쓰치가 곰곰이 생각하다가 말했다.

"순진한 사람을 나쁘게 만드는 능력을 가졌다고 생각하는

* 어린 아이들이 노는 광경을 그린 그림.

건 사악한 자신감이에요. 아마 나도 어딘가 이상하다고 느꼈을 거예요. 하지만 그런 감정조차 옳지 않다고 속으로 다짐한 후로는 그런 감정을 느끼지 않았어요." 기세 좋게 말하던 그녀의 목소리에 다시 힘이 풀렸다. "하지만 가장 사악한 건 아무것도 모른 채 스스로 추락하는 걸 내버려두는 걸 거예요."

그녀를 별장에 데리고 갔다고는 하지만 사실 별장 2층 게스트룸의 침대로 데리고 간 것이었다. 리귀화는 또 선잠을 즐겼고 쓰치는 계속 말했다. 그녀가 이렇게 말이 많았던 적은 없었다.

"예전에 내가 특별한 아이라는 걸 알았어요. 하지만 외모 때문에 특별해지고 싶진 않았어요. 이팅을 닮고 싶었어요. 사람들이 이팅을 똑똑하다고 칭찬할 때 우리는 그게 순수한 칭찬이라는 걸 알잖아요. 하지만 나같은 외모는 누구도 진정한 나를 봐주려 하지 않아요. 예전에 이팅과 내가 선생님을 좋아한 건 선생님이 진정한 우리를 볼 수 있는 사람이라고 생각했기 때문이에요. 정확한 이유는 모르겠지만 장한가*를 모두 외우는 사람은 믿을 수 있다고 생각했어요."

월요일에는 이름이 '희喜'자로 시작하는 모텔에 그녀를 데려가고 화요일에는 이름이 '만滿'자로 시작하는 모텔에, 수요

* 長恨歌 당나라 때 백거이(白居易)가 지은 장편 서사시.

일에는 '금金'자로 시작하는 모텔에 그녀를 데리고 갔다. 희, 만, 금 모두 길한 글자였다. 책에 대해 이야기하면 그녀를 송두리째 사로잡을 수 있었다. 문학이란 얼마나 좋은 것인가!

한번은 쓰치가 물었다.

"선생님한테 난 뭐예요?"

리궈화가 사자성어로 대답했다.

"천부소지[*]."

"남에게 비난받아도 상관없어요?"

"원래는 남에게 비난받길 싫어했지. 그런데 내가 무슨 일이 있어도 꼭 갖고 싶은 건 많지 않아. 그걸 가졌으니 비난받아도 상관없어."

길에서 처음으로 그녀의 손을 잡았을 때 그는 큰 용기를 낸 것 같았다. 비록 늦은 밤 좁은 골목길이라 보는 사람이 없긴 했지만. 그녀는 고개를 들어 보름달을 올려다보며 하늘과 땅이 증명해준다는 말을 떠올렸다. 아파트로 돌아온 리궈화는 그녀 위로 기어 올라갔지만 그녀는 손등에 따갑게 내리쬐는 달빛밖에 느끼지 못했다. 손등 위에 그의 손자국이 남아 있는 것 같았다. 천부소지라는 사자성어는 천목소시[**]나 천도만과[***]

* 千夫所指 많은 사람들에게 손가락질당함.

** 千目所視 천 사람이 지켜보고 있어 숨길 수 없다.

*** 千刀萬剮 천 번 살을 베어내고 만 번 뼈와 살을 발라내다.

로도 바꿀 수 있다. 리궈화의 머릿속에는 사전이 들어 있어서 언제든 펼쳐서 인용할 수 있었고 쓰치는 그 사실이 기뻤다.

리궈화가 가오슝에 있을 때면 쓰치는 밤마다 그에게 굿나잇 인사를 했다. 불을 끄고 베개를 베고 누우면 어둠 속에서 휴대전화 액정화면의 빛이 그녀의 얼굴 위에 눈썹뼈, 콧대, 보조개의 그림자를 만들었다. 리궈화에게 보낼 말을 고민할 때 그녀의 머리가 저절로 기울어지며 머리카락이 베개 위를 스쳐 모래 흐르는 소리가 났다. 그녀의 머리가 점점 베개 속으로 파고들었다. 문자메시지를 보낼 때도 중학교 때 작문을 쓰듯 고민했다. 잘 자라고 인사를 했지만 그녀는 또 꿈을 꿀까 봐 잠들 수가 없었다. 그가 자는 데 도움이 될 거라며 준 야광구슬을 이불 속에서 꼭 쥐었다. 야광구슬은 흐린 날 나뭇가지에 걸린 보름달처럼 희푸른 빛을 발산했다. 하지만 보름달이 너무 가까우면 달 표면의 파인 흔적들이 너무 또렷하게 보이는 법이다.

리궈화는 요즘 가오슝 집에 갈 때마다 아내와 시시에게 줄 선물을 샀다. 제일 자주 사는 선물은 골동품점에서 고른 청나라 때 곤룡포였다. 툭툭 털어서 바닥에 펼치면 수놓아진 문양이 황금색 큰 대大자 사람 형태를 띠었는데 호피 카펫만큼이나 화려했다. 시시가 그걸 보자마자 "아빠가 수집하고 싶은 골동품을 선물로 사왔잖아"라고 투덜거렸다. 아내도 그걸 보며 씁쓸해했다. 자기 마음을 한 번도 알아준 적 없는 남편이 원망스러웠다. 죽은 사람의 옷이라니! 어떤 건 목이 잘려 죽은 사람의 옷이기도 했다! 그럴 때마다 그녀는 씁쓸하게 웃으며 "나는 아무리 봐도 모르니까 당신이나 실컷 연구해"라고 말했다. 그녀는 그것이 또 다른 상처의 예감이라는 걸 모르고 있었다. 그러면 리궈화는 풀 죽은 표정으로 순순히 곤룡포를 챙겨 들어갔다. 다음번에 또 곤룡포를 선물할 때에도 그는 아내가 정말로 그걸 좋아할 거라고 믿는 것 같았다. 황후의 명황색이 싫다면 비妃의 금황색은 어떨까? 비의 금황색이 싫다면 빈嬪의 향색은 어떨까? 그렇게 한 벌 한 벌 타이베이 집의 수납실에 보관되었고, 선물을 퇴짜놓는 아내에게 화가 나서 폭발할 때쯤 그는 또 마음을 돌려 너그럽게 아내를 용서했다.

선물을 받을 때마다 아내의 마음속 공포는 상심한 표정으로 표출되었다. 아내가 상처를 받는다는 것은 최소한 그녀가 건강하다는 뜻이었다. 아직도 남편을 사랑한다는 증거이기 때문이다. 그는 십 대 때부터 선물하는 데 서툴렀다. 두 사람이 어렵게 처음으로 해외여행을 갔을 때도 그는 여행지의 작은 시장에서 그녀가 보기에는 쓰레기나 다름없는 작은 골동품들을 사왔다. 더구나 그건 신혼여행이었다. 학원 강사로 막

유명세를 타기 시작한 그해에, 어느 날 그가 당삼채*를 가지고 귀가했다.

"삼채란 황색, 녹색, 백색 세 가지 색을 뜻하지만 세 가지 색깔로만 칠해진 건 아니야. 삼이란 다수를 상징하지."

아내가 그를 따라 "황색, 녹색, 백색"이라고 읊은 뒤에야 그가 당삼채를 잡았던 손을 놓으며 말했다.

"당신에게 주는 선물이야."

최근 몇 년 동안 리궈화의 아내가 유일하게 이해할 수 없는 일이 있었다. 바로 시시에 대한 남편의 애정이 집착에 가까울 정도라는 사실이었다. 리궈화는 열 몇 살밖에 안 된 시시에게 고가의 청바지를 사주고 중학교에 입학할 때는 명품 가방을 사주었다. 하지만 화를 낼 수도 없었다. 화를 내는 순간 그녀는 두 사람 사이를 방해하는 악역이 되기 때문이다. 리궈화에게 학원의 동료 강사들에게 시시의 공부를 봐달라고 부탁하면 어떻겠느냐고 묻자 그가 "좋지 않아" 하고 대답했다. 그녀의 생각이 좋지 않다는 것이 아니라 동료 강사들이 좋지 않다는 의미로 들렸다. 그날 밤 자려고 누웠을 때 아내가 물었다.

"동료 강사들이 안 좋은 사람들이야?"

"그럴 리가. 나랑 다를 게 없어. 평범한 사람들이야."

* 唐三彩 여러 색깔의 유약을 입힌 도기.

리궈화가 손을 뻗어 아내의 머리칼을 쓸었다. 잦은 퍼머와 염색으로 상한 머리카락이 지푸라기 같았다. 그가 아내를 보며 피식 웃었다.

"나도 늙었어."

"당신이 늙었으면 나도 늙었지."

"당신은 눈이 예뻐."

"늙은 여자가 뭐가 예뻐?"

리궈화가 또 미소 지었다. 그는 그녀의 눈이 시시를 닮았다고 생각했다. 그녀의 머리카락은 지푸라기나 쌀겨 같지만 소녀의 머리카락은 부드럽고 구수하게 잘 익은 쌀밥 같았다. 그의 밥이자 주식인 쌀밥. 리궈화의 아내는 남편이 선물을 고를 줄 모르는 것이 예나 지금이나 변함없다는 것 외에 다른 생각은 하지 못했다. 타이베이에서 쓰치와 있는 시간이 길어질수록 그는 가족들에게 꼭 선물을 사가려고 했다. 죄책감을 상쇄하려는 것이 아니라 그저 기분이 좋았기 때문이다.

쓰치와 이팅이 타이베이로 간 후 이원의 생활은 더욱 생기를 잃었다. 그녀는 첸이웨이의 출장에 동행하기 시작했다. 그녀가 제일 좋아하는 건 첸이웨이와 함께 일본에 가는 것이었다. 첸이웨이가 일하러 간 동안 그녀는 긴자에 있는 그들의 아파트에서 나와 온종일 돌아다녔다. 일본은 정말 좋았다. 모두 정신없이 바빠 보였다. 거리를 지나가는 사람들이 모두 가족의 결혼식이나 장례식에 가는 사람들처럼 바쁘게 종종걸음을 옮겼다. 90초 동안 파란 불이 켜지는 횡단보도를 건널 때도 일본인들은 10초면 다 건넜다. 이원은 바쁘지 않았으므로 90초를 모두 써서 천천히 길을 건넜다. 인파 속에서 이리저리 밀려 다니다 보면 고민이 옅어지는 것 같았다. 90초를 다 써서 횡단보도를 건넜다. 검정, 하양, 검정, 하양 차례로 하나씩 밟으며 천천히 걸었다. 지금까지 시간을 얼마나 낭비했던가! 아직도 얼마나 많은 인생이 낭비되길 기다리고 있을까!

첸이웨이는 일본에 갈 때마다 미국 유학 시절 친구를 만났다. 그들은 영어로 대화했고 이원도 첸이웨이를 따라 그를 '지미'라고 불렀다. 지미를 아파트로 초대할 때마다 이원은 근처에 있는 스시 가게에 스시 도시락 세 개를 주문했다. 영어에 일본어를 섞어서 주문하면 빨간색 칠기 도시락이 배달되었다. 도시락 위에 금박으로 소나무, 대나무, 매화가 새겨져 있었다. 구불구불한 소나무는 첸이웨이의 가슴 털 같고, 마디가 곧은 대나무는 그의 손가락 같았으며, 구부러진 가지 위에 떨어질 듯 말 듯 매달려 있는 매화는 그의 미소 같았다.

지미는 작고 왜소한 남자였다. 일본에서 오래 살았지만 서양물을 먹은 티가 났다. 정확한 이유는 모르겠지만 그의 셔츠 맨 위의 풀어진 단추 두 개와 상체를 숙여 인사할 때의 뺏

뻣한 허리, 그녀를 계속 이원이라고 부르는 그의 말투 때문인 것 같았다. 첸이웨이는 원래 졸업하자마자 지미를 자기 회사로 데려오고 싶었지만 그가 너무 똑똑해서 자기 부하직원으로 일하려 할 것 같지 않았다고 이원에게 말했다. 일본에서 이원은 그저 조신하게 좋은 아내 역할만 하면 그만이었다. 일본에 있을 때는 첸이웨이도 그녀가 아내 역할만 할 수 있도록 해주었다. 그런데 그날은 첸이웨이가 귀가하면서 커다란 다이긴죠 일본술 한 병을 들고 들어왔다. 술병이 든 긴 나무상자를 보는 이원의 얼굴은 가족의 관을 보는 것 같았다. 지미도 퇴근 후 곧장 그들의 집으로 왔다. 식탁 가득 차려져 있는 음식을 보고 그가 영어로 환호했다.

"오! 브라더, 왜 일본에 더 자주 오지 않는 거야?"

첸이웨이는 자신이 마지막 매화 송이라는 걸 모르는 듯 웃었다. 친구를 부르며 어깨를 두드리고 주먹을 마주쳤다. 이원의 눈에는 이국에서 이국을 만나는 아름다운 장면이었다. 다만 식사를 마치고 첸이웨이가 그녀에게 술을 내오라고 하자 정신이 번쩍 드는 것 같았다.

첸이웨이가 지미에게 주려고 사온 대만 기념품을 가지러 복층 아파트의 위로 올라가자 이원이 수줍게 자리에서 일어나 주방으로 향했다. 나무상자가 불가사의할 정도로 야윈 아기의 관 같았다. 지미는 식탁 앞에 앉아 있었다. 이원을 주시하는 지미의 뒷모습을 첸이웨이가 위층에서 지켜보았다. 이원이 상자를 뜯으려고 쪼그려 앉자 상의가 올라가며 등과 엉덩이 사이로 새하얀 틈이 드러나고 이원의 척추 한두 마디가 살포시 올라온 것이 희미하게 보였다. 거기서 시선을 내리면 엉덩이골을 볼 수 있을 것 같았다. 그의 영역이었다. 이곳도 그의 영역이고, 그곳도 그의 영역이었다. 첸이웨이는 갑자기 난간 손잡이가 지팡이가 된 것 같았다. 아무 일 없는 것처럼 내려오니 술이 따라져 있고 안주도 차려져 있었다. 대학 동창들의 근황부터 일본 야쿠자, 스시, 제2차 세계대전 당시 오키나와 주민들의 집단 자살까지 다양한 화제가 이어지고 첸이웨이의 목소리가 점점 높아졌다. 건배를 할 때마다 이원은 술잔이 깨질 것 같았다.

밤이 깊도록 대화가 이어지자 피곤해진 이원이 양해를 구하고 안약을 찾으러 침실로 들어갔다. 첸이웨이가 지미에게 손짓하고 그녀를 따라 들어갔다. 침실에서 첸이웨이가 이원을 끌어안고 등 뒤에서 손을 뻗었다.

이원이 낮게 속삭였다.

"하지 말아요. 지금은 안 돼요."

첸이웨이가 다른 곳으로 손을 뻗었다.

"하지 말라니까요. 거기도 안 돼요."

첸이웨이는 손바닥과 손가락, 입술과 혀로 그녀를 놓아주지 않았다.

"안 돼요. 하지 말아요. 지금은 안 돼요."

첸이웨이가 옷을 벗기 시작했다.

"침실 문이라도 닫게 해줘요. 제발."

첸이웨이는 그 소리가 지미에게 들린다는 걸 알고 있었다.

지미는 식탁에 앉아 이원의 말소리를 듣고 있었다. 의자 등받이에 머리를 편하게 기댔다. 별이 총총 떠 있던 미국 동부의 밤하늘이 눈앞에 펼쳐졌다. 중년의 대만인이 늦은 밤 일본 수도의 최고 번화가를 배회하고 있었다. 열 평 남짓한 다이닝룸의 천장 위로 미국 동부의 젊디젊은 밤하늘이 펼쳐지고 친구 아내의 목소리가 들렸다. 흔들흔들 걸어 아파트를 나왔다. 한자가 쓰여 있는 이자카야 간판이 얼핏 보면 대만 간판과 똑같았다. 쇼윈도 속 마네킹은 머리 부분이 틀림없이 갈고리처럼 생긴 물음표일 것이다.

한 계절이 막 지나고 첸이웨이가 또 일본에 갈 때가 되었다. 첸이웨이가 지미에게 전화를 걸었다. 옆에 앉은 이원은 텔레비전에서 아나운서가 뭐라고 하는지 갑자기 알아들을 수가 없었다.

가끔 쓰치는 타이베이에서 가오슝에 있는 이원에게 전화를 걸었다. 쓰치는 30분 동안 냉수처럼 콸콸 말을 쏟아냈지만 별다른 낌새를 느낄 수가 없었다. 어느 날 쓰치 엄마가 서운함과 기쁨이 뒤섞인 말투로 쓰치가 통 집에 전화를 하지 않는다고 말하자 그 자리에 있던 이원의 얼굴이 굳어버렸다. 다음번에 쓰치가 전화를 걸었을 때도 이원은 잔소리하는 엄마 같아서 학교 생활은 어떤지, 친구들은 어떤지, 몸은 건강한지 물어볼 수가 없었다. 이원은 쓰치가 잔소리를 싫어한다는 건 알지만, 쓰치가 뭘 원하는지는 알지 못했다. 쓰치가 쏟아놓는 얘기들은 타이베이에 비가 얼마나 왔는지, 숙제가 얼마나 많은지 같은 것들이었지만 구체적으로 설명해보라고 하면 말문이 막혔다. 방금 전까지 얘기한 타이베이 학생의 생활상이 텔레비전에서만 접한 것인 양. 이원은 쓰치가 어떤 상처를 감추고 있다는 막연한 예감이 들었다. 그건 쓰치 자신도 한눈에 다 볼 수 없을 만큼 크고 곪은 상처일 것이다. 하지만 쓰치에게 물어도 대답하지 않았다. 무슨 일이 있는지 물어보려고 하면 쓰치는 비 얘기를 꺼냈다. 단 하루, 쓰치가 이렇게 말한 적이 있었다.

"오늘은 대야로 물을 퍼붓듯 비가 내렸어요. 하늘이 몸을 씻겨주려는 것처럼."

이원은 그 말을 듣고 쓰치가 그 꿈 속 환상 같은 상처를 이미 받아들이고 체념했다는 걸 알았다.

이팅은 이원에게 거의 전화를 걸지 않았다. 이팅에게 소식이 오느냐고 이팅의 엄마에게 물어보기도 어색했다.

이원은 여름이 싫었다. 그녀에게 직접 묻는 사람은 없었지만 지나가는 사람들은 그녀의 터틀넥을 향해 의아한 시선을 던졌다. 수많은 물음표들이 갈고리처럼 그녀의 터틀넥을 끄집어 내릴 기세로 달려들었다. 도쿄에 도착한 후 이원은 늘 그랬던 것처럼 스시를 주문했다. 금박이 새겨진 붉은 칠기 도시락이 첸이웨이 같았다. 그동안 스시를 주문하고 받은 도시락들이 위층에 차곡차곡 쌓여 있었다. 비스듬히 들어온 햇빛이 그 위에 처량하게 내려앉았다. 정교한 것일수록 중첩되면 따분하게 느껴진다. 이원은 자신이 마흔 살이 되면 첸이웨이가 예순이 넘을 테니 그가 밤마다 게걸스럽게 잠자리를 요구하지 않을 거라고 생각했다. 하지만 그때도 그녀를 때릴 수는 있다. 다만 그때가 되면 맞는 것이 지금보다 덜 고통스러울 것이다. 어쨌든 오후에 섹스를 당하고 밤에 두들겨 맞는 것보다는 나을 테니까. 이런 생각이 들자 왈칵 울음이 터졌다. 바닥에 떨어진 눈물에 먼지가 사방으로 흩어졌다. 먼지조차도 그녀를 싫어하는 것 같았다.

오늘은 첸이웨이와 지미가 술도 없이 저녁 내내 마잉주의 재선에 대해 대화를 나누었다. 이원은 첸이웨이가 부를 때마다 자신의 눈동자가 깜짝 놀라 두려움에 흔들린다는 것을 알지 못했다. 지미가 초대해줘서 고맙다고 이원에게 작별인사를 한 뒤 첸이웨이에게 조금만 배웅해달라고 했다. 첸이웨이가 여학생을 기숙사 앞까지 바래다주는 것 같다며 웃었다.

지미가 집을 나섰다. 후텁지근한 바람이 달려들어 그의 눈을 감기고 폴로셔츠를 더듬어 가는 허리를 드러냈다. 첸이웨이가 친근하게 지미의 목을 팔로 감았다. 자신이 물리적으로든 어떤 부분으로든 한 수 위라는 걸 무의식중에 과시하려는 행동이었다. 지미가 가늘게 뜬 눈으로 첸이웨이에게 시선을 던지며 영어로 말했다.

"너, 아내를 때렸지?"

갑작스런 물음에 첸이웨이가 웃음기를 채 거두지 못하고 반문했다.

"그게 무슨 소리야?"

"때렸구나. 그렇지?"

첸이웨이가 지미의 목에 두른 팔을 풀며 담담하게 말했다.

"일본까지 와서 네 설교를 들어야 해?"

지미가 첸이웨이를 홱 밀쳤다. 하지만 빳빳하게 다려진 그의 깨끗한 셔츠깃이 눈에 들어오자 더러운 옷을 끌어안고 세탁기와 씨름할 이원의 모습이 떠올라서 그를 벽으로 밀어붙이지는 않았다.

첸이웨이는 대응하지 않고 몸이 흔들리지 않도록 발을 바닥에 디디고 섰다.

"너랑 상관없는 일이야."

"젠장! 이 개자식! 저 여자가 옛날 그 여자애들이랑 같은 줄 알아? 돈 몇 푼 쥐여주고 보내면 될 것 같아? 저 여자는 널 진심으로 사랑한다고!"

첸이웨이가 미동도 하지 않았다. 생각에 잠긴 듯하다가 옅게 웃었다.

"네가 그 여자를 보는 걸 내가 모를 줄 알아?"

"무슨 헛소리를 하는 거야?"

"네가 내 아내를 뚫어져라 보는 걸 내가 봤다고! 학교 다닐 때도 너는 항상 내가 좋아하는 여자를 동시에 좋아했지."

지미의 얼굴이 집집마다 창문에 걸린 에어컨에서 떨어지는 폐수처럼 한 방울씩 떨어졌다. 툭, 툭, 툭.

지미가 한숨을 내뱉었다.

"넌 내가 생각했던 것보다 훨씬 나쁜 개자식이야."

지미는 이 한마디를 잇새로 씹어뱉은 뒤 몸을 홱 돌려 가버렸다. 첸이웨이는 그제야 거리에 사람이 많다는 걸 알았다. 해가 동양인의 짙은 머리 위를 비추어 모두들 뒤통수가 둥글고 말이 잘 통할 것처럼 보였다. 어느새 지미의 모습은 보이지 않았다.

이원이 지미를 처음 본 건 결혼식 피로연에서였다.

"결혼식은 노인들을 위한 거고 피로연이 진짜 우리를 위한 거지."

이원은 첸이웨이가 '우리'라고 말하는 게 좋았다. '우'라고 할 때 키스하려는 것처럼 오므라진 입술이 '리'라고 하면서 미소하듯 가늘게 벌어지는 것이 귀여웠다.

두 사람이 웨딩드레스를 맞추러 갈 무렵의 일이다. 이원은 미소 띤 얼굴로 자신이 원하는 웨딩드레스를 그렸다. 심플한 튜브톱에 실크드레스가 풍성하게 퍼지고 등에는 진주단추가 조르륵 달린 디자인이었다.

"그림을 이렇게 잘 그리는 줄 몰랐어."

"아직 나에 대해 모르는 게 많아요."

첸이웨이가 그녀의 허리에 팔을 감았다.

"그걸 언제 다 보여줄 거야?"

"엉큼해요."

이원은 손에 든 색연필이 흔들릴 만큼 웃었다. 종이 위 웨딩드레스에 주름이 점점 많아졌다. 첸이웨이가 집에 와서 웨딩드레스 디자인을 보여주자 그의 어머니가 펄펄 뛰며 반대했다.

"아예 젖가슴을 다 내놓지 그러니?"

결국 목과 손목까지 레이스로 덮인 머메이드 드레스로 바뀌었다. 이원은 결혼식은 하루뿐이고 결혼한 뒤에 입고 싶은 대로 입으면 된다고 애써 자신을 다독였다. 혼자 집에 있는데 벌거벗고 있은들 누가 뭐라고 할까? 그런 생각을 하자 웃음이 났다. 속눈썹이 민중혁명을 일으키듯 일제히 모여들어 그녀의 눈을 에워싸고 떠받들었다. 그녀의 커다란 눈이 속눈썹 사이에 파묻혔다.

결혼식이 끝나고 호텔 옥상의 노천 레스토랑을 빌려 풀장 옆에서 파티를 열었다. 초대받은 사람들은 모두 첸이웨이의 친구였고, 영어로 대화했다. 이원은 사람들 사이에 섞여 함께 사진을 찍었다. 그녀에게 결혼식이란 그저 좋아하는 옷을 입는 날이었다. 샴페인과 레드와인이 술잔을 쉼없이 채우고 아예 풀에 들어가 술을 마시는 사람도 있었다. 시원스럽게 풀로 뛰어들었던 사람이 머리를 쑥 내밀며 외쳤다.

"이런 제길! 휴대전화도 물에 빠졌어!"

모두들 박장대소했다.

첸이웨이가 미국 유학 시절 어울리던 사교클럽은 두 가지 가입요건이 있었다. 부자이거나 똑똑할 것. 둘 중 하나는 충족해야 들어올 수 있었다. 이원은 그가 어떤 요건을 충족했는지 묻지 않았다. 첸이웨이가 술에 취해 상기된 얼굴로 마이크를 들고 외쳤다.

"지미! 너 어딨어? 무대로 썩 올라오지 못해?"

이원이 물었다.

"누구예요?"

“곧 소개할게. 내 형제 같은 친구야.”

이원은 무대에 선 채 사람들이 삼삼오오 모여 인사하고 흩어지는 것을 보았다. 흩어졌다가 모이고 모였다가 흩어지는 속도가 건배하는 것보다 빨랐다. 한 사람이 다가오면 또 한 사람이 떠났다. 복잡한 뜨개질을 하듯 한 사람이 다른 한 사람을 스쳐 지나가면 또 다른 사람이 와서 다른 사람들 속으로 비집고 들어갔다. 슈트 재킷을 벗은 하객은 보타이에 셔츠 차림으로 서빙하는 웨이터와 잘 구분되지 않았다.

‘지미? 누굴까?’

작고 마른 남자가 그들을 향해 다가오다가 크고 뚱뚱한 남자에게 가로막혔다. 크고 뚱뚱한 남자가 빠르게 지나갔다. 모두 옆모습만 보이는 고대 이집트 벽화 속 사람들 같은데 작고 마른 남자만이 그들을 향해 정면으로 걸어왔다. 그의 몸이 다시 누군가에게 가렸다. 마침내 작고 마른 남자가 그들 앞에 서서 온전한 모습을 보였다. 그가 무대로 올라와 첸이웨이를 끌어안았다. 크고 건장한 몸집의 첸이웨이 앞에서 그는 어린 아이처럼 왜소해 보였다.

“이쪽은 지미. 전교에서 가장 똑똑한 친구였어. 감히 우리 회사로 스카우트할 수 없을 만큼.”

“안녕하세요. 저는 이원이에요.”

파티는 밤늦도록 계속되었다. 지친 이원은 실내로 들어와

긴 테이블에 엎드려 있다가 깜박 잠이 들었다. 지미가 화장실에 가려고 들어왔다가 그녀가 잠들어 있는 모습을 보았다. 어두컴컴한 실내에서 화려한 장식들도 버려진 폐물처럼 빛을 잃었다. 60인용 긴 테이블 두 개가 나란히 놓여 있었다. 테이블이 길어서 한쪽 끝에서 보면 다른 쪽 끝이 작은 점처럼 보였다. 미술 시간에 배운 투시기법이 생각날 만큼 길었다. 가녀린 신부가 테이블에 엎드려 있었다. 핑크색 원피스 위로 등이 드러나고 어깨와 목, 손은 새하얀 테이블보와 동화될 것처럼 희었다. 격자무늬 창으로 비껴 들어온 불빛이 테이블에 환한 마름모를 만들었다. 테이블에서 자라난 기이한 비늘처럼. 신부가 신화 속 괴수의 몸 위에 엎드려 자고 있는 것 같았다. 언제든 괴수가 번쩍 들어 떠나버려도 손쓸 수 없을 것처럼.

그때 첸이웨이가 들어오며 지미를 불렀다.

"어이!"

두 사람이 함께 이원이 잠들어 있는 화면을 감상했다. 이원의 등이 규칙적으로 들썩였다.

"아내한테 잘해줘. 내 말 무슨 뜻인지 알지?"

지미가 나지막이 말하고는 주머니에 손을 찔러 넣고 화장실로 들어갔다.

첸이웨이가 양복 외투를 벗어 이원을 덮어준 뒤 밖으로 나가 마이크를 잡고 영어로 말했다.

“자, 여러분 이제 자러 갈 시간이군요.”

모임에서 제일 정열적인 테드가 술병을 높이 들고 큰 소리로 야유했다.

“워, 왜 이래. 네가 왜 집에 가고 싶어 조바심을 내는지 온 세상이 다 알아!”

첸이웨이가 웃었다.

“테드, Fuck you.”

테드가 들고 있던 술을 뿌렸다.

“흠, 네가 곧 fuck하게 될 사람은 내가 아니지.”

그의 질척한 말투와 표정에 모두들 배꼽을 쥐고 웃었다. 하지만 이원은 안에서 엎드려 조용히 잠들어 있었다. 창밖의 불빛이 서서히 움직이자 이원의 몸에서도 비늘이 자랐다. 그녀도 곧 날아오를 것 같았다.

개학을 하자 리궈화는 매일같이 쓰치를 자기 아파트로 데리고 왔다. 식탁 위에는 언제나 음료수가 줄지어 놓여 있었다. 그가 자상한 표정으로 말했다.

“네가 뭘 좋아할지 몰라서 다 사왔어.”

쓰치가 말했다.

“난 아무거나 괜찮아요. 이렇게 많이 사면 낭비잖아요.”

“괜찮아. 좋아하는 걸로 골라. 남은 건 내가 마실게.”

쓰치는 자신이 뛰어든 이 언어의 세상이 기묘하리만치 포근하다고 느꼈다. 이건 너무, 부부 같았다.

쓰치가 그중 커피를 골라 마셨다. 맛이 이상했다. 핸드드립 커피에 비하면 편의점의 캔커피는 어린아이를 속이는 커피다. 그건 그녀의 상황과도 아주 비슷했다. 그런 생각이 들자 웃음이 터졌다.

"뭐가 그렇게 우스워?"

"아무것도 아니에요."

"아무것도 아닌데 왜 웃어?"

"선생님은 저를 사랑하세요?"

"물론이지. 넌 내가 세상에서 제일 사랑하는 사람이야. 이 나이에 지음을 만나게 될 줄은 상상도 못했어. 딸보다도 널 더 사랑하는 나를 발견할 때마다 딸에게 미안하지만 이게 다 네 잘못이야. 네가 너무 예뻐서 그래."

그가 가방에서 지폐다발을 꺼냈다. 은행에서 묶어준 띠가 둘러져 있었다. 한눈에도 10만 위안이라는 걸 알아볼 수 있었다. 그가 지폐를 음료수 옆에 내려놓았다. 지폐도 그녀가 고를 음료에 포함되어 있다는 듯.

"너한테 주는 거야."

쓰치의 목소리가 왈칵 끓어올랐다.

"난 창녀가 아니에요."

"물론 아니지. 하지만 일주일에 절반은 너와 같이 있어주지 못하는 게 마음에 걸려. 항상 네 곁에서 널 보살펴주고 싶어. 얼마 안 되는 돈이지만 맛있는 걸 사 먹고 사고 싶은 걸 살 때라도 내 생각을 해주면 좋겠구나. 이건 돈이 아니라 내 사랑의 표현이야."

쓰치의 눈시울이 뜨거워졌다. 이 사람은 왜 이렇게 바보 같을까?

"어쨌든 난 받지 않을 거예요. 엄마가 주는 용돈으로 충분해요."

리궈화가 물었다.

"오늘은 학원 강의가 없는데 쇼핑하러 갈까?"

"왜요?"

"너 신발 사야 되잖아."

"당분간은 이팅에게 빌려서 신으면 돼요. 당장 사야 하는 건 아니에요."

쓰치가 말없이 그를 따라 택시에 올랐다.

쓰치는 창밖으로 지나가는 거리에 시선을 내맡겼다. 타이베이는 아무것도 없는데 백화점만 즐비한 곳이라고 생각했다. 두 사람이 들어간 곳은 플랫슈즈로 유명한 매장이었다. 쓰치는 이 브랜드의 신발만 신었다. 그에게 그걸 어떻게 알았느냐고 물어보고 싶었지만 참았다. 쓰치가 리궈화 옆에 앉아 신발을 신어보았다. 매장 점원들이 이상하리만치 깍듯하고 친절하게 대했다. 할로겐 불빛을 받으며 쓰치는 자신도 그곳에 진열된 상품이 된 기분이었다. 리궈화가 그녀의 마음을 눈치채고 작게 말했다.

"명품 매장에서 제일 좋아하는 고객이 바로 예쁜 아가씨를 데리고 온 늙은이이지."

쓰치가 이해할 수 없다는 표정으로 그를 보며 말했다.

"우리 나가요."

"신발을 골랐으면 계산을 해야지."

쓰치의 마음속 무언가가 깨져서 자신을 아프게 찌르는 것 같았다. 다음 날 이팅과 함께 사는 집으로 돌아간 뒤에야 리궈화가 그녀의 책가방에 몰래 넣어놓은 돈뭉치를 발견했다. 그는 원래 남에게 자기 물건을 함부로 집어넣는 걸 좋아하고, 남이 기뻐하는 걸 보며 희열을 느끼는 사람이라는 게 생각났다. 가슴이 찢어질 듯 아파서 미친 사람처럼 깔깔거리며 웃었다.

백화점에서 리궈화의 아파트까지 가는 내내 쓰치는 화가 나 있었다.

리궈화가 말했다.

"화 풀어."

"싫다니까 왜 굳이 샀어요?"

"내가 말했잖아. 이건 돈도 아니고 신발도 아니야. 내 사랑이야. 선물을 주는 건 아름다운 일이야. 선물은 추상적인 사랑을 대신해 좋아하는 사람에게 주는 거야."

그가 반쯤 무릎을 꿇고 두 손을 받쳐들었다. 쓰치의 눈에는 그가 옛날 황제의 기우제에서 춤추던 어린 태감처럼 보였다. 아니, 구걸을 하는 것 같았다.

'무얼 구걸하는 걸까? 나를?'

리궈화의 아파트는 시끌벅적한 도심에서 벗어난 단수이허淡水河에 있었다. 늦게 기우는 여름 해가 서쪽으로 내려앉으며 하늘이 금색에서 오렌지색으로 바뀌었다. 쓰치는 유리창과 그의 몸 사이에 짓눌려 있었다. 눈앞의 풍경이 그녀의 밭은 숨결에 부옇게 가려졌다가 투명해지고 또 부옇게 가려졌다. 그녀는 태양이 마치 속이 팽팽하게 찬 노른자 같다고 생각했다. 금세라도 터져 흘러나와 도시 전체를 시뻘겋게 태울 것처럼.

쓰치가 옷을 입는데 침대에 늘어져 있던 그가 물었다.

"석양이 예쁘니?"

"예뻐요."

아름다움 속에 폭력이 들어 있다고 말하려다가 참았다.

그가 느른한 말투로 말했다.

"나는 예쁘다는 단어를 좋아하지 않아. 너무 흔하잖아."

쓰치가 마지막 단추까지 채운 뒤 천천히 몸을 돌려 그를 응시했다. 그는 광장에 백 년 동안 서 있던 조각상처럼 당당하게 나신을 드러내고 있었다.

"그래요? 그럼 왜 내게 예쁘다고 하세요?"

그가 물음에 대답하지 않고 목소리를 한 톤 높였다.

"한 달 동안 학원을 쉬면서 너랑 하루 종일 붙어 있으면 얼마나 좋을까."

"싫증 날 거예요."

그가 손짓으로 그녀를 가까이 부르더니 그녀의 작은 손바닥에 글씨를 썼다.

"탐닉할 닉."

그녀가 용기를 내어 물었다.

"나랑 잘 때 내가 어떻게 하는 게 제일 좋아요?"

그가 짧게 대답했다.

"가냘프게 몰아쉬는 숨소리."

쓰치는 가슴이 철렁 내려앉았다. 홍루몽紅樓夢에서 임대옥林黛玉이 처음 등장할 때 나오는 구절이었다. 그녀는 울음이 터질 듯 물었다.

"선생님에게는 홍루몽이 그런 작품이에요?"

그가 주저하지 않고 대답했다.

"나한테는 홍루몽, 초사楚辭, 사기史記, 장자가 모두 그런 작품이야."

그 순간 둘의 관계에 대한 욕심과 소란, 생멸, 더러움과 깨끗함, 환상과 저주가 모두 분명해졌다.

어느새 날이 저물었다. 단수이허 너머 시끌벅적한 도시를 바라보았다. 시선이 멀어질수록 관두 대교가 가늘어졌다. 날씬하고 요염한 여자가 붉은 스타킹을 신은 다리를 뻗어 강 건너 번화한 도시의 가장자리에 발가락을 살짝 디딘 것 같았다. 밤이 되자 붉은 스타킹 위로 금색 선이 생겼다. 비가 내리고 있었다. 신이 대야로 물을 뿌려 몸을 씻겨주는 것 같았다. 강 건너 검은 밤의 캔버스 위로 떨어진 빗물은 군데군데 불빛이 되고, 불빛이 여자의 붉은 다리와 수직이 되어 단수이허를 따라가며 꽃을 활짝 피웠다. 정말 아름다웠다. 쓰치는 이원이라면 이 풍경을 어떻게 묘사할지 궁금했다. 전화로는 이원과 이 풍경을 공유할 수가 없었다. 고독한 아름다움이었다. 아름다움은 언제나 고독하다. 이 사랑 속에서 그녀는 자신을 찾을 수가 없었다. 그녀의 고독은 홀로 있는 고독이 아니라 아무도 없는 고독이었다.

만일 자신과 선생님의 이야기를 영화로 찍는다면 단조로운 배경이 감독을 고민에 빠뜨릴 거라고 쓰치는 생각했다. 장소는 아파트 아니면 모텔일 것이고, 검은 밤이 밖에서 유리창에 눈, 코, 입을 짓눌러 아버지 잃은 표정을 짓고 있다. 선생님은 항상 작은 스탠드만 남기고 불을 모두 끈다. 불을 끄는 순간 밤의 어둠이 훅 들어와 방 안을 가득 채우고, 밤이 웅크려 앉아 두 팔로 스탠드를 에워싼다. 달려들어 불을 끄고 싶지만 그럴 수 없는 것 같기도 하고, 언 몸을 녹이려 불을 쬐려는 것 같기도 하다. 포르노도 아닌데 처음부터 끝까지 한 남자가 소녀의 몸에 들락날락할 뿐 스토리라곤 없다. 그녀는 존재하지만 공간만 차지할 뿐 죽은 듯 살아 있다. 선생님이 제일 좋아하는 것이 영화를 찍고 있다고 상상하는 것이라는 게 생각나자 선생님이 그녀의 몸속으로 뻗은 심오한 뿌리가 느껴졌다.

선생님은 그녀를 사랑한다고 말한 적이 없었다. 전화 통화를 하고 끊을 때만 "사랑해"라고 말했다. 그 세 글자가 구질구질하고 먹먹하게 들렸다. 전화를 끊기 위해 하는 말이라는 걸 쓰치는 알았다. 쓰치는 이팅과 함께 사는 아파트의 신발장에서 백화점에서 산 그 하얀 신발을 볼 때마다 그것이 벗겨져 침대 옆에 뒹구는 상상을 했다.

아주머니들이 수다를 떨고 간 날 이후로 이원은 마오마오를 찾아오지 않았다. 마오마오는 날마다 살갗을 벗겨내듯 마음속에서 일력을 한 장씩 뜯었다. 그녀를 보지 못하는 날은 1초씩 흐르는 시간이 오래된 통조림에서 꺼낸 음식처럼 퀴퀴한 냄새가 나는 것 같았다. 매미가 드릴처럼 울어대는 여름이 다 지나도록 이원은 그를 찾아오지 않았다. 마오마오의 레몬 케이크는 언제나 그곳에 있었다.

어느 날 마오마오가 숍 앞에서 통화하고 있는데, 저 멀리 횡단보도에서 이원이 그의 시야로 불쑥 뛰어들었다. 그가 급하게 전화를 끊고 뛰듯이 걷기 시작했다.

'흰 상의에 흰 바지. 당신이군요.'

처음으로 그 길이 한없이 길게 느껴졌다.

"사모님! 사모님!"

그녀는 한참 듣고 나서야 자신을 부르는 소리라는 걸 깨닫고 천천히 몸을 돌렸다. 슬로모션 같았다.

'당신이군요.'

새까만 선글라스 때문에 그녀가 마오마오를 보고 있는 건지 알 수가 없었다. 마오마오가 이원 앞에서 멈추어 서서 숨을 크게 몰아쉬었다.

"사모님, 오랜만이네요."

"아, 마오 선생님, 안녕하세요."

"어디 가세요?"

"어딜 가려고 했는지 잊어버렸어요."

그녀가 웃자 두 볼에 앙증맞은 보조개가 생겼다. 보조개가 그녀의 표정 속 부족한 부분을 채우는 것 같았다.

"제가 데려다드려도 될까요?"

"네?"

"제 차로 모실게요. 제 차가 바로 여기 있거든요."

그가 바로 옆에 있는 주차장을 가리켰다.

"좋아요."

'당신과 말없이 고개를 숙이고 걸을 때, 흰 바지를 입은 당신의 작은 무릎에 조금씩 주름이 생기는 걸 보지 않을 수가 없어요. 밀물이 왔다가 썰물이 나가는 것 같아요. 당신이 내게 가까이 있는 쪽 손을 힘주어 쥘 때, 손등에 드러나는 뼈를 보지 않을 수가 없어요. 나도 모르게 당신 손을 잡을 뻔했어요. 당신의 선글라스 아래에 주먹의 흔적이 있는 걸 상상하지 않을 수가 없어요.'

마오마오가 이원에게 조수석 문을 열어주었다. 다행히 날이 선선해져 차 안이 뜨겁지 않았다. 마오마오가 운전석에 올랐다.

"어디로 갈까요?"

"정말로 잊어버렸어요."

이원이 민망한 미소를 지으며 아랫입술을 깨물었다. 둘 중 누구도 먼저 안전벨트를 매려고 하지 않았다.

"사모님."

"그냥 미스 쉬라고 불러주세요. 부탁이에요."

"이원."

마오마오의 입에서 나온 이원이라는 두 글자가 마치, 그가 태어나면서부터 누군가에게 계속 주입되어 가슴속 깊이 새겨진 말 같았다. 이원의 선글라스 뒤에서 눈물이 흘렀다. 그녀가 얼른 선글라스를 벗고 고개를 돌리며 눈물을 닦았다. 그 순간 마오마오는 그녀의 눈이 맞아서가 아니라 울어서 부었다는 걸 알았다. 하지만 붉게 부어오른 색깔이 먹구름 같은 멍 색깔보다 더 가슴을 찢었다.

마오마오가 말했다. 혼잣말 같기도 하고, 막 뜯은 티슈처럼 부드러웠다. 이원은 그가 이렇게 말을 많이 하는 걸 들어본 적이 없었다.

"이원, 당신은 우리가 처음 만났을 때를 잊었겠지만 난 잊지 않았어요. 바보 같죠. 서른 살도 넘은 남자가 첫눈에 반했다고 얘기하는 게. 난 욕심 많은 사람이 아니에요. 하지만 당신을 알면 알수록 더 많이 알고 싶어요. 밤늦게 집에 들어가면 당신이 했던 말을 혼잣말로 중얼거려요. 사실 내가 처음 당신을 본 건 당신 결혼식에서였어요. 당신은 날 보지 못했겠죠. 그날 혼인서약을 할 때 당신이…… 첸 선생……을 바라보던 눈빛을 보았어요. 당신이 그런 표정으로 나를 한 번만 봐줄 수 있다면 내가 가진 모든 걸 희생해도 좋아요."

마오마오가 잠시 말을 멈추었다가 다시 이어서 말했다.

"가끔 이런 생각도 해요. 내가 정말로 당신이 좋아하는 타입이 아닐 수도 있다고. 내겐 그런 고귀한 피가 흐르지 않는다고."

이원은 선글라스를 벗은 채 윗입술을 깨물었다. 윗입술의 립밤이 지워졌다. 그녀는 아주 오랫동안 침묵했다. 두 사람의 침묵은 어릴 적 사전 속에 끼워두었다가 발견한 작은 단풍잎 같았다. 두꺼운 침묵. 이리저리 뒤적이는 침묵. 금테가 둘러진 얇은 성경 책장 같은 침묵. 이원의 짧은 말이 침묵을 깼다. 마오마오의 물음에 대한 대답으로 칠 수 있을지는 모르겠지만 그녀가 고개를 들고 발갛게 충혈된 토끼 같은 눈으로 그의 눈을 보며 말했다.

"저 임신했어요."

가오슝에 있을 때 이원은 매일 10시 뉴스를 꼭 시청했다. 뉴스를 본다기보다는 첸이웨이를 술자리로 불러내는 전화가 오지 않는지 카운트다운을 하고 있다는 편이 더 정확했다. 10시 정각, 만화 주인공이 변신할 때 깔리는 음악처럼 활기 넘치는 시그널이 뉴스 시작을 알렸다. 오늘도 전화벨이 울렸다. 고막을 두들기는 전화벨 소리에 이원이 몸서리를 쳤다. 첸이웨이가 "지금 나갈게"라고 말하고 전화를 끊은 뒤 드레스룸으로 들어갔다. 옷걸이가 흔들렸다. 일본 전차가 정류장에 도착할 때 줄지어 매달린 채 앞뒤로 흔들리는 손잡이들 같았다.

첸이웨이가 드레스룸 문을 열고 나오자 이원이 서 있었다.

문에 바짝 붙을 만큼 가까운 거리였다. 첸이웨이가 웃었다.
"깜짝 놀랐잖아."
그를 놓아줄 수 없다는 듯 이원의 몸이 드레스룸 앞을 막은 채 꼼짝도 하지 않았다.
"왜 그래?"
첸이웨이의 물음과 동시에 이원의 뺨 위로 눈물이 한 방울씩 떨어졌다.
"당신 날 사랑해요?"
"마이 허니, 나의 보물, 왜 그래? 물론 당신을 사랑하지. 울지 마. 무슨 일이야?"
이원이 쓰러지듯 풀썩 주저앉았다. 어린아이처럼 다리를 벌리고 등을 굽혀 두 손으로 얼굴을 감싸더니 아이의 시체처럼 울음을 터뜨렸다. 첸이웨이가 그녀 앞에 앉았다.
"마이 허니, 왜 그래?"
이원이 이렇게 큰 소리를 내는 건 처음이었다.
"내가 당신을 사랑하지 않을 이유를 만들지 말아요."
이원이 손목에 차고 있던 다이아몬드 시계를 풀어 바닥에 팽개치자 시침이 떨어졌다. 시침 없는 시계는 눈코입이 사라진 얼굴 같았다.
"당신을 좋아하고 사랑하고 존경했어요. 당신이 나를 바보로 대하면 바보인 척했고 당신이 삼키라고 하면 삼켰어요. 나를 지켜주고 아껴준다고 했잖아요. 그런데 왜 날 때려요?"

이원은 오줌을 지리는 아이처럼 두 다리를 버둥거렸다. 울음에 겨워 숨도 쉬기 힘들었다. 책장을 할퀴며 침실로 기어가 천식약을 입에 대고 들이마셨다. 침대 옆 서랍장 앞에서 몸을 웅크린 채 흐느껴 울었다. 첸이웨이가 그녀를 다독이려고 손을 뻗자 그가 때리려는 줄 알고 놀라 바닥으로 쓰러졌다. 우윳빛 팔다리가 널브러졌다.

"이원, 이원, 사랑하는 이원. 안 나갈게. 오늘은 안 나갈게. 아니, 앞으로 절대 나가지 않을게. 됐지? 사랑해. 다 내 잘못이야. 진심이야. 다시는 술을 마시지 않을게."

그날 밤 내내, 첸이웨이가 이원의 몸에 손을 대려 할 때마다 그녀는 사냥꾼에게 쫓기는 어린 양처럼 눈을 크게 뜨고 두려움에 떨었다. 이원은 울다 지쳐 침대 다리에 기댄 채 잠이 들었다. 그녀를 침대로 옮기려고 안아 올리는데 첸이웨이의 손이 몸에 닿자 그녀가 잠결에도 미간을 찡그리며 이를 꽉 물었다. 그녀의 눈두덩이가 아이섀도를 바른 것처럼 붉었다. 첸이웨이는 처음으로 자기 잘못을 깨달았다. 첸이웨이의 품에서 그녀는 너무도 작았다. 그녀를 침대에 눕히자 구부러졌던 허리가 펴지며 꽃이 활짝 피는 것 같았다. 첸이웨이가 거실을 정리하고 대리석 바닥에 떨어진 시계와 엎질러진 물을 치우고 유리조각을 쓸어 담았다. 침실로 돌아가 보니 밤보다도 더 어두웠다. 그녀가 잠에서 깨어 그대로 누워 있었다. 둥그렇게 뜬 눈에서 눈물이 하염없이 흘렀다. 그녀도 자신이 울고 있다는 걸 모르는 것 같았다. 그가 이 시간에 귀가해 보던 그녀의 모습과 같았다. 첸이웨이가 침대 옆으로 의자를 끌어다 놓고 물을 마시겠느냐고 물었다. 이원이 그러겠다고 하자 그녀를 부축해 앉혔다. 그녀가 조금씩 물을 마시는 모습이 한없이 귀여웠다. 그녀가 물컵을 돌려주며 자기 손이 그의 손에 닿자 조용히 말했다.

"나 임신했어요. 며칠 전에 병원에 다녀왔어요. 의사에게는 아직 당신에게 알리지 말라고 했어요. 일본에서 생긴 것 같아요."

그때부터 첸이웨이와 이원은 세상에서 제일 금슬 좋은 부부가 되었다. 첸이웨이는 아기용품만 보면 분홍색과 하늘색 두 가지로 샀다. 이원이 웃으며 아들이어도 분홍색을 쓸 수 있으니 두 개나 사는 건 낭비라고 하자 첸이웨이는 둘째를 낳으면 될 거라며 웃었다. 그는 장난감을 카트에 담은 뒤 그를 톡 때리는 그녀의 손을 잡아 입을 맞추었다.

쓰치와 이팅 모두 겨울에 태어났다. 이원의 생일도 겨울이어서 열셋, 열넷, 열다섯 살 생일은 모두 이원과 함께 파티를 했다. 고3이 되어 열여덟 살 생일이 다가왔지만 쓰치는 그저 무덤덤했다. 자신이 많이 자란 것 같지도 않았다. 물론 생일이라는 것이 지나기만 하면 성장을 보장받는 마법의 주문은 아니지만 어쨌든 그녀는 생일이 지나도 자신이 더는 자랄 수 없다는 걸 알았다. 모두 그녀가 석고상처럼 하얗다고 했다. 그녀는 어떤 두 손이 자신의 배 속으로 들어와 성냥불을 켜고, 배 속에 선생님이 자신에게 한 말을 새겨 넣는 상상을 했다.

'조각은 파괴를 통한 창조다.'

첸이웨이가 이원을 데리고 마오마오의 보석숍에 갔다. 배 속 아기를 위한 탄생 선물을 사주려는 것이었다. 두 사람이 손을 잡고 들어오는 걸 보고 마오마오의 얼굴이 숯불구이집 문 앞에 사람들이 놓아둔 박하사탕처럼 변했다.

"안녕하세요. 첸 선생님, 사모님. 축하드려요."

이원이 바다 같은 눈빛으로 마오마오를 응시했다.

'바다를 향해 소리치고 싶어요. 사람들이 조롱하는 일본 로맨스 영화에서처럼 두 손을 입가에 대고 당신의 바다 같은 눈 속으로 내 이름을 외치고 싶어요.'

"아기 선물이라면 발찌를 추천해요. 아기가 차도 안전할 거예요."

첸이웨이가 망설임 없이 결정했다.

"그럼 발찌로 골라줘요."

이원이 말했다.

"단순한 디자인이 좋겠어요."

첸이웨이가 이원의 허벅지에 올려놓은 손이 마오마오의 시선에 들어왔다.

"단순한 디자인이라면 이런 건 어떠세요? 글씨를 새길 수도 있어요."

"이걸로 줘요."

첸이웨이는 즐거워 보였다.

"요즘 주문이 많이 밀렸어요. 한 달 후에 찾으셔도 되나요?"

마오마오의 말에 첸이웨이가 시원스레 웃었다.

"아홉 달의 여유를 줄 수 있어요!"

마오마오가 웃으며 대답했다.

"기분 좋아 보이시네요."

"물론이죠."

"사모님도 기쁘시죠?"

"네."

마오마오가 두 사람을 배웅했다. 플랫슈즈를 신은 이원의 키가 첸이웨이의 가슴께밖에 오지 않았다. 그녀가 고개를 바짝 쳐들어야 첸이웨이의 눈을 볼 수 있고 첸이웨이도 고개를 숙여야만 이원의 눈을 볼 수 있었다.

'당신의 속눈썹이 내 마음을 간질여요. 하지만 내 마음은 웃고 있지 않네요. 내 마음이 울고 있어요.'

첸이웨이가 운전석에 탄 뒤 이원이 조수석에 타기 전, 마오마오를 향해 크게 손을 흔들었다. 그녀의 눈썹이 손을 흔드는 것 같았다. 마오마오는 보석숍 2층으로 올라와 다이아몬드를 고르고 디자인을 했다. 지우개로 수정이 필요한 부분을 꼼꼼하게 지웠다. 새하얀 백지 위에 발찌만 도드라져 보이도록.

'난 당신이 행복하기만 하면 돼요.'

이원이 며칠 뒤 마오마오를 찾아왔다.

마오마오가 물었다.

"사모님도 기쁘시죠?"

며칠 전에 했던 것과 똑같은 질문이지만 같은 질문이 아니라는 걸 두 사람 다 알고 있었다.

"네. 기뻐요. 정말 기뻐요."

"잘됐어요."

마오마오는 자기 말이 진심이라는 걸 알았다. 그의 온몸이 눈을 부릅뜨고 눈물을 흘렸지만 눈에서는 눈물이 흐르지 않았다.

"내 어린 친구들의 펜던트를 찾으러 왔어요."

"어린 친구들요? 아, 네. 가져올게요."

백금 펜던트 한 쌍이었다. 새장 속에 그네가 있고 그 위에 파랑새가 앉아 있는 디자인. 새장은 이슬람 모스크 같은 돔 형태이고 새는 반지르르한 에나멜 재질이었다. 새의 눈에는 아침 해 같은 노란 다이아몬드가 박혀 있고 새의 발에도 주름과 발톱이 정교하게 그려져 있었다. 새장 문이 열려 있는데, 살짝 흔들면 새장 속 새와 그네가 흔들렸다. 이원이 펜던트를 손에 들고 조심스럽게 흔들어본 뒤 마오마오에게 돌려주었다. 그녀의 손이 마오마오의 손바닥 부드러운 곳을 스치자 그는 자신이 높은 언덕 위 번개를 맞은 나무가 된 것 같았다.

"마오 선생님은 정말 예술가세요."

"과찬이세요."

"겸손하신 것도 예술가다우세요."

"사실 이 펜던트를 완성하고 저 자신이 자랑스러웠어요."

두 사람이 함께 웃었다.

"자기만족도 예술가들의 특징이죠."

'당신의 미소가 정말 아름다워요. 당신의 미소를 바람에 담아 벨벳상자에 넣고 싶어요.'

이원이 재빨리 웃음을 거두고 자기 결혼반지를 만지작거렸다. 살이 또 빠져 조금만 밀어도 반지가 쑥 빠졌다. 좋은 징조가 아니었다. 그녀가 반지를 만지작거리던 왼손을 우뚝 멈추고 말했다.

"그날은 죄송했어요."

마오마오는 얼굴이 굳어졌지만 이내 천천히 입을 열어 작지만 비밀을 말하는 것 같지 않은 말투로 말했다.

"사과할 사람은 저예요. 난처하게 만들어 죄송해요."

이원이 말없이 파랑새 펜던트가 담긴 벨벳상자 두 개를 하나씩 닫았다. 학창 시절 이웃 아이를 데리고 놀 때 손인형으로 만들던 동작처럼 네 손가락과 엄지손가락을 서로 맞붙였다. 엄지손가락을 벌렸다가 오므리며 인형이 말을 하는 척하면 아이들이 까르르 웃었다. 그녀는 자신의 손짓이 무슨 뜻인지 마오마오도 알 거라고 생각했다.

"마오 선생님은 아이를 좋아하세요?"

"좋아해요." 그가 또 웃었다. "하지만 십 년 동안 보석숍을 하면서 아이들을 거의 못 봤어요."

이원이 웃으며 말했다.

"아이를 좋아하는 사람은 무슨 직업을 가져야 할까요? 아이를 만날 순 있지만 가르칠 필요는 없는 그런 직업이 있을까요?"

두 사람이 웃었다. 마오마오가 속에 감추어둔 말이 있었다.

'당신의 아이를 좋아해요. 그게 첸이웨이의 아이라고 해도.'

마오마오는 2층으로 올라가 온종일 칵테일반지를 디자인했다. 여러 가지 색깔의 작은 에나멜 꽃이 커다란 보석을 둘러싸고, 링에서 시작된 등나무 줄기가 보석을 향해 구불구불 기어 올라갔다. 보석 위에 나비 한 쌍이 앉아 있고 나비의 몸에도 무늬가 있었으며 무늬 안에 작은 보석이 있었다. 하루 종일 그림을 그리고 나니 허리가 시큰거리고 등이 아팠다. 일어나 몸을 움직이자 척추에서 우드득 소리가 났다. 어차피 실제로 만들 수 없는 반지이지만 그는 처음으로 자신이 그림을 잘 그렸다고 생각했으며, 처음으로 하루를 허비했다. 그 후에도 며칠 동안 그는 공을 들여 칵테일반지의 디자인을 수정했고 3D 도안까지 그렸다.

'당신을 위해 낭비하는 시간이 다른 어떤 시간보다 좋아요. 이게 바로 진정한 시간이죠.'

며칠 지나지 않아서 첸이웨이가 마오마오의 보석숍에 찾아왔다. 평소처럼 마오마오의 엄마가 보석숍을 지키고 있었다.

"안녕하세요. 마오마오를 부를까요?"

"네."

마오마오 엄마가 2층으로 올라갔다. 계단을 오르는 발걸음에 유난히 힘이 들어갔다.

"첸 선생이 왔어."

"첸 선생? 작은 첸 선생요?"

"그래. 널 찾아왔대."

마오마오가 1층으로 내려가 웃으며 반겼다.

"무슨 일로 오셨어요?"

그는 자신의 프로다운 친절함이 부끄러웠다. 그녀를 때린 남자가 아닌가. 첸이웨이는 이원의 생일선물을 사러 왔다고 했다. 마오마오는 그때 처음으로 이원의 나이를 알았다.

마오마오가 조심스럽게 물었다.

"원하는 보석이나 크기가 있나요?"

첸이웨이가 손을 저었다.

"가격은 상관없어요. 하지만 흔한 건 싫어요."

"심플한 걸로 하시겠어요, 화려한 걸로 하시겠어요?"

"화려할수록 좋아요. 몽환적일수록 좋고요. 이원은 공상하는 걸 좋아하니까요."

마오마오는 첸이웨이가 이상하게 느껴지는 이유를 알 것 같았다. 아마도 이 세상이 그에게 너무 쉽기 때문일 것이다. 차라리 자신이 죄책감을 떠안을지언정 남을 무시하지 않는 이원과는 달랐다. 모든 걸 당연하게 생각하는 게 그의 단점이었다. 이원은 자신이 빅토리아 시대의 소설을 좋아하지 않는 이유를 이렇게 얘기했다.

"고전이라는 단어가 부정적인 말이라면 나는 그걸 이렇게 정의할 거예요. '모든 것을 당연하게 여기는 작품'이라고."

첸이웨이는 너무 고전적이었다. 마오마오가 몇 가지 디자인을 보여주었지만 첸이웨이는 모두 고개를 저었다. 마오마오가 2층으로 올라가 최근에 그린 반지 디자인을 복사했다. 복사기 빛이 지나가는 동안 마오마오 엄마의 눈빛도 아들을 훑었다.

첸이웨이는 그 디자인을 보자마자 흡족해했다.

"이걸로 할게요."

홍콩에 있는 보석세공사에게 전화를 걸었다. 전화기 버튼을 하나하나 누르는 동안 마오마오는 정말 행복했다. 이건 블랙코미디도 반전도 아니었다. 원래 이원의 것이었던 것이 이원에게 가는 것이었다.

대입시험을 몇 주 남겨두지 않고 이팅은 친구들에게 생일 선물을 받았다. 대부분 책이었다. 선물해준 친구들에게 이런 책들은 이제 읽지 않는다고 말하기가 미안해서 고마워하며 받았다. 이팅과 쓰치가 함께 집으로 돌아오는 길에 이팅이 애교스럽지만 새침하게 쓰치에게 말했다.

"네 선물은 집에 있어."

집에 돌아와 카드와 선물을 교환했다. 이팅은 은으로 된 책갈피를 받고, 쓰치는 좋아하는 사진작가의 사진집을 받았다.

이팅은 카드에 이렇게 썼다.

우리는 어려서부터 서로 미안하다고 말하는 습관이 들지 않은 것 같아. 어쩌면 미안하다고 말할 기회가 없었는지도 몰라. 직접 말하려니 입이 떨어지지 않아서 이렇게 글로 미안하다고 쓸 수밖에 없어. 그런데 내가 너에게 뭐가 미안한지 잘 모르겠어. 네가 밤에 서럽게 우는 걸 들었지만 네 울음의 의미를 이해할 수가 없어. 가끔 널 보고 있으면 내가 아주 아주 작게 느껴져. 나는 휴화산의 분화구를 따라 걷는 여행객이고 너는 화산인 것 같아. 나는 밑바닥이 보이지 않을 만큼 깊은 화산 분화구를 내려다보면서 뛰어내리고 싶고 또 화산이 분출하는 욕망을 갖고 싶어해. 어릴 적 사랑, 열정, 행복, 보물, 천국 같은 단어들의 관계에 대해 이야기할 때 우리는 세상 어느 연인들보다 더 열정적이었어. 하지만 우리 연애 상대의 원형은 선생님이었지. 내가 너를 질투하는 건지 선생님을 질투하는 건지 아니면 두 사람 모두를 질투하는 건지 잘 모르겠어. 너랑 수다를 떨고 같이 숙제를 할 때 네 얼굴에 새로운 표정이 떠올라. 내게는 없는 표정. 아마도 그곳의 흔적이겠지. 만일 내가 그곳에 간다면 나는 더 잘할 수 있을까? 네가 그곳에 다녀올 때마다 옆방에서 우는 소리를 들었어. 왜 그런지 모르지만 난 너의 고통까지도 질투가 나. 그곳이 우리 사이를 가로막고 있는 것 같아. 불행하다면 왜 계속 그곳에 가려고 해? 네가 일찍 자면 좋겠어. 앞으로 술도 커피도 마시지 않으면 좋겠어. 교실에서 수업에 집중하고 우리 둘의 집에 자주 오면 좋겠어. 이게 다 널 위한 말이라고 한다면 너무 독선적이겠지. 하지만 네가 낯선 방향으로 가고 있는 것 같아. 네가 나를 버린 건지, 아니면 내가 널 버린 건지 잘 모르겠어. 난 지금도 변함없이 널 사랑해. 다만 지금 너에 대한 나의 사랑은 맹목적이야. 어릴 적 네가 지금의 너에 대한 나의 사랑을 지탱해주고 있어. 내가 너에 대해 얼마나 알고 싶은지 아무도 모를 거야. 열여덟 살 생일은 아주 중요한 날이야. 내가 유일하게 바라는 건 너의 건강이야. 너도 너 자신이 건강하길 바라면 좋겠어. 며칠 전에 심하게 말해서 미안해. 사랑해. 생일 축하해.

이원이 보낸 선물과 카드도 도착해 있었다. 둘에게 주는 선물이 똑같았다. 정교하게 만든 새장 모양의 펜던트였다. 가슴이 아릴 만큼 아름다웠다. 쓰치는 그걸 보고 푸른 셔츠를 입은 마오마오가 떠올랐다.

이원의 글씨도 그녀처럼 아름답고 강인하고 용감했다. 이원은 쓰치에게 보내는 카드에 이렇게 썼다.

사랑하는 쓰치, 열여덟 살 생일을 축하해! 너희가 아주 멀리 있어서 좋은 점이 한 가지는 있어. 선물을 우편으로 부치니까 거절당할 일이 없다는 거야. 나는 열여덟 살에 뭘 했지? 난 어릴 때 열여덟 살 생일이 지나면 내가 지혜로워질 거라고 생각했어. 하룻밤 사이에 훌쩍 커버리는 상상도 했지. 열여덟 살 때 나는 《나 혼자만의 성경》*과 《포위된 성》**, 《신곡》, 《해리포터》를 통

* 노벨문학상 수상자 가오싱젠(高行健)의 소설.

** 圍城 중국 작가 첸종수(錢鍾書)가 1940년대에 발표한 소설.

째로 외웠어. 대단한 것 같지만 사실 그것 말고는 아무것도 없었어. 열여덟 살 때는 내가 이런 모습이 될 줄 상상하지 못했어. 나는 늘 그럭저럭 되는대로 살았어. 인생이라는 것이 사전을 외우는 것과 같아서 하루에 열 페이지씩 외우면 언젠가는 반드시 다 외울 거라고 생각했어. 지금도 그래. 오늘은 사과를 깎고 내일은 배를 깎겠지. 하지만 그다음은 생각나지 않아. 너희와 함께 책을 읽던 때가 내가 상상했던 이상적인 미래에 제일 가까웠어. 예전에는 내가 박사 학위를 따고 대학교수가 될 거라고 생각했어. 대학에서 조교, 강사, 부교수 이렇게 차례로 올라갈 거라고. 하지만 내 학생들은 너희뿐이었어. 나도 모르는 사이에 너희에게 나쁜 짓을 한 건 아닐까 생각해. 특히 쓰치 너에게 말이야. 리얼리즘에서는 누군가를 사랑한다면 그 사람이 사랑스럽기 때문이고 누군가 죽는다면 그가 죽을 짓을 했기 때문이야. 악인이 있으면 작가는 그를 탑에 가두고 불을 질러서 뛰어내려 죽게 만들지. 그러나 현실은 달라. 인생은 그런 게 아니야. 나는 책에서 세상의 아픔과 불행을 배웠지만, 현실에서 부정적인 감정이 나를 엄습할 때 책을 펼치고 논문을 써서 그 감정에 반박하지 못했어. 내 몸의 반쪽을 책 속에 끼운 채 안으로 파고들어 숨어버릴지 훌훌 도망쳐 나올지 갈피를 잡지 못했어. 나는 열여덟 살의 내가 싫어하던 어른이 된 것 같아. 하지만 너희는 아직 늦지 않았어. 아직 기회가 있어. 또 너희는 나보다 지혜로워. 정말이야. 넌 아직 늦지 않았어. 요즘 내 몸에 미묘한 변화가 나타나고 있어. 열여덟 살 귀여운 소녀가 느끼는 생리적 변화와 아주 비슷해. 기회가 있으면 자세히 얘기해줄게. 네 전화가 올 때마다 정말 기쁘지만 이따금씩 두렵기도 해. 네게 잘 지내느냐고 물어볼 수가 없어. 내가 너무 나약해서겠지. 네가 실은 잘 지내지 못한다고 대답할까 봐 겁이 나. 내가 걱정할까 봐 잘 지낸다고 거짓말을 할까 봐 더 겁이 나. 고3 생활이 힘들겠지. 내게 전화를 해서 네 시간을 빼앗길까 봐 걱정되기도 해. 대범하게 네게 잘 지내느냐고 묻고 또 너의 대답을 시원스럽게 받아들일 수 있는 날이 오면 좋겠어. 우리가 함께 책을 읽던 때가 그리워. 비밀아지트에서 커피를 마시던 때도 그리워. 내가 너희를 그리워할 때 머릿속에 떠오른 문장으로 책을 쓴다면 아마 연애의 바이블이 될 거야. 첸이웨이가 옆에서 안부 전해달래. 마지막으로 해주고 싶은 말이 있어. 무슨 일이든 내게 말해도 돼. 하루살이만큼 작은 일이든 블랙홀만큼 큰 일이든. 너희 생일이라 정말 기뻐. 너희에게 편지 쓸 핑계가 생겼으니까. 생일 축하해! 생일선물이 마음에 들면 좋겠어.

P.S. 케이크를 사다가 둘이 실컷 먹으렴!

이원 언니가

팡쓰치는 이 카드 두 장을 늘 가지고 다녔다. 리궈화의 아파트에서 옷을 입자마자 책가방에서 편지를 꺼냈다. 쓰치가 혼잣말하듯 리궈화에게 물었다.

"가끔은 선생님이 어떻게 내게 그럴 수 있었는지 모르겠어요. 난 그때 정말 어렸는데."

침대에 누워 있는 리궈화는 대답할 말을 생각하는 건지, 대답을 할까 말까 고민하는 건지 알 수 없었다. 드디어 그가 입을 열었다.

"넌 어렸지만 나는 아니었으니까."

쓰치가 고개를 숙여 손가락으로 이원의 글씨체를 따라 그렸다.

리궈화가 물었다.

"왜 울어?"

"아무것도 아니에요. 너무 행복해서 그래요."

첸이웨이는 올해 그녀의 생일에는 파티를 열지 말고 둘이서 오붓하게 보내고 싶다고 했다.

"우리 셋이에요."

이원이 그의 말을 고쳐주며 그의 소매 안으로 손을 집어넣었다. 그녀가 웃으며 덧붙였다.

"그래도 케이크는 꼭 먹을 거예요."

첸이웨이가 작은 케이크를 사서 귀가했다. 케이크를 자르는 이원의 표정이 어린아이 같았다. 그녀는 유명한 케이크 가게의 체리 페이스트를 검지로 찍어 입에 넣었다. 새빨간 체리를 입에 물고 오물거리는 모습이 무척 섹시했다. 그녀가 뱉은 체리 씨에 깊은 주름이 잡혀 있었다. 그가 그녀의 하얀 아랫배를 타고 내려왔을 때 그녀의 허벅지 사이로 보이는 그것 같았다. 그럴 때마다 이원은 다리를 오므리며 속삭였다.

"쳐다보지 말아요. 제발. 창피하단 말이에요."

전등을 끄고 초에 불을 붙였다. 숫자 모양 초의 꼭대기가 서서히 녹아 흘러내렸다. 촛불에 비친 이원은 가만히 앉아 있었지만 천천히 흔들리는 것처럼 보였다. 키스를 보내듯 입술을 오므려 촛불을 껐다. 전등을 켜자 초 두 자루에 촛농이 방울방울 매달려 있었다. 난자를 차지하려고 앞다퉈 헤엄치는 정자들처럼. 첸이웨이가 칵테일반지를 꺼내는 순간 이원이 탄성을 질렀다.

"세상에! 내가 꿈에 그리던 화원이에요. 당신 정말 나를 잘 아는군요. 멋져요."

그날 저녁 소녀들이 타이베이에서 특급우편으로 보낸 소포를 받았다. 이원보다 더 큰 헬로키티였다. 이원은 그 인형이 이팅과 쓰치인 것처럼 꼭 끌어안았다.

소포 안에 쓰치가 이원에게 쓴 카드가 들어 있었다.

사랑하는 이원 언니, 나 오늘 열여덟 살이 됐어요. 하지만 별로 특별한 건 없어요. 수없이 지나가는 하루들 속에서 특별한 날을 골라내는 건 오래전에 그만뒀어요. 그저 한 사람이 태어난 날일 뿐이잖아요. 아무리 그걸 모난일*이라고 불러도 달라지는 건 없어요. 그건 향을 피우고 불경을 읊는 대만인들이 예수의 생일을 기념하는 것보다 더 황당한 일이죠. 나는 일본인들이 말하는 존재의 실체감을 느끼지 못해요. 가끔 기쁘지만 그 기쁨이 나보다 더 커서 내 존재를 대신해요. 게다가 그 기쁨은 우주 반대편 별의 사전에 따라 정의된 거예요. 이 지구에서는 나의 기쁨이 기쁨이 아니라는 걸 알아요. 아쉽게도 지난 몇 년 동안 학교 선생님들이 흔한 작문주제를 내준 적이 없어요. 난 장래희망이나 꿈에 대해 쓰고 싶어요. 예전에는 '작가'라는 말을 '나의 꿈'을 적는 칸에 적어야 한다는 걸 알면서도 일부러 '장래희망'에다 적었어요. 그러면 안 된다는 걸 알면서도 말이에요. 하지만 지금은 달라요. 꿈이라는 단어를 좋아해요. 꿈이란 헛된 망상을 진지하게 생각하고 그것을 향해 착실하게 나아가는 거예요. 내 꿈은 이원 언니 같은 사람이 되는 거예요. 언니 생일이라서 하는 말이 아니라 진심이에요. 언니는 십사행시에서 가장 아름다운 건 그 형태라고 했죠. 십사행이고 약강오보격에 열 개 음절로 이루어져 있

* 母難日 불교에서 생일을 부르는 말. 어머니가 고난을 당하는 날이라는 뜻이다.

어서 십사행시 한 수가 정사각형의 손수건처럼 생겼다고 말이에요. 언니가 셰익스피어의 십사행시로 눈물을 닦는다면 나도 그걸로 다른 걸 닦을 수 있어요. 나 자신을 닦을 수도 있죠. 셰익스피어는 위대해요. 셰익스피어 앞에서 나 자신을 지워버릴 수도 있죠. 요즘 일기를 쓰고 있어요. 글을 쓰면 주도권을 되찾을 수 있다는 언니의 말이 맞았어요. 글을 쓰고 있으면 내 생활을 일기장처럼 쉽게 내려놓을 수가 있어요. 이원 언니, 보고 싶어요. 잘 지내요. 세상의 흔한 축복의 말들이 언니에게서 모두 이루어지길 바라요. 모든 일이 뜻대로 되길 빌어요. 언니에게 행운이 깃들길 축복해요. 생일 축하해요.

언니를 사랑하는 쓰치로부터

리궈화의 사람 보는 눈은 제법 정확한 편이었지만 궈샤오치에 대한 생각은 빗나갔다.

리궈화의 아파트에서 쫓겨난 뒤 샤오치는 온라인미팅으로 남자를 만나기 시작했다. 사람을 만나는 건 너무도 쉬웠다. 처음에는 연애는 하지 않겠다고 미리 밝히고 모텔에서만 만났다. 샤오치는 강인한 성격이었다. 어쩌면 너무 강인했는지도 모른다. 약속장소에 가려고 지하철을 기다리고 있으면 열차가 싣고 온 바람이 스커트 속으로 파고들었다. 그때마다 그녀는 진시황을 암살하러 가던 자객 형가荊軻를 떠올렸다. 바지만 벗으면 추하기 짝이 없는 남자도 있고, 입이 팬티보다 더 더러운 남자도 있었다. 그러나 샤오치가 원하는 게 바로 그런 것이었다. 자신을 망가뜨리고 싶었다. 오랫동안 힘겹게 한 악마를 받아들였는데 그 악마가 자신을 버렸다는 사실을 납득할 수 없었다. 세상에서 가장 더러운 것은 더러운 것 자체가 아니라 그 더러운 것조차 자신을 버리는 일임을 비로소 깨달았다. 그녀는 지옥에서 추방당했다. 지옥보다 비천하고 고통스러운 곳은 어디일까?

샤오치를 만난 남자들은 대부분 의아하게 생각했다. 약속 장소에서 그녀를 만나기 전까지는 그녀가 미팅 사이트에 몸무게를 줄이거나 가슴둘레를 과장해 써놓았을 거라고 짐작했던 것이다. 이렇게 젊고 예쁜데 왜 미팅 사이트에서 남자를 만나느냐고 설교를 늘어놓는 남자도 있었다.

그녀를 집에 데리고 간 남자도 있었다. 검은 규회석 벽에 검은 물소 가죽 소파가 부드럽고 푹신했다. 남자가 그녀의 목을 핥을 때 그녀는 고개를 돌려 소파의 가죽 냄새를 맡으며 호사스럽다고 생각했다. 하지만 더 호사스러운 것은 남자들이 어릴 적부터 모범생이었던 그녀를 마음대로 유린하는 상황이라는 걸 그녀는 알지 못했다. 남자들은 절정이 지나갈 때 가벼운 경련을 일으켰다. 옆으로 푹 쓰러져 누운 뒤 보통 영어로 첫 마디를 내뱉었다. '오, 마이 갓!' 그들은 '갓'을 유난히 길게 끌었다. 넓은 저택에서 친한 몸종을 부르는 것처럼 들렸다. 그럴 때마다 샤오치는 웃음이 났다.

샤오치는 제법 이름난 술집에 가서 술을 마셨다. 사장이 포러 달린 술병을 들고 화려한 포물선을 그리며 칵테일을 만들었다. 샤오치는 다부지게 솟은 사장의 팔 근육을 보고 리궈화를 떠올렸다. 사장이 고개를 들어 그녀를 흘긋 보자 그녀가 물었다.

"몇 시에 문 닫으세요?"

"아침에 닫아요."

아침 몇 시까지인지 묻고 싶었지만 참았다. 선생님을 만나는 몇 년 동안 그녀는 참는 법을 배웠다. 그녀는 햇빛이 조금씩 들어올 때까지 그 자리에 앉아 있었다. 유리가 왜 창문이 아니라 술병 유리처럼 보이는지 알 수 없었다.

사장이 웃으며 말했다.

"아침이에요. 문 닫을 시간이에요."

손님은 바에 앉은 그녀뿐이었다. 사장이 바 뒤에서 큰 소리로 말했다. 두 사람이 각자 산꼭대기에 앉아 있고 둘 사이를 가로지르는 것이 밖에서 들어오는 희붐한 햇빛 터널이 아니라 깊고 넓은 산골짜기인 것처럼. 사장의 집은 술집 위층에 있었다.

또 어떤 남자는 얼굴은 기억나지 않지만 그녀의 다리 사이에서 불쑥 올라오던 갈색 머리와 우뚝 솟은 짙은 눈썹을 잊을 수 없었다. 리궈화는 그런 적이 없었다. 리궈화는 항상 혀로 핥아 내려가다가 그녀의 배꼽 언저리에서 멈추었다. 샤오치는 우스웠다. 자신의 몸이 아무나 와서 물 마시고 세수하고 가는 호수가 된 기분이었다. 리궈화는 매번 그녀의 머리를 눌렀고 그녀는 엎드려 젖을 빠는 어린 양 같았다. 리궈화의 커다란 손이 그녀의 두피를 그러쥐면 오랜만에 미용실에 가서 머리를 감으며 안마를 받는 것 같았다. 두피의 감각에 집중하면 입의 일을 잊을 수 있었다. 하지만 고등학교를 졸업한 후 샤오치는 미용실에서 머리를 감은 적이 없었다.

샤오치는 자신을 몇 년 동안 따라다니던 선배의 집에도 갔다. 자기 집에 가자고 할 때마다 그는 '우리 집에 가서 DVD 볼래?'라고 물었다. 선배가 그녀 위에서 몸을 떨 때면 그녀는 텔레비전 쪽으로 고개를 돌려 영화를 보았다. 순정파 남자 주인공과 중병에 걸린 여자 주인공이 키스할 때 그녀는 소리 없이 눈물을 흘렸다. 영화와 현실의 가장 큰 차이는 영화에서는 끝날 때 키스를 하지만 현실에서는 시작할 때만 키스를 한다는 사실이었다.

그녀의 창백한 몸이 맥없이 영화를 보고 있으면 텔레비전 빛이 깜깜한 방 안으로 화려한 손을 뻗어 그녀를 어루만졌다.

남자가 자신만만한 표정으로 물었다.

"우리 이제 사귀는 거야?"

그녀의 몸이 텔레비전의 손길을 살짝 피했다. 남자의 얼굴이 오랫동안 물을 주지 않은 화분 같았다. 남자가 다그쳤다.

"너도 나를 좋아하잖아?"

남자가 리모컨을 빼앗자 샤오치가 그제야 화를 냈다.

"정말 감정이 눈곱만치도 없어? 나한테 다 줬잖아. 내가 싫다면 그랬겠어?"

샤오치는 남자의 메마른 손에서 리모컨을 낚아채 텔레비전 쪽으로 몸을 돌렸다. 잠시 후 영화 속 금발의 아빠가 금발의 딸에게 입맞춤을 했다. 금발의 아빠는 지구를 구하기 위해 떠나는 중이었다.

샤오치는 속으로 생각했다.

'내가 지금 뭘 하고 있는지 선생님이 안다면 기뻐하겠지. 내가 자학하고 있다는 걸 선생님은 알 거야.'

남자가 화를 냈다.

"넌 아무 감정도 없이 나랑 잔 거야?"

그녀가 고개를 돌려 손가락으로 머리카락을 쓸며 요염한 표정을 지었다. 그러고는 한 남자가 일생 동안 들을 수 있는 목소리 중 가장 촉촉하고 아름다운 목소리로 말했다.

"설마 그게 싫은 건 아니겠지?"

그 후 이 말이 학교 전체로 퍼졌다.

샤오치는 이리저리 거리를 쏘다녔다. 오가는 사람들 속에는 언제나 선생님과 닮은 사람이 있었다. 어떤 사람은 목이 닮았고 어떤 사람은 옷차림이 비슷했다. 갑자기 눈앞이 깜깜해졌다. 왼쪽 앞에서 검은 옷을 입은 사람이 빛을 가렸다. 걸으며 흔들리는 검은 팔이 그녀의 시선을 잡아당겼다. 그녀는 그를 따라갔다.

'선생님? 선생님이세요?'

그가 향하는 방향으로 그녀의 몸도 움직였다. 동굴 벽을 더듬으며 빛을 따라가는 사람처럼 휘청거리며 인파를 뚫고 남자에게 다가갔다. 선생님이 아니었다. 왜 선생님의 옷을 훔쳐 입었죠? 왜 선생님의 팔을 가지고 있죠? 그녀의 시선이 방향을 잃었다. 길 한가운데 우두커니 선 채 사람들이 눈물에 천천히 녹아내리는 걸 보았다.

샤오치의 단짝 친구가 같이 밥을 먹자며 그녀를 불러냈다. 왠지 싸늘한 예감이 들었다. 식당에 들어가기도 전에 속으로 메뉴를 정했다.

신신欣欣이 말했다.

"음, 어떻게 말해야 할지 모르겠어. 요즘 학교에서 너에 대해 안 좋은 얘기를 하는 사람들이 많아."

샤오치가 물었다.

"안 좋은 얘기?"

"나도 들은 얘기야. 네가 여러 선배들이랑……. 나도 너무 화가 나서 넌 그런 애가 아니라고 따끔하게 말했어."

샤오치가 테이블 옆 유리창에 손을 댔다. 겨울 햇빛이 테이블에 그림자를 만들었다. 깡마른 손가락이지만 그림자는 그것보다 더 가늘었다. 소문이 그렇듯이 말이다. 샤오치가 빨대를 잘근잘근 씹었다.

"다 사실이야."

"사실이라고?"

"내가 정말로 그랬어."

"왜?"

"설명하자면 복잡해."

"맙소사! 궈샤오치. 너에 대한 소문이 얼마나 많이 퍼졌는지 알아? 아무나 너랑 잘 수 있대. 넌 그런 애가 아니라고 얼마나 항변했는지 알아? 그런데 그게 사실이라고? 그럴 만한 이유가 있었겠지? 술 취했던 거야?"

"아니. 아주 말짱했어. 너무 말짱했지."

신신이 울음을 터뜨렸다. 샤오치는 그녀의 눈물을 보자마자 화가 나서 벌떡 일어나 나와버렸다. 자신이 울지 않는데 먼저 우는 사람이 있다는 걸 용납할 수가 없었다.

궈샤오치의 집으로 제적통지서가 날아왔다. 학점을 2분의 1

이상 채우지 못해 제적 대상자가 되었다는 내용이었다. 샤오치가 학교를 그만두겠다고 선언하자 그녀의 엄마가 착한 딸이 왜 이렇게 변했느냐며 울었다. 그러자 샤오치가 말했다.

"그 착한 여학생은 고3 때 죽었어."

그게 무슨 말이냐고 다그치는 엄마에게 그녀는 단 세 글자만 말했다.

"리궈화."

온 가족이 2초간 침묵했다. 텔레비전에서 치어리더들이 응원 구호를 외치고 이웃집에서 기르는 새가 열심히 모이를 쪼았다. 햇빛은 나뭇가지에 몸을 비벼 사각사각 소리를 냈다. 2초 동안 지구에서 수많은 사람이 죽고 또 그보다 더 많은 사람이 태어났다. 하지만 샤오치는 태어나는 것보다도, 죽는 것보다도 더 괴로웠다. 2초 후 그녀 아빠의 목소리가 산에서 쏟아져 내린 토사처럼 온 집안을 매몰시켰다.

"그런 짓을 하고도 시집 갈 수 있을 거 같아?"

"그런 짓이 뭔데요?"

"불륜!"

두 글자가 돌멩이처럼 날아와 샤오치의 미간을 후려쳤다. 샤오치가 등나무 의자 위로 쓰러지자 의자가 삐걱삐걱 소리를 냈다.

엄마가 새된 고함을 질렀다.

"감히 남의 가정을 깨뜨려? 난 너 같은 딸을 둔 적이 없어!"

아빠가 허공을 향해 주먹을 휘둘렀다.

"사기꾼 자식! 어린애를 꾀어 정조를 짓밟았어!"

샤오치의 눈물이 얼굴을 시뻘겋게 태웠다. 그녀가 말했다.

"우린 진심으로 사랑했어요."

아빠가 슬리퍼를 집어던지며 외쳤다.

"넌 늙은 놈이랑 붙어먹었어! 그 짓을 했다고!"

이제 보니 현관에 달린 방충문의 촘촘한 격자가 그물 같았다.

"엄마, 아빠, 나한테 그렇게 말하지 마세요."

"차라리 그 자식한테 가버려! 서로 사랑한다고? 그럼 그 자식한테 널 책임지라고 해!"

샤오치가 휴대전화를 집어 들고 나가려는데 엄마가 휴대전화를 낚아채 바닥에 팽개쳤다. 휴대전화 폴더가 입을 쩍 벌리며 바닥으로 내리꽂혔다. 핑크색 액정 글씨가 가늘게 웃으며 폴더 위로 지나갔다. 신발을 신으려는데 엄마가 등을 밀쳤다.

"뭘 잘했다고 신발을 신어?"

봄인데도 벌써 햇볕이 길 위를 뜨겁게 달구고 있었다. 맨발로 아스팔트 위를 걷는 건 화분이 말라 죽는 걸 지켜보는 기분이었다. 그녀는 맨발로 걸어 리궈화의 아파트로 향했다. 아파트 맞은편에서 길 하나를 사이에 두고 멈추어 섰다. 치러우 기둥에 몸을 기댄 채 발이 땅에 박힌 듯 꼼짝도 하지 않았다. 시간이 갈수록 그녀의 몸이 점점 썩어 뭉그러지기 시작했다. 오후가 되자 익숙한 구두와 바짓단이 택시에서 내렸다. 그를 부르려는데 목소리가 나오지 않았다. 바로 그때 택시의 다른 쪽 문에서 한 여학생이 내렸다. 샤오치보다 몇 살 어려 보이는 여학생이었다. 엘리베이터에 오르는 그들을 보며 샤오치는 눈이 멀어버리는 것 같았다.

집에 가려고 택시를 탔다. 미터기 아래 빨간 전자시계가 그녀를 찔러 흘러나온 피 같았다. 택시운전사는 그녀의 집이 어딘지 몰랐다. 무의식중에 택시운전사가 영원히 길을 잃고 헤매길 바랐지만 그녀 자신은 그걸 깨닫지 못했다. 부모님은 이 사실을 선생님 부인에게 알리겠다고 했다.

리궈화 부부와 샤오치의 부모, 샤오치가 호텔의 고급 레스토랑에서 만났다. 손님이 많지 않은 곳이라며 리궈화가 고른 장소였다. 하지만 샤오치 부모가 노점을 하고 있다는 걸 아는 그가 호화로운 인테리어로 시작부터 그들의 기세를 절반쯤 꺾어놓으려는 의도가 깔려 있었다. 리궈화의 아내가 그들을 만나기 위해 일부러 가오슝에서 올라왔다. 리궈화 부부와 샤오치 가족이 테이블을 사이에 두고 마주 앉았다. 샤오치 부모는 결혼식에 갈 때보다 더 신경 쓴 옷차림이었고, 샤오치는 가장 아끼는 유리컵을 깨뜨린 표정이었다. 그녀에겐 소중했지만 사실 편의점에서 나누어준 사은품으로, 어느 집에나 하나씩 다 있는 유리컵이었다.

샤오치 아빠가 언성을 높였다.

"리 선생님, 우리 샤오치를 사랑하십니까?"

리궈화가 오른손을 왼손바닥 위에 올렸다. 소박한 디자인의 결혼반지가 아직도 왼손 약지에 끼워져 있었다. 주름이 깊게 잡힌 손가락 관절이 반지보다도 더 굳은 약속의 징표 같았다. 그가 강의할 때 사용하는 여러 가지 말투 중에 굳이 중요하다고 말하지 않아도 학생들이 말투만 듣고도 그 단락에 별 세 개를 그리는 말투가 있었다. 리궈화가 별 세 개짜리 말투로 말했다.

"샤오치를 사랑합니다. 하지만 제 아내도 사랑합니다."

샤오치는 차라리 귀머거리가 되고 싶었다. 온몸의 땀구멍이 파르르 떨리고 솜털이 한 올 한 올 일어나 손을 번쩍 들고 질문했다.

'그날 택시에서 같이 내린 여학생은 누구죠?'

리궈화의 아내가 남편의 말에 울음을 터뜨리자 샤오치의 부모가 미안하다며 그녀에게 연방 머리를 조아렸다.

샤오치는 선생님의 구부정한 등을 보았다. 셔츠깃 사이로 그의 가슴팍에 난 작고 붉은 사마귀가 보였다. 지난 몇 년 동안 그의 아파트에 갈 때마다 그는 그 사마귀를 누르면 자신이 사람 잡아먹는 괴물로 변한다면서 도망치는 그녀를 붙잡으러 뛰어다녔다. 또 그녀의 새하얀 배에 '샤오치'라고 백 번 쓰면서 위진남북조 때 《박물지》에 보면 이렇게 하면 벌레처럼 영원히 그녀의 마음속에 들어갈 수 있다고 쓰여 있다고 했다. 그 사마귀는 선생님의 몸에서 머리를 내민 애벌레 같았다. 고개를 들자 리궈화의 아내가 집에 있는 불상처럼 눈물이 그렁그렁하면서도 대자대비한 눈빛으로 그녀를 보고 있었다. 그 순간 샤오치가 토악질을 했다.

레스토랑을 나오며 샤오치의 아빠와 리궈화가 서로 계산을 하겠다고 실랑이를 했다. 집에 돌아오는 길에 샤오치 아빠가 아내에게 말했다.

"못 이기는 척 계산을 미루길 잘했어. 호텔에서는 음료수 몇 잔만 마셔도 그렇게 비싸군."

리궈화는 아내와 함께 가오슝 집으로 돌아왔다.

집에 와서도 아내는 앉아서 쉬지 않고 선 채로 고개를 숙인 채 울었다. 눈물이 목까지 흘러내렸다.

"몇 번이었어?"

목소리가 고인 물처럼 짰다. 리궈화가 아내 앞에 서서 별 세 개짜리 말투로 말했다.

"한 번뿐이야."

그가 고인 물의 비유를 생각해낸 건 "바닷물을 마시면 사람이 갈증 나서 죽지"라던 고등학교 1학년 때 화학 선생님의 말이 떠올랐기 때문이다. 그는 삼투압 현상을 이해하지 못해 문과를 선택했지만 그 말의 시적인 분위기는 가슴에 강렬하게 남아 있었다. 바로 이 순간에도 그 장난스러우면서도 난해한 말이 떠올랐다.

"당신 말을 어떻게 믿어?"

아내의 말 속에 '내가 당신을 믿을 수 있게 해줘'라는 뜻이 담겨 있었다. 그가 힘없이 바닥에 주저앉았다.

"이십 년 동안 깨끗하게 살았어. 아빠로서 딸이 밖에서 만나길 바라는, 그런 사람이 되기 위해 노력했어."

"그런데 이번엔 왜 그랬어?"

그의 목소리가 더 아련해졌다.

"용서해줘. 그 애가 날 유혹했어. 차이랑이 그러더군. 어떤 학생이 내게 꼭 물어볼 게 있다고 했다고. 그때 한 번뿐이었어."

아내의 목소리가 떨리기 시작했다.

"어떻게 유혹했어?"

그가 커다란 손으로 눈가를 훔쳤다.

"그 애가 적극적으로 덤볐어. 처음부터 끝까지 전부." 그의 목소리가 더 커졌다. "그건 정말 악몽이었어!"

"하지만 흥분했잖아. 안 그러면 불가능했겠지."

"그래. 내 몸은 흥분했었어. 하지만 머리는 조금도 흥분하지 않았어."

"그 애를 사랑한다고 했잖아. 사랑해? 언제부터? 아까 그 말을 할 때부터?"

"아냐. 사랑하지 않아. 아까 그렇게 말한 건 걔 부모가 화를 낼까 봐 그랬던 거야. 걔가 어떤 앤지 당신은 몰라. 걔가 왜 날 함정에 빠뜨렸는지 나도 모르겠어. 날 협박했어. 나한테 수십만 위안을 뜯어내서 흥청망청 쓰더군. 명품을 사달라고 협박하기도 했어."

"나랑 상의했어야지!"

"용기가 없었어. 천벌을 받을 죄를 지었으니까. 나 자신이 미웠어. 잘못을 만회하고 싶었어."

"얼마나 오래됐어?"

그가 고개를 숙이며 목소리를 눌러 대답했다.

"이 년쯤. 협박당하는 동안 너무 괴로웠어. 하지만 지금 당신이 더 괴롭다는 걸 알아. 미안해."

아내가 일어나 자수 덮개가 씌워진 티슈곽을 집어 들었다.

"당신 힘으로 여고생 하나를 막아내지 못했다고? 어떻게 그럴 수가 있지?"

"그러니까 미안하다고 하잖아. 그땐 당신에게 어떻게 설명해야 할지 몰랐어. 그 앤 정말. 난 움직일 수도 없었어. 그 애가 다칠까 봐 겁이 났어. 갠 정말, 정말, 음탕해. 음탕한 애야!" 리궈화가 두 손으로 얼굴을 감싸 쥐며 눈물도 흘리지 않고 울부짖었다. "남자라면 누구나 저지를 수 있는 잘못이라고 말하지는 않을게. 내 자제심이 부족했어. 유혹당하지 말았어야 했어. 내 잘못이야. 용서해줘."

아내가 그의 앞에 앉아 조용히 코를 풀었다.

그가 계속 말했다.

"당신이 고통스러워하는 걸 보니 난 정말 쓰레기야. 유혹당하지 말았어야 했어. 난 정말 쓰레기야. 나 같은 건 죽는 게 나아!"

그가 탁자에 있던 페트병으로 자기 머리를 세게 후려쳤다. 아내가 천천히 페트병을 빼앗았다.

두 사람이 마주 앉아 페트병 안을 들여다보았다. 페트병 안에서 물결치던 오렌지색 음료가 서서히 잔잔해졌다. 30분쯤 지난 뒤 아내가 말했다.

"시시에겐 아무 얘기 하지 마."

샤오치 부모는 집에 돌아와 샤오치를 휴학시키는 방안을 상의했다. 이번에는 대학 교수와 무슨 일이 생길지도 모르는 일이었다. 샤오치는 옆에서 설거지를 하며 멍하니 듣기만 했다. 젓가락을 문질러 닦으며 신에게 소원을 비는 동작과 비슷하다는 생각을 했다. 리궈화와 룽산쓰에 갔을 때 민속문화에 대한 이야기를 들려주던 그의 모습은 아름답고 경건해 보였다. 그에게 어떤 종교를 믿느냐고 묻자 그는 이렇게 대답했다.

"내가 믿는 건 너뿐이야."

그 순간 샤오치는 선생님이 진심으로 자신을 사랑한다고 생각했다. 택시에서 내린 여학생은 누굴까? 엄지손가락으로 숟가락을 문질러 닦으며 선생님의 아파트에 갔을 때 엘리베이터 버튼에 어지럽게 묻어 있던 얼룩을 떠올렸다. 택시에서 내린 여학생은 누굴까? 손가락을 컵 속에 넣어 문지르며 처음 선생님의 아파트에 갔던 날을 떠올렸다. 그날 선생님의 아파트로 가는 차 안에서 차이량은 선생님이 그녀를 좋아한다고 했다. 아파트 안으로 들어가고 나서야 좋아한다는 말이 무슨 의미인지 알았다. 그런데 선생님, 택시에 같이 탄 여학생은 누구예요?

샤오치가 천천히 2층으로 올라갔다. 부모님의 걱정스러운 시선이 껌처럼 그녀의 몸에 달라붙었다. 상비약 상자가 복도의 작은 서랍장 위에 놓여 있었다. 두통약, 정장제, 항알레르기약 등등. 거기에 그녀를 치료할 수 있는 약은 없었다. 가슴이 갈기갈기 찢어지고 마음속이 텅 비어버렸다. 더 버틸 수가 없었다. 조각난 마음을 이어붙이는 것이 웅덩이의 물을 이어붙이는 것보다 더 어려웠다. 작은 캡슐이 빠각 하며 은박지를 뚫고 나오는 소리가 선생님의 아파트에 있는 어항 속 금붕어가 먹이를 먹는 소리 같았다. 약상자에 있는 약을 모두 쏟아 놓자 형형색색의 작은 쓰레기더미가 생겼다. 아무 남자든 가리지 않는 문란함을 고치려면 그에 맞는 약이 필요했다. 샤오치는 수북하게 쌓인 약을 전부 입에 털어넣고 침대에 누웠다. 유일하게 느낄 수 있는 감각은 배가 팽팽해졌다는 것이었다. 물을 너무 많이 마신 탓이었다.

눈을 떠보니 이튿날이었다. 그녀는 자기 자신에게 이렇게 실망해본 적이 없었다. 아래층으로 내려가 보니 부모님이 평소와 다름없이 텔레비전을 보고 있었다. 왼쪽 다리가 오른쪽 다리에 걸려 바닥에 쿵 쓰러졌다. 부모님에게 병원에 가야 할 것 같다고 말했다. 옷소매로 휴대전화를 감싸 쥐고 혼자 병상에 앉아 있다가 링거를 꽂지 않은 손으로 전화를 걸었다. 마흔 번을 걸었지만 전화를 받지 않았다. 그녀는 뙤약볕이 쏟아지는 무더운 날 자동판매기 앞에 서서 동전을 넣는 어린아이 같았다. 동전을 투입구에 넣는 족족 반환구로 떨어지자 갈증을 풀지 못한 아이가 발을 동동 구르며 초조해하는 것이다.

그녀가 문자메시지를 보냈다.

'선생님, 저예요.'

시간이 한참 지난 후에 휴대전화 진동이 울렸다. 폴더의 핑크색 액정글자가 지금이 한밤중임을 알려주고 있었다. 응급

실은 불을 끄지 않아 밤낮의 차이가 없었다. 그녀는 자신이 그렇게 오랫동안 병상에 누워 있었다는 것도 그제야 알았다.

폴더를 열어 보니 리궈화의 답장이었다.

'난 널 사랑한 적이 없어. 처음부터 끝까지 널 속였어. 모두가 그렇게 말하는데도 넌 왜 믿지 않니? 전화하지 마. 내 아내가 널 용서하지 않을 거야.'

샤오치는 한참 동안 그걸 읽고 또 읽다가 문득 예전에 선생님이 했던 말이 떠올랐다. 선생님은 휴대전화 버튼을 누르며 순진한 미소와 함께 말했다.

"난 동굴에 사는 원시인이야. 문자메시지를 보낼 줄 몰라."

그는 그녀에게 문자메시지든 글이든 써준 적이 없었다. 이제 보니 그녀에게 어떤 증거도 남기지 않으려는 것이었다. 그녀는 지난 몇 년 동안 그를 사랑했다. 휴대전화 액정화면 위로 떨어진 눈물에 '선생님'이라는 세 글자가 커지고 비틀어졌다.

퇴원해서 집에 돌아온 후 샤오치는 리궈화에게 받은 책을 모두 태워버렸다. 커다란 향로에 한 권씩 던져 넣을 때마다 불꽃이 화르르 소리를 내며 시뻘건 혀를 위로 날름거렸다가 다시 급하게 움츠러들었다. 불빛이 책장을 비추어 만들어낸 금색 빛무리가 천사의 아우라처럼 검은 글씨를 에워싼 뒤 조금씩 안으로 침식해 들어갔다. 책 속에 담긴 희망, 격려, 순수함, 깨끗함이 차례차례 재로 변했다. 제일 뜯기 힘든 건 표지였다.

특히 표지가 코팅된 몇 권은 찢기가 힘들었다. 다행히 그녀가 리궈화를 만나며 유일하게 얻은 것이 인내심이었다. 그녀는 뒹굴고 아우성치고 몸부림치는 종이들을 한 장 한 장 불살랐다. 고민을 안고 잠들려는 사람처럼 몸을 동그랗게 말았다. 그녀는 생각이 많은 성격이 아니었지만 이 순간만큼은 화로 속에 들어가 있는 것 같았다.

어느 날 새벽 술을 마시고 잠들었던 첸이웨이가 잠에서 깨어 보니 이불을 쥔 손이 축축했다. 이원을 깨우지 않으려고 조심스럽게 일어나 자기 뺨을 두드리며 욕실로 들어갔다. 욕실 불을 켜자 거울 속 그의 얼굴이 손바닥 모양의 핏자국으로 뒤범벅되어 있었다. 그는 흡사 불가사의한 표정으로 텅 빈 자기 손바닥을 내려다보는 그리스 비극 속 주인공 같았다. 무대 조명 같은 욕실 불빛이 거꾸로 매달린 튤립처럼 그를 감쌌다. 급하게 세수를 하고 방으로 가서 불을 켰다. 이불을 들추자 침대 오른쪽에서 잠들어 있는 이원의 하반신에 피가 흥건했다. 어젯밤 늦게 귀가해 구둣발로 이원을 걷어차던 장면이 그의 눈앞을 스쳐 지나갔다. 좁은 구두 앞코가 독사머리처럼 그녀를 향해 날아가 두 다리를 끌어안고 웅크린 등에 내리꽂혔다. 이원이 "하지 마요! 하지 마요!"라고 계속 울부짖었다. 하지만 사실 이원이 외친 건 "아기, 아기!"였다.

첸이웨이의 부모까지 달려와 그녀를 병원으로 옮겼다. 그녀는 수술실에서 일반 병실로 옮겨진 뒤 곧 의식을 회복했다. 첸이웨이가 그녀의 손을 잡고 병상 옆에 앉아 있었다. 그녀는 마약처럼 창백했다. 창밖에서 새가 봄을 노래하고 있었다. 이원의 표정은 생애 최고로 황홀한 꿈을 꾸고 깨어난 뒤 좋은 꿈이 악몽보다 더 무섭다는 걸 깨달은 사람 같았다. 그녀가 세상 만물에 호기심이 충만했던 시절의 목소리로 물었다.

"아기는요?"

그녀는 꽃소식이 잘못 알려진 벚나무 숲처럼 처연했다. 사람들이 도시락 바구니를 들고 숲을 찾아갔지만 벚꽃은 어제 내린 비에 모두 땅에 떨어져 있고 하트 모양의 꽃잎이 뭉그러져 한없이 처량해 보이는 그런 숲.

"아기는요?"

"미안해, 이원. 다시 가지면 돼."

이원이 말없이 그를 응시했다. 알아들을 수 없는 언어로 쓰여 있는 사람을 쳐다보는 눈빛이었다.

"당신이 무사한 게 제일 중요해. 안 그래?"

이원이 몸을 부르르 떨었다. 모터가 웅웅 소리를 내며 완전히 예열되어 튕겨져 나가려는 찰나에 훅 꺼져버렸다.

"힘이 없어요."

"그럴 거야. 의사가 충분히 휴식을 취하라고 했어."

"아뇨. 손 말이에요. 손을 놔줘요. 내가 빼낼 힘이 없어요."

"이원."

"날 놔줘요. 제발."

"그럼 조금만 있다가 다시 잡아도 될까?"

"모르겠어요."

"날 사랑하지 않아?"

"첸이웨이, 내 말 잘 들어요. 방금 꿈에서 아기가 잘못됐다는 걸 알았어요. 어쩌면 그럴 운명이었는지도 몰라요. 아기가 이런 가정에서 태어나는 건 나도 바라지 않아요. 아기에게도 잘된 일이고 날 위한 일이기도 해요. 아기 덕분에 내가 다시 혼자가 되었으니까. 내 말 알아듣겠어요?"

"이혼하자는 거야?"

"난 정말 힘이 없어요. 미안해요."

이원이 빛을 잃은 눈동자로 천장의 타일을 셌다. 밖에는 여전히 새가 지저귀고 있었다. 학창 시절 교문 앞에 서 있으면 휘파람을 불고 지나가던 남학교 학생들처럼. 그녀는 첸이웨이가 밖으로 나가는 소리를 조용히 듣고 있었다. 그가 울부짖는 소리가 복도에 메아리쳤다.

이원이 쓰치에게 전화를 걸었다.

"여보세요? 쓰치니? 드디어 전화를 하게 됐구나. 정말 반가워."

쓰치는 이원의 집에 전화를 걸 때마다 "여보세요?" 하는 이원의 목소리가 예전에 책을 읽어주던 목소리와 비슷했다는 생각을 했다.

"쓰치, 시험 잘 봤니? 미안해. 아무리 생각해도 돌려서 물어볼 수 있는 말이 생각나지 않았어."

"성적이 나왔어요. 우리 둘 다 문과 일 지망에 합격할 수 있을 것 같아요. 면접관 앞에서 갑자기 입에 변비가 걸리지 않는다면요."

둘 다 웃음을 터뜨렸다.

"잘됐다. 내가 대입시험을 치를 때보다도 더 떨리더라."

"언니는요? 잘 지내요?"

이원이 아주 느릿느릿 말했다.

"나 집에서 나왔어. 아기를 유산했어."

쓰치가 깜짝 놀랐다. 이원이 집에서 나온 것과 아이의 유산을 함께 얘기한 것이 어떤 의미인지 알고 있었기 때문이다. 이원은 쓰치가 그걸 알아차리리라는 걸 알고 있었고, 쓰치도 이원이 그걸 안다는 걸 알고 있었다. 이원이 먼저 말했다.

"난 괜찮아. 정말이야. 이제 하루 세 끼 전부 케이크를 먹을 수도 있어."

전화기 저편에서 쓰치의 흐느낌이 들렸다. 이원은 휴대전화를 얼굴에서 멀리 떼고 작은 어깨를 들썩이는 쓰치의 모습이 눈에 보이는 것 같았다.

쓰치가 말했다.

"뭐 이런 세상이 다 있어요? 어째서 피해자가 입 다무는 걸 교양이라고 해요? 어째서 남을 때린 사람이 텔레비전 광고에 나오죠? 정말 실망스러워요. 언니에게 실망한 건 아니에요. 이 세상이든 인생이든 운명이든 아니면 신이라고 부르든 뭐라고 부르든 정말 형편없어요. 요즘은 소설을 읽다가 인과응보 해피엔딩으로 끝나면 울음이 나와요. 세상에 아물 수 없는 고통이 있다는 걸 사람들이 인정했으면 좋겠어요. 아픈만큼 성숙해진다는 말이 제일 싫어요. 이 세상에 한 사람을 완전히 파멸시키는 고통이 있다는 걸 사람들이 인정했으면 좋겠어요. '그래서 모두 행복하게 살았답니다' 같은 서정적인 결말이 싫어요. 왕자와 공주가 결국에는 결혼하는 해피엔딩이 혐오스러워요. 그런 긍정적인 사고가 얼마나 세상에 영합하는 비열한 결말인지! 그런데 내가 그것보다 더 원망하는 게 뭔지 알아요? 차라리 내가 세속에 영합하는 사람이면 좋겠어요. 차라리 내가 세상의 이면을 본 적도 없는 무지한 사람이면 좋겠어요."

흐느낌에 그녀의 말소리가 흐릿해졌다. 이원은 눈물범벅이 된 쓰치의 얼굴이 눈앞에 떠올랐다.

그때 쓰치는 리궈화의 아파트에 있었다. 휴대전화 폴더를 닫자 옆집 부부가 섹스하는 소리가 들렸다. 여자의 신음소리가 소프라노 가수의 화려한 콜로라투라 같았다. 그 소리가 쓰치의 눈물을 막았다. 전혀 더럽거나 외설적으로 들리지 않았다. 그건 만족의 신음소리였다. 말없이 오렌지주스를 마시고 일기를 쓰며 선생님을 기다렸다. 은박으로 싸인 상자 안에 오렌지 알갱이가 섞인 농축과즙주스가 담겨 있었다. 옆집 남녀의 소리가 갑자기 끊겼다. 여자의 고성이 허공에서 우뚝 멈추었다. 이제 보니 포르노 영화를 보고 있었던 모양이다. 쓰치는 참담했다. 주변의 모든 것이 황당한 그녀의 인생을 손가락질하는 것 같았다. 그녀의 인생은 남들과 달랐다. 그녀의 시간은 똑바로 흐르지 않고 왕복달리기를 하고 있었다. 아파트에서 모텔로, 모텔에서 아파트로, 종이 위에서 볼펜으로 똑같은 선을 계속 왕복하며 그리다 보면 결국에는 종이가 찢어져버린다. 나중에 이팅은 쓰치의 일기에서 이런 대목을 읽게 될 것이다.

"내가 처음으로 죽음을 생각했을 때 사실 나는 이미 죽은 것이었다. 인생은 옷처럼 그렇게 쉽게 벗겨지는 것이다."

쓰치가 이팅과 사는 집으로 돌아왔다. 하늘 색깔이 죽어서 뒤집어진 물고기의 희멀건 뱃가죽 같았다. 이팅이 거실 테이블에서 숙제를 하고 있었다. 쓰치가 말을 걸자 고개를 드는 이팅의 눈동자 속에서 빙하가 무너져 내렸다. 이팅이 펜을 든 손을 멈추고 입술로 말했다.

'You smell like love.'

펜 끝에 매달린 작은 인형이 가늘게 몸을 떨었다.

"왜 영어로 말해?"

쓰치의 말투에 화가 묻어 있었다.

'왔니?'

이팅이 짧게 입술로 말하고 고개를 숙였다.

"날 보지도 않으면 어떻게 얘기를 해?"

쓰치가 자기 입술을 가리키며 말하자 이팅이 불쑥 짜증을 냈다.

'남들은 '우리'가 왜 이렇게 대화하는지 이해하지도 못하고 무슨 얘기를 하는지도 알지 못해. 나와 너 사이에는 보이지 않는 끈이 있어. 난 그게 자랑스러워. 그런데 '너희'는 어때? 너희만의 언어가 있니? 그의 눈을 가리고 둘 중 한 명을 선택하라고 하면 내가 아니라 널 선택할 수 있을까? 그가 네 표정을 읽을 수 있어? 네 얼굴만 보고 네가 오늘 배가 아니라 머리가 아프다는 걸 알아맞힐 수 있어?'

쓰치의 눈에 점점 힘이 들어갔다.

"날 질투하는 거야, 아니면 그 사람을 질투하는 거야?"

'나도 몰라. 아무것도 몰라. 우리 사이에 '우리'만의 언어 말고 또 뭐가 있어? '너희' 사이에 언어도 없는데 뭐가 있을 수 있겠어? 나는 거의 집에 혼자 있어. 네가 집에 들어올 때마다 유창한 외국어를 뽐내는 것 같아. 낯선 사람 같아.'

"그렇지 않아. '그곳'에서 난 말하지 않고 듣기만 해."

'너랑 말싸움하고 싶지 않아.'

"나도 너랑 말싸움하기 싫어."

이팅이 계속 입술로 말했다.

'선생님과 사모님은 오래 같이 살았어. 선생님은 사모님이 괴로워하는 표정을 본 적이 있을 거야. 잔인하지만 이 말은 꼭 해야겠어. 선생님은 책임감 있는 사람이야. 확신이 드는 일만 하지. 그런데 우리는 자라면서 상처를 받아본 적이 없어. 이상한 건 네가 지금 최고로 행복해 보이면서 또 최고로 고통스러워 보인다는 거야. '우리'의 언어로도 고통을 떨쳐버릴 수 없니?'

쓰치의 표정은 도둑이 들어 난장판이 된 집에 들어서는 사람 같았다.

"내가 괴롭다고 말하길 원해? 괴롭냐고 묻는다면, 그래, 괴로워. 하지만 너만이 선생님을 사귀며 둘만의 언어를 만들어 낼 수 있다고 믿는다면 그건 나와 선생님 둘만 있는 걸 네가 보지 못해서 그런 거야. 아니면 선생님이 사모님과 있는 걸 보지 못했거나. 우리 아파트 전체가 바다에 빠져도 선생님은 아마 시시만 구할 거야."

쓰치가 고개를 저으며 말을 이었다.

"고통스럽지 않아. 하지만 언어도 없어. 그저 학생과 선생님이 나누는 대화일 뿐이야."

이팅이 입에 담기 힘든 말을 하듯 입술을 격하게 움직였다.

'정말 이상해! 싫지도 않지만 진심으로 사랑하지도 않는다는 거야? 거짓말! 거짓말! 거짓말쟁이! 그건 네 말대로 되는 게 아니야. 넌 지금 선생님을 죽도록 사랑하고 있어.'

"아니야."

'맞아!'

"아니야."

'맞아!'

"내가 아니라면 아닌 거야."

'맞다니까!'

"넌 아무것도 몰라."

'넌 날 속일 수 없어. 너희는 너무 티가 나. 네가 문을 열고 들어올 때부터 냄새가 나. 무슨 냄새냐고? 진정한 사랑의 냄새.'

"뭐라고?"

'너의 온몸에서 욕정의 냄새, 밤의 냄새, 속옷 냄새가 나! 너의 온몸이 속옷이야!'

"닥쳐!"

'손가락 냄새, 침 냄새, 거기 냄새!'

"닥치라니까!"

'성인 남자의 냄새! 정…… 정액 냄새.'

이팅의 얼굴은 드넓은 전쟁터 같고 주근깨는 연기가 피어오르는 불더미 같았다.

"넌 네가 지금 뭘 부러워하고 있는지도 모르지. 넌 너무 잔인해. 우린 고작 열세 살이었는데……."

쓰치가 엉엉 울음을 터뜨렸다. 두 뺨을 타고 흘러내린 눈물에 입술이 녹아 흩어졌다.

이팅은 정말 아무것도 몰랐다.

이원은 집을 나온 뒤 다시 들어가지 않았다. 딸의 눈치를 살피는 부모님의 눈빛을 참기가 조금 힘들었다. 아침저녁으로 딸에게 조심스럽게 인사를 하는 부모님의 목소리가 벽돌처럼 마음을 짓눌렀다. 얼마 후 자기 명의의 3층집으로 이사하자 부모님이 정기적으로 딸을 보러 왔다. 부모님 집에 얹혀사는 것보다 훨씬 나았다. 청소와 정리를 하고 싶었지만 너무 지치고 피곤했다. 5년이었나, 6년이었나? 첸이웨이와 함께 살았던 시간이 꿈만 같았다. 완전히 악몽이었던 것은 아니다. 그녀는 첸이웨이를 사랑했다. 학생 시절에도 그녀는 논문 주제를 결정하고 나면 다른 데 한눈팔지 않고 오로지 그 주제에만 집중했다. 첸이웨이에게 이 세상은 아이가 엄마에게 젖가슴을 내놓으라고 하는 것처럼 아주 당연했다. 하지만 남녀가 유별한 나이가 되면 말솜씨도 유들유들해진 아이에게 가장 진짜 같은 공갈젖꼭지도 차마 줄 수 없는 법이다.

집을 나오던 날 고개를 돌려 뒤를 돌아보았다. 기세등등하게 솟은 아파트의 활짝 열린 정문 사이로 영롱한 크리스털 샹들리에가 이빨처럼 번뜩이고 있었다. 당장이라도 그녀를 잡아먹을 듯 입을 쩍 벌리고 있는 것 같았다.

이원은 하루도 편히 잠들지 못했다. 꽃무늬 벽지가 네 벽을 두르고 천장까지 이어진 방이 그녀를 가둔 예쁜 상자 같았다. 잠이 오지 않으면 거실에 내려가 영화 채널을 틀었다. 그녀는 상어가 사람을 잡아먹을 때도 울고 상어가 잡혀 죽임을 당할 때도 울었다. 그렇게 울다 지쳐 소파에서 잠이 들었다. 소파에서 은은한 소가죽 냄새가 났다. 냄새가 그녀의 호흡에 살포시 떠올랐다가 다시 내려앉았다. 그녀의 숨결이 소파의 숨결이 된 것 같았다. 소 등에 누워서 자면 이런 기분일 것이다. 까무룩 잠들었다가 깜짝 놀라서 깨어나 또 텔레비전을 보았다. 앞 영화에서 조연이었던 여배우가 10년 뒤 다른 영화의 주인공이 되어 있었다. 10년이라는 간격이 있지만 얼굴에는 달라진 게 없었다. 이원의 세월도 할리우드 여배우의 얼굴처럼 무감각하게 흘렀다.

어느 날 이원이 마오마오에게 전화를 걸었다.

"여보세요?"

"마오 선생님, 일하시는데 제가 방해했나요?"

"아니에요."

"뭐 하고 계셨어요?"

"스케치하고 있었어요. 하지만 제 손은 그림을 그리던 중이 아니라 펜을 집으러 연필꽂이로 다가가고 있던 중이에요."

그녀는 웃지 않았다. 그녀의 침묵은 잘못 고른 펜으로 그려 지워지지 않는 선 같았다.

마오마오가 말했다.

"저녁 먹는 걸 잊어버린 것 같아요. 빨리 끝내려고 급하게 일하다 보면 저녁은 편의점에서 때우는 일이 많아요. 생각해 보면 아깝죠. 사람이 살아 봤자 고작 몇 십 년이고 하루에 세 끼밖에 안 먹잖아요. 사모님 말대로 매 끼 먹고 싶은 걸 먹어야 할 것 같아요. 저녁 드셨어요?"

이원이 늘 그렇듯 질문과 상관없는 대답을 했다.

"지금 와주실 수 있어요?"

이원이 문을 여는 순간 마오마오는 어릴 적부터 닳도록 읽은 번역 소설의 원문을 마침내 읽은 기분이었다. 안경 쓴 그녀의 모습을 보는 건 처음이었다.

'당신은 그 어떤 고전보다 훌륭해요. 봐도 봐도 질리지 않죠.'

이원은 긴 소파의 이쪽 끝에 앉고 마오마오는 반대쪽 끝에 앉았다. 텔레비전에서 감독이 관객들을 웃기려고 의도하고 넣은 대목이 나오자 이원이 그제야 미소 지었다.

테이블 위에 렌즈통과 안약이 놓여 있고 슬리퍼는 효배筊杯* 처럼 하나는 바로, 다른 하나는 뒤집힌 채 바닥에 뒹굴고 있었다. 외투는 어깨가 봉긋하게 올라와 의자 등받이에 걸려 있고 원서는 펼쳐져 책등을 위로 한 채 테이블 위에 엎어져 있었다. 검은 무늬의 둔중한 대리석 테이블이 책갈피가 된 듯했다. 영화 세 편을 연달아 보다가 이원이 소파 등받이에 머리를 기대고 잠이 들었다. 허벅지 사이에 있는 아이스크림통 속 아이스크림이 모두 녹아 있었다. 마오마오가 조심스럽게 아이스크림을 가져다가 냉장고에 넣었다. 냉장고는 텅 비어 있었다. 냉장고 문을 닫다가 이원의 하늘색 홈웨어 허벅지 사이가 젖어 남색으로 변해 있던 것이 생각났다. 벌레처럼 구부정하게 접힌 영수증들이 테이블 위 바구니에 아무렇게나 담겨 있었다. 모두 패스트푸드점이나 편의점 영수증이었다. 팔걸이의자 위에는 대강 개킨 여름용 이불이 걸려 있고 의자 앞에 커피 찌꺼기가 바닥에 말라붙은 커피 잔이 놓여 있었다. 커피

* 대만 사람들이 점을 칠 때 던지는 초승달 모양의 패. 두 개가 짝을 이루며 각각 앞, 뒤가 나와야 소원이 이루어진다고 믿는다.

잔 가장자리에도 입술 모양의 자국이 있었다. 그 옆에 물잔이 또 놓였고 커피 그라인더의 열린 서랍 안에 원두분말 한 스푼이 남아 있었다. 그 흔적들이 그녀가 하루 종일 소파 주변을 떠나지 않는다고 말해주고 있었다. 슬리퍼 밑창이 바닥에 닿는 소리가 그녀를 깨울까 봐 슬리퍼를 벗었다. 텔레비전을 끄자 낯선 정적이 이원을 깨웠다. 그녀의 눈에서 눈물이 흘렀다.

"밤에도 같이 있어줄 수 있어요?"

마오마오가 대답하지 못하고 망설였다. 그녀의 고통을 이용하고 싶지 않았다.

그때 이원이 덧붙였다.

"집에 방이 많아요."

"그럴게요."

마오마오는 매일 퇴근 후에 집에 가서 물건을 챙겨서 이원의 집으로 갔다. 가지고 가는 물건이 조금씩 많아지더니 얼마 후에는 보석 디자인도 이원의 집에서 했다. 이원이 앞에 앉아 그림 그리는 그를 바라보았다. 두 사람 사이에 가로놓인 것은 절벽 같은 침묵이 아니라 절벽 중간에 있는 보석 광산 같은 침묵이었다. 이원이 멀리 있는 사람을 부르듯 조심스럽게 손을 흔들었다. 마오마오가 고개를 들자 이원이 읽던 책을 그의 앞으로 내밀며 손가락으로 한 단락을 가리켰다. 마오마오가 그림 그리던 손을 멈추고 그 단락을 읽었다.

"좋은 글이네요."

이원이 말했다.

"우리 두 사람과 비슷해요. 당신은 나와 비슷하지만 나보다 조금 더 온화해요."

그녀는 '당신이 내게 하는 것이 내가 첸이웨이에게 하는 것과 닮았어요'라는 말은 조용히 마음에 담았다. 이건 영원히 진부해지지 않을 사랑의 점층법이었다.

마오마오는 자기 컵에 물을 따르고 이원의 컵에도 물을 따라주었다.

"고마워요."

눈을 동그랗게 뜨고 말하는 그녀의 두 볼에 귀여운 보조개가 생겼다.

보조개를 술둥지라고도 부른다. 옛날에 술을 빚을 때 공기와 접촉하는 면을 최대한 늘리기 위해 누룩과 잘 섞은 오곡을 항아리 밑바닥만 남겨놓고 안쪽 벽에 발라 발효시킨 데서 나온 말이다. 마오마오는 그녀의 보조개 속에서 그녀의 속마음이 들여다보이는 것 같았다.

마오마오가 짧게 대답했다.

"천만에요."

그도 '당신보다 내가 더 기뻐요. 고마워해야 할 사람은 바로 나예요'라는 말은 마음속에 감추었다.

이원이 자러 올라가기 전에 거수경례를 흉내 내며 장난스럽게 말했다.

"안녕히 주무십시오."

'요즘은 당신이 꿈을 꾸며 우는 소리가 자주 들리지 않아요. 아침에 당신이 핑크색 운동복을 입고 털이 복슬복슬한 핑크색 슬리퍼를 신고 계단을 내려오죠. 두꺼운 근시안경 뒤에서 작아진 당신의 눈이 내게는 하나도 작아 보이지 않아요. 내가 파이를 먹고 나서 당신에게 줄 파이를 들고 나오면 당신은 울먹이는 척하며 '큰일났어요. 마오 선생님이 이렇게 챙겨주셔서 내가 폐인이 될 것 같아요'라고 말하죠. 밀가루반죽 지옥에 빠져서 평생 밀가루피를 만들고 싶어요. 당신이 그 위를 걷다가 배가 고프면 파먹을 수 있는 밀가루피를 만들고 싶어요.'

저녁에는 함께 영화를 보았다. 이원이 몸을 힘껏 뻗어 높은 곳에 있는 DVD를 꺼내며 "휴우" 하는 소리를 내고, 몸을 구부려 DVD플레이어 버튼을 누르면서 또 "휴" 하는 소리를 냈다. 마오마오는 도와주고 싶었지만 그녀의 행동이 정말 귀여웠다. 프랑스 영화를 볼 때는 마카롱을 먹어야 하고, 영국 영화를 볼 때는 스콘을 먹어야 하고, 러시아 영화를 볼 때는 러시안 소프트캔디를 먹어야 했다. 솜사탕처럼 부드러운 캔디를 먹다가 딱딱한 호두조각이 씹히면 꿈을 꾸다가 중간에 놀라서 깬 기분이었다. 나치 영화를 볼 때는 아무것도 먹지 않았다. 마오마오는 수시로 울컥 치미는 의문을 조용히 삼켰다.

'우리는 대체 무슨 사이예요?'

마오마오는 그녀와 단골카페에 원두 고르러 가는 것을 좋아했다. 카페 주인이 작은 삽으로 원두를 담을 때 그녀는 머리카락으로 귀를 막고 원두향을 맡으며 기쁨에 겨운 얼굴로 말했다.

"이건 꿀이에요. 방금 전 그건 너트고요! 이건 트뤼포고 방금 전 그건 키에슬로프스키예요!"

마오마오는 그녀에게 말하고 싶었다. 부뉴엘도 있고 건담도 있다고. 이 세상에는 아름다운 공정무역 커피가 많다고 말이다. 그는 이 세상을 대신해 그녀에게 미안하다고 사과하고, 그녀가 빼앗긴 6년을 보상해주고 싶었다. 그녀가 야시장을 구경하며 관광객보다 더 신기해하는 게 좋았다. 그녀의 얼굴에 맺힌 땀방울이 이슬 같았다. 그녀가 장난감 기계 앞에서 잠에 취한 꼬리처럼 스커트 자락을 바닥에 늘어뜨린 채 쪼그리고 앉아 캡슐토이를 뽑는 것이 좋았다. 그녀가 10위안짜리 동전 여섯 개를 손에 쥐고 어떤 걸 뽑아야 할지 몰라 망설이고, 결정한 후에는 어떤 것이 나올지 내기를 하고, 진 사람이 이긴 사람에게 펄밀크티를 사주기로 하는 것이 좋았다. 그녀가 내기에 져서 펄밀크티를 백 잔 넘게 빚지고도 사주지 않는 것이 좋았다. 카페 주인이 그에게 여자친구가 참 예쁘다고 칭찬할 때만 자신의 고통을 잠시 상기했다. 집에 있을 때 그녀의 옆얼굴이 근시안경에 굴절되어 오목하게 들어가 보이는 것이 좋았다. 어릴 적 책에서 물컵에 꽂아놓은 빨대가 꺾이는 이유를 읽었지만 그는 영영 모르는 걸로 하고 싶었다. 쉽게 꺾이는 모든 사물이 한 번 꺾여도 또 쉽게 메워져 다시 온전해질 수 있다고 믿고 싶었다. 아침에 그녀의 눈에 매달린 눈곱도 보고, 그녀가 변기를 내리는 소리도 듣고, 그녀의 땀에 젖은 수건 냄새도 맡고, 그녀가 먹다 남긴 음식도 먹었다. 그녀가 잘 때 작은 양 인형을 옆에 두고 잔다는 것도 알았다. 하지만 그 자신은 아무것도 아니라는 걸 알고 있었다. 그는 그저 그녀를 너무 사랑할 뿐이었다.

마오마오가 소파를 톡톡 두드렸다. 주름진 그림자라고 생각했는데 다시 보니 이원의 긴 머리카락이었다. 머리카락을 살짝 집어 올렸다. 손가락에 감으니 열두 번이나 감겼다. 그녀가 일본어로 "나 왔어요"라고 말하는 것도 좋지만 "왔어요?"라고 말하는 게 더 좋았다. 역시 제일 좋은 건 밥을 먹기 전 식탁 위에 대칭으로 나이프, 포크, 물잔, 접시를 차려놓는 것이었다. 식탁 위에서 그녀와 한 쌍이 될 수 있는 것으로 족했다.

궈샤오치는 퇴원해서 집에 돌아간 후 인터넷 게시판에 글을 썼다. 리궈화의 실명을 밝히고 고3 때 리궈화가 차이량과

짜고 자신을 유인한 뒤 강간했으며 자신은 두려움 때문에 리궈화와 '그런 관계'를 2~3년 동안 유지했고 최근 리궈화에게 다른 여학생이 생기면서 관계가 끝났다고 했다.

리궈화를 만나는 동안 샤오치는 자기 고통의 크기가 너무 커서 지구상의 모든 사람에게 똑같이 나누어주어도 그들 모두 숨을 쉴 수 없을 것이라고 생각했다. 그녀는 어릴 적부터 FBI의 강력사건을 소재로 한 미국 수사 드라마를 즐겨 보았다. FBI에서는 일곱 명을 죽이면 도살이라고 불렀다. 그런데 그 일곱 명이 모두 자살하면 어떻게 될까? 그녀는 자기 이전에 또 다른 여학생이 있었고 자기 이후에도 또 다른 여학생이 있다는 걸 상상할 수가 없었다. 글을 다 쓰고 확인 버튼을 클릭하며 그녀는 오직 한 가지 생각밖에 없었다. 이 일을 멈추게 해야 한다는 것. 글이 올라가자마자 댓글이 달렸다. 하지만 그녀의 예상은 완벽하게 빗나갔다.

'그러고서 그 남자한테 얼마를 받았냐?'

'원조교제네.'

'이제 보니 학원 강사가 끝내주는 직업이었어.'

'불륜녀는 뒈져버려.'

'그 남자 와이프가 불쌍하다.'

'경쟁 학원 강사가 올린 글인가.'

'어차피 같이 즐긴 거잖아?'

댓글 하나하나가 비수가 되어 그녀에게 날아와 꽂혔다.

사람들은 타인의 고통에 대해 일말의 상상력도 없었다. 돈과 권력을 가진 남자와 젊고 예쁜 불륜녀, 눈물을 흘리는 조강지처의 조합은 자세히 들여다볼 것도 없이 황금시간대 막장드라마 속 스토리로 치부되었다. 그들은 이 세상에 죽음보다 더 끔찍한 고통이 있다는 걸 인정하지 않으려 했다. 그걸 부정하지 않으면 자신들의 작디작은 평화가 너무 이기적으로 보인다는 걸 무의식적으로 알고 있기 때문이다. 너도 나도 앞다투어 자신을 '루저'라고 칭하는 시대에 진정한 루저인 여자들이 이 세상에 존재한다는 걸 아무도 인정하지 않으려 했다. 이런 고통과 행복은 동전의 양면과도 같다. 사람들은 작은 행복을 누리며 입으로는 작은 고통을 외치고 있다. 누군가의 적나라한 고통이 눈앞에 다가오면 그들의 안락함은 비루해지고 고통은 가볍게 보인다.

줄줄이 달린 댓글이 서슬 퍼런 칼이 되어 그녀를 난도질했다. 죄는 선생님의 것이지만 그녀의 몸도 그곳을 벗어날 수 없었다.

차이랑이 리궈화에게 인터넷에 그에 관한 글이 올라왔다고 알려주었다. 게시글을 읽으며 리궈화의 머릿속에 짧은 리스트가 만들어졌다. 차이랑이 사람을 시켜 조사해보니 글쓴이의 아이디는 궈샤오치의 것이었다. 리궈화는 화가 치밀었다.

20년 동안 자신에게 이렇게 복수한 여학생은 한 명도 없었다.

학원 사장도 그를 불러 말했다.

"그 아이 손 좀 봐줘야겠군요."

그 말을 떠올리며 리궈화의 입가에 한 줄기 웃음이 걸렸다. 진부한 홍콩 느와르 속 대사처럼 들렸다.

며칠 뒤 차이량이 리궈화를 찾아와 샤오치가 여전히 그 아이디로 자기 글에 달린 댓글에 댓글을 달고 있다고 얘기했다. 자신이 속아서 강간당했으며 리궈화가 자신에게 10만 위안을 억지로 쥐여준 이유를 이제야 알았다고 썼다는 것이었다. 리궈화와 차이량이 마주 보고 앉았다. 소파가 사막의 모래 속으로 빨려 들어가는 것처럼 푹신했다. 그는 차이량의 다리 쪽으로 심드렁한 시선을 옮겼다. 리궈화가 사준 명품 구두가 발끝에 반쯤 걸려 있었다. 오른쪽 다리가 왼쪽 다리 위에 포개져 있고 아양 부리듯 까딱거리는 오른쪽 종아리 위에 면도 후 새로 자라난 다리털이 수염 자국처럼 한 올 한 올 머리를 내밀고 있었다. 리궈화는 그걸 보며 요즘 가오슝에서 만나는 애가 없어서 팡쓰치를 만나러 타이베이로 올라올 때마다 수염이 유난히 빨리 자란다는 생각을 했다. 호르몬 때문일 수도 있고 다른 이유가 있을 수도 있다. 쓰치의 작은 젖가슴에 까끌까끌한 수염을 비비면 살갗이 하얗게 쓸린 뒤에 곧바로 붉게 부어올랐다. 반투명한 도자기 반죽 위에 빨간 주사로 풍경을 그려

넣는 것 같았다. 이 아둔한 여자들, 겁탈당하고도 그 사실을 제 입으로 말하는 천한 여자들. 하물며 차이랑도 욕실에 앉아 거품을 내어 다리털을 깎을 줄 아는데 어떻게 그렇게 바보 같은 여자들이 있을 수 있을까. 그를 이해하는 사람은 없었다. 이 세상 모든 이해를 다 합쳐도 그의 수염자국이 그를 이해하는 것의 반의 반에도 미치지 못했다. 옛날 그가 하루 세 끼도 겨우 먹을 만큼 가난한 대학졸업생이었을 때, 그때였다면 이렇게 바보 같은 여자아이가 자기 앞날을 망치게 만들지 않았을 것이다.

리궈화는 타이베이로 올라오자마자 쓰치에게 연락했다.

선생님이 탄 택시가 도착하기 전 쓰치와 이팅은 대학에 합격하자마자 제일 먼저 하고 싶은 일에 대해 얘기하고 있었다. 이팅이 프랑스어를 배우겠다고 하자 쓰치의 눈동자가 반짝였다.

"프랑스 학생이랑 언어교환을 하자. 프랑스어를 배우면서 중국어를 가르쳐주는 거야."

이팅이 말했다.

"중국어를 엉터리로 가르쳐줄까? '워아이니我矮你'*라든가."

둘이 웃음을 터뜨렸다.

* '사랑한다'는 뜻의 '워아이니(我愛你)'와 발음이 같지만 성조가 다르다.

쓰치가 말했다.

"어떤 외국어를 배우든 '사랑한다'라는 말을 먼저 배워. 그런데 우리가 누군가에게 사랑한다고 말할 수 있을 정도가 되려면 얼마나 많은 시간과 노력을 들여야 하는지는 아무도 몰라."

이팅이 웃었다.

"우리가 외국에서 여권을 잃어버리면 아마 길에서 '사랑해', '사랑해'만 중얼거릴 거야."

쓰치가 말했다.

"대단한 박애주의자라니까."

둘이 또 웃었다.

이팅이 말했다.

"남들은 길에서 돈을 구걸할 때 우리는 사랑을 구걸하겠구나."

쓰치가 벌떡 일어나 까치발을 들고 제자리에서 한 바퀴 돌며 두 손을 펼쳐 너울거리고는 이팅에게 손키스를 날렸다.

"사랑해."

이팅이 그걸 보고 웃다가 의자에서 굴러 떨어졌다. 쓰치가 다시 앉았다.

"이 세상에 감정이 메마른 사람은 없어. 너무 많아 흘러넘쳐서 문제지."

이팅이 바닥에 쪼그리고 앉아 고개를 들어 쓰치를 쳐다보았다.

"나도 사랑해."

그때 밖에서 자동차 클랙슨 소리가 들렸다.

쓰치가 천천히 몸을 일으켰다. 그녀의 눈동자가 흔들렸다. 쓰치가 이팅을 일으키며 말했다.

"내일 올게. 이런 얘기 하는 거 정말 재밌다."

이팅이 고개를 끄덕였다. 택시가 출발할 때도 이팅은 커튼 사이로 밖을 내려다보지 않았다. 그녀가 집 안에서 조용히 웃으며 중얼거렸다.

"사랑해."

리궈화가 쓰치를 번쩍 안아 올려 거실에서 침실로 데리고 들어갔다. 쓰치가 그의 품에서 말했다.

"오늘은 안 돼요. 생리 중이에요. 죄송해요."

리궈화가 기묘한 미소를 지었다. 그건 실망이 아니라 분노에 더 가까웠다. 그의 얼굴 위 주름 하나하나가 떨리고 있었다. 쓰치를 침대에 내려놓자 마른 꽃이 물을 만나 벌어지듯 몸이 펴졌다. 그녀가 스커트를 꽉 눌렀다.

"오늘은 정말 안 돼요. 생리 중이라고요." 그리고 도발하듯 물었다. "선생님은 피를 무서워하시잖아요?"

리궈화의 얼굴 위로 그녀가 한 번도 보지 못했던 표정이 떠올랐다. 악당이 괴물로 변하는 할리우드 영화 속 특수효과의

한 장면 같았다. 온몸의 근육이 부풀어 오르고 시퍼런 핏줄이 툭툭 불거졌다. 눈의 가장자리에서 시작된 빨간 핏줄이 정자처럼 눈의 난자를 향해 헤엄쳐갔다. 그의 몸이 당장 터질 듯 호두로 가득 찬 자루가 된 것 같았다. 그러다 순간적으로 다시 누그러져 온화하고 인정 많고 시처럼 감수성 풍부한 선생님으로 돌아왔다. 쓰치에게 그는 '내게 모과를 던져주기에 옥으로 갚은*' 사람이었다. 그 사람이 그녀의 팬티를 찢었다. 그녀는 또 이것이 현실인지 환각인지 혼란스러웠다.

"좋아."

그의 이 말이 무슨 뜻인지 알 수 없었다. 그가 몸을 숙여 입을 맞춘 뒤 이불을 잘 덮어주었다. 그녀의 몸이 침대 시트와 이불 사이에 갇혔다. 그가 침실 문틀에 손을 짚고 다른 손으로 불을 껐다.

"잘 자렴."

불이 꺼지기 전 쓰치는 그가 골동품을 깨뜨렸을 때만 떠오르는, 분노와 무관심이 뒤섞인 치기 어린 표정을 보았다. 잘 자라는 그의 인사가 작별인사처럼 들렸다.

불이 꺼지고 문이 닫힌 후 쓰치는 문 아래 틈을 응시했다. 문틈으로 새어 들어온 금빛 선이 중간에서 작은 어둠에 끊겼

* 《시경》 위풍(衛風)에 나오는 시의 한 구절.

다. 양쪽으로 일一자가 나란히 있는 것처럼 보였다. 리궈화가 문밖에 있는 것이다. 쓰치는 침대에 누운 채 옷의 양쪽 봉제선에 팔을 바짝 붙였다. 어떤 손이 몸을 자꾸 더듬고 어떤 것이 몸 안에서 움직이는 것 같았다. 그녀의 몸이 놀이공원이 되어 사람들이 그 위에서 롤러코스터를 타는 것 같았다. 사람들은 롤러코스터를 타며 즐거워하지만 롤러코스터는 즐겁지 않고, 사람들이 왜 즐거워하는지도 이해하지 못한다. 쓰치는 잠을 잘 수 없었다. 자신의 피부와 점막이 아무것도 기억하지 못하기를 바랐다. 머릿속 기억은 묻어버릴 수 있지만 몸의 기억은 그럴 수가 없었다. 문틈으로 들어오는 빛은 여전히 일 자 두 개였다. 옆자리와 시험지를 바꾸어 채점했다. 이팅의 시험지에 계속 동그라미를 쳤다. 채점이 끝나고 돌려받은 쓰치의 시험지에도 모두 동그라미가 쳐 있었다. 똑같은 점수의 시험지, 하지만 두 시험지가 맞이한 인생은 완전히 달랐다.

리궈화가 그녀를 어루만지며 온유향*의 출처를 조비연趙飛燕으로 잘못 얘기했다. 쓰치는 그의 손이 자기 몸에서 오래 머무는 걸 인내한 것이 그가 실수하는 순간을 기다리기 위함이었던 것 같았다. 리궈화가 욕망과 일 사이의 계단에 헛발을 디딘 채 거실과 침실 사이 문턱에 발이 걸려 넘어졌다. 쓰치

* 溫柔鄕 따뜻하고 부드러운 곳이라는 뜻으로, 미인의 처소나 미인의 부드러운 살결을 이르는 말. 한성제(漢成帝)가 조비연의 동생 조합덕(趙合德)을 두고 한 말.

는 자기 몸을 주무르는 그의 손을 느끼며 마음속으로 온유향은 조비연의 동생 조합덕을 두고 한 말이라고 반박했다. 자신이 존엄의 가장 낮은 하한선에 지탱되고 있는 것 같았다. 교실에서 강의할 때 선생님은 성별이 없다. 그녀의 몸 위에서 진자 운동을 하며 온유향의 출처를 잘못 말하는 선생님은 옷을 입고 있기도 하고 벗고 있기도 했다. 강의할 때 입는 검은 셔츠를 입고 있지만 바지는 입지 않고 있었다. 상의 벗는 걸 잊었는지 바지 입는 걸 잊었는지 알 수가 없었다. 선생님에게 "처음에 왜 그랬어요?"라고 물어본 적이 있다. 그때 선생님은 "사랑을 표현하는 방식이 너무 서툴렀어"라고 대답했다. 쓰치는 그의 대답이 만족스러웠다. 어느 누구도 그보다 단어를 잘 사용하지는 못할 것이고, 그 어떤 단어도 이보다 더 틀릴 수는 없을 것이다. 문학의 생명력은 가장 참담한 상황에서도 언어로 유머를 캐내는 데 있다. 그건 남들에게 떠벌이는 것이 아니라 조용히 자기 혼자 느끼는 즐거움이다. 문학은 쉰 살 아내와 열다섯 살 연인에게 똑같은 사랑시를 읊어줄 수 있는 것이다. 쓰치가 처음 외운 시는 조조의 단가행이었고 그건 선생님이 그녀에게 자주 들려준 시였다. 그녀는 선생님이 읊는 시를 들으며 마음속으로 시를 번역했다.

"달 밝고 별 드문데 까막까치 남으로 날아오누나. 나무를 서너 차례 맴돌았지만 의지할 가지 하나 없어라."

그녀는 새처럼 선생님의 어깨 너머로 크리스털 샹들리에의 가지가 몇 개인지 셌다. 몇 번이나 원을 그리며 셌다. 둥근 크리스털 샹들리에가 어른들이 모여 먹고 마시는 원탁 같았다. 선생님은 그녀의 왼쪽에 있기도 하고 오른쪽에 있기도 했다. 그녀의 시선이 크리스털 샹들리에 아래를 빙빙 맴돌며 가지를 셌다. 어디서부터 시작인지 어떻게 멈추어야 하는지 그녀는 아무것도 몰랐다.

문득 샤오쿠이가 떠올랐다. 만약 선생님과 사귀지 않았다면 샤오쿠이와 사귀었을 수도 있었다. 예의 바르고 점잖은 데다가 집안끼리도 어울렸다. 하지만 서로 고집을 부리기 시작하면 누구도 양보하지 않았다. 어릴 적 샤오쿠이의 집에서 그녀가 준 사탕을 발견했다. 샤오쿠이는 1년이 넘도록 그걸 상자 안에 고이 보관해두고 있었다. 특별히 예쁜 상자는 아니었다. 샤오쿠이가 그녀의 눈빛을 보더니 횡설수설하기 시작했다. 쓰치는 샤오쿠이가 이팅에게 못되게 구는 이유를 그제야 알았다. 샤오쿠이가 미국에서 보낸 엽서를 받고 그녀는 무덤덤했다. 답장도 보내지 않았다. 바닥이 보이지 않는 낭떠러지를 향해 계속 돌을 던지는 것은 그가 너무 비관적이어서일까, 너무 낙관적이어서일까? 어쩌면 샤오쿠이가 미국에서 또 다른 여자에게도 끈질기게 구애하고 있을지 모른다는 생각이 들자 기분이 가볍기도 하고 아프기도 했다. 샤오쿠이, 샤오쿠이에게는 나무랄 데가 없었다. 아니, 샤오쿠이는 너무 좋은 남자였다. 그의 엽서에서 영어의 비중이 점점 늘어났다. 향신료를 점점 많이 섞어서 점점 더 이국적인 분위기가 나는 레시피 같았다. 쓰치는 그를 좋아할 수 있었다. 다만 조금 늦은 것뿐이었다. 그런 타입의 남자를 정말로 좋아하는 건 아니지만 평소에 잘 볼 수 없는 고향에 대한 그리움이었다. 그런데 이런 생각이 드는 것이 선생님에게 죄를 짓는 것 같아서 괴로웠다. 생각하지 않으려고 할수록 머릿속 화면이 점점 또렷해졌다. 키가 큰 남자는 본 적이 없지만 얼굴에 어린 시절의 샤오쿠이의 흔적이 남아 있고 악보를 보는 눈이 악보처럼 흑백이 선명했다.

쓰치는 중학생 때의 그날을 기억하고 있었다. 이팅과 함께 집에 가다가 이팅이 작문 수업을 하러 리 선생님의 집에 간 동안 이원 언니 곁에 있어주고 싶다고 했다. 하지만 '곁에 있어주고 싶다'고 말한 걸 곧 후회했다. 자기 상처를 감출 이원 언니의 권리를 묵살한 것 같았기 때문이다. 아파트 로비에서 리 선생님을 마주치자 이팅이 쓰치를 끌고 선생님에게 다가가서는 수업 시간에 경극을 하는 학교 국어 선생님에 대해 이야기했다. 정교한 선물상자 같은 금색 엘리베이터가 세 사람을 가두었다. 누가 누구에게 주는 선물인지는 알 수 없었다. 쓰치는 이원 언니에게 사과하고 싶다는 생각뿐이었다. 그런데 이팅이 상기된 표정으로 리 선생님에게 얘기하는 걸 보며 이팅의 감정이 애틋한 사랑에 가깝다는 걸 알았다. 쓰치와 이팅의 목이 황금색 엘리베이터 손잡이에 닿았다. 7층에 도착했는데 이팅이 쓰치를 따라 내리지 않았다. 쓰치가 묻자 이팅이 웃으며 말했다.

"널 집에 데려다주고 우린 다시 내려갈 거야."

엘리베이터에서 내리는데 매끈하게 광을 낸 테라조 타일 바닥이 울퉁불퉁하게 느껴졌다. 쓰치는 자신의 신발이 너무 작고 야위어 보였다. 고개를 돌리자 무대의 막이 내려오듯 금색 엘리베이터 문이 서서히 닫히고 있었다. 쓰치가 선생님을 보고 이팅도 선생님을 보았다. 선생님은 쓰치를 보고 있었다. 아주 아주 긴 장면이었다. 선생님의 얼굴이 엘리베이터 안에 갇히는 것이 아니라 금색 엘리베이터 문이 따옴표가 되고 그 안의 내용이 더 높은 존재에 의해 제련되어 최종적으로 선생님의 얼굴만 남는 것 같았다. 문이 완전히 닫히기 전 선생님이 쓰치의 얼굴을 똑바로 쳐다보며 입술로 말했다.

'사랑해.'

입술을 벙긋거릴 때 입가의 팔자주름이 유난히 깊게 파였다. 주름이 잡혔다가 펴지고 또다시 잡혔다. 단층 사이에서 화산이 우뚝 솟았다가 굉음을 내며 폭발하는 것 같았다. 그 순간 마그마처럼 객관적이고 노골적인 그의 사랑이 피의 색과 토사물의 질감을 가지고 쏟아져 들어오는 듯했다. 그의 윗입술과 아랫입술이 움찔거릴 때 쓰치의 마음속 처녀막이 찢어졌다. 그녀는 선생님이 자신을 진심으로 사랑하고 있다고 생각했다. 그 후 그가 쓰치에게 입에 물라고 할 때마다 그녀는 당돌하면서도 모성 같은 감격을 느꼈다. 그녀는 감격에 겨워 생각했다. 선생님이 지금 자신의 가장 약한 곳을 자신에게 내어주고 있는 것이라고.

내일은 선생님이 날 데리고 어느 모텔에 갈까? 쓰치는 땀에 푹 젖은 몸을 뒤집으며 방금 전 그것이 꿈인지 자신이 누운 채 상상을 했던 건지 알 수 없었다. 문틈을 보았다. 금빛 선이 둘로 나뉘어 있었다. 선생님이 또 문밖에 서 있다.

정신이 몽롱했다. 방 안을 가득 채운 어둠에 그 빛이 도드라져 보이는 것이 아니라 그 빛이 선생님의 그림자를 대비시켜 강조해주는 것 같았다. 빛에 비추어 길게 늘어진 그림자가 어둠 속에 묻혔다. 어둠은 어디에나 있었다. 선생님의 슬리퍼가 어둠을 타고 문틈으로 비집고 들어오더니 곧장 이불 속으로 파고들어 그녀를 발로 찼다. 그녀는 지금처럼 무서웠던 적이 없었다.

문이 삐거덕 소리를 내며 천천히 열렸다. 전등이 환하게 켜지고 문짝이 벽에 세게 부딪히며 꽈당 하는 둔탁한 소리가 났다. 먼저 번개가 친 후에 천둥소리가 들리는 것처럼 그렇게.

선생님이 재빨리 그녀의 몸에 올라타 스커트 속으로 손을 쑥 뻗었다. 그가 낄낄거렸다.

"내가 속을 줄 알아? 생리 중이라면서?"

쓰치가 지친 목소리로 말했다.

"죄송해요. 오늘은 정말 피곤해요."

"피곤하면 거짓말을 해도 돼?"

"죄송해요."

선생님이 딱딱 손가락을 꺾었다. 샤워를 하러 가지도 않았다. 동물원에서 나는 냄새가 났다. 그가 그녀의 옷을 벗기기 시작했다. 이상한 예감이 들었다. 한 번도 그녀가 먼저 옷을 벗은 적이 없었다. 선생님의 거뭇거뭇한 수염자국이 주름과 뒤섞여 가시덤불에 휩싸인 미궁 같았다. 그녀는 평소처럼 머릿속으로 글짓기를 시작했다. 그러다가 갑자기 비명을 질렀다. 서로 맞물린 바퀴축이 날카로운 톱니로 서로를 찢어놓았던 것이다. 검붉은 피가 흘러나왔다.

"선생님 손에 있는 게 밧줄이에요?"

"다리 벌려."

"싫어요."

"널 때리게 만들지 마."

"선생님은 옷도 안 벗었는데 왜 벌려요?"

리궈화가 깊은 숨을 들이마시며 자신의 인내심에 감탄했

다. 온량공검양. 해병대에서 배워놓은 게 다행이었다. 이쪽은 외벌매듭, 저쪽은 옭매듭. 쓰치가 물에 빠진 사람처럼 팔다리를 허우적거렸다. 하지 마요! 하지 마요! 선생님도 벗으라고요! 이쪽에 다시 8자매듭, 저쪽에는 클로브 히치 매듭. 싫어요! 싫어요! 싫어요! 싫어요! 옳지. 게처럼. 목은 묶으면 안 돼. 죽으면 재미가 없으니까.

싫어요! 오장육부에서 터져 나온 외침이 그녀의 목구멍을 틀어막았다. 그렇다. 이런 감정이었다. 책장에 꽂힌 책을 뚫어져라 보았다. 책등에 쓰여 있는 글씨를 읽을 수가 없었다. 점점 선생님의 목소리가 들리지 않고 벙긋거리는 입만 보였다. 이팅과 쓰치가 어릴 때 했던 것처럼, 바위틈에서 샘물이 솟는 것처럼.

'잘됐어. 영혼이 육체를 떠나고 있어. 지금의 굴욕을 잊을 수 있을 거야. 내가 다시 육체로 돌아오면 나는 처음처럼 온전할 거야.'

다 됐다. 쓰치 엄마가 며칠 전 그녀에게 보낸 게도 그렇게 묶여 있었다. 리궈화가 겸손하게 웃었다. 온량공검양. 따뜻한 건 체액이요, 양호한 건 체력이며, 경축하는 건 처음 나온 피이고, 절약하는 건 콘돔, 양보하는 건 인생이었다.

팡쓰치의 생각은 틀렸다. 한번 육체를 떠난 그녀의 영혼은 되돌아오지 않았다.

며칠 뒤 궈샤오치의 집 현관문이 붉은 페인트로 뒤범벅되고 우편함 속에 편지 한 장이 얌전히 놓여 있었다. 편지봉투 안에는 사진 한 장만 들어 있었다. 게가 된 쓰치의 사진이었다.

3

복락원

復樂園

고등학교 졸업식이 열릴 무렵 이팅은 이원, 마오마오와 함께 타이중으로 쓰치를 보러 갔다. 흰 옷을 입은 간호사가 쓰치의 비쩍 마른 손을 잡고 아기 달래듯 말했다.

"누가 왔는지 볼래?"

해골처럼 야윈 쓰치의 얼굴 위로 눈알이 툭 둥그러져 있었다. 스타의 결혼반지, 다리 여섯 개가 커다란 다이아몬드를 붙잡고 있는 반지 같았다. 하나는 남반구에, 다른 하나는 북반구에 있는 듯했다. 서로 그토록 무관한 한 쌍의 눈은 본 적이 없었다.

간호사가 이팅과 이원에게 손짓했다.

"가까이 오셔도 괜찮아요. 해치지 않아요."

개를 두고 하는 말 같았다. 입을 꾹 다물고 있던 쓰치가 바나나 껍질을 까서 입에 넣었다. 그녀가 바나나에게 말했다.

"고마워. 나한테 잘해줘서."

이팅은 쓰치의 일기를 다 읽고 난 후에도 이원에게 보여주지 않았다. 이원 언니는 이제 행복해 보였다.

이팅은 타이베이로 올라가고 이원과 마오마오는 가오슝으로 내려갔다. 고속철도역에서 헤어질 때 이원이 참았던 울음을 터뜨리며 바닥에 주저앉았다. 사람들이 그녀의 올라간 스커트 자락 아래로 드러난 허벅지를 흘끔거리며 지나갔다. 마오마오가 그녀를 부축해 열차에 태우고 자리에 앉혔다. 마오마오는 몸을 들썩이며 우는 이원을 안아주고 싶었지만 말없이 천식약만 건넸다.

"마오마오."

"네, 얘기해요."

"쓰치가 얼마나 똑똑한 아이였는지 알아요? 얼마나 착하고 세상에 대한 호기심으로 가득 찬 아이였는지 알아요? 그런데 지금 그 아이가 유일하게 기억하는 건 바나나를 까먹는 법뿐이에요!"

마오마오가 천천히 말했다.

"당신 잘못이 아니에요."

이원의 울음소리가 더 커졌다.

"내 잘못이에요!"

"당신 잘못이 아니에요."

"내 잘못이에요. 내 고통에만 빠져 있었어요. 쓰치는 몇 번이나 내게 털어놓으려고 했어요. 하지만 내게 더 짐이 될까 봐 말하지 않았어요. 이젠 쓰치가 왜 저렇게 됐는지 아무도 모르잖아요!"

마오마오가 이원의 등을 토닥였다. 이원의 등이 구부러지자 척추가 도드라졌다. 마오마오가 말했다.

"무슨 말을 해야 할지 모르겠지만, 그 새장 모양의 펜던트를 그리는 데 몰두하는 동안 아이들을 향한 당신의 사랑을 간접적으로 느낄 수 있었어요. 당신에게 일어난 일이 당신 잘못이 아니고 쓰치의 잘못은 더더욱 아닌 것처럼, 쓰치에게 일어난 일도 결코 당신의 잘못이 아니에요."

며칠 후 이원은 첸이웨이의 전화를 받았다. 그녀는 맹물 같은 말투로 응답했다.

"무슨 일이에요?"

뭐라고 불러야 할지 몰라서 주어를 생략했다. 첸이웨이가 자기 키보다 낮은 목소리로 말했다.

"보고 싶어. 당신이 있는 곳으로 가도 될까?"

때마침 마오마오가 없었다.

"내가 있는 곳을 어떻게 알았어요?"

"그냥 그럴 것 같았어."

이원의 맹물 같은 목소리에 잉크 한 방울이 떨어져 꽃잎처럼 퍼지며 바닥으로 가라앉았다.

"첸이웨이, 우리 서로 놓아주기로 해요. 나 며칠 전에야 겨우 쓰치를 보러 다녀왔어요."

"제발 부탁이야."

첸이웨이의 목소리가 오리 같았다.

문을 열자 첸이웨이가 서 있었다. 거만한 얼굴이 예전 그대로였다. 그가 말없이 이원의 집을 둘러보았다. 책과 영화 DVD가 어지럽게 쌓여 있었다. 이원이 아일랜드 식탁 뒤로 가자 첸이웨이가 주방의 스툴에 앉아 이원의 민소매 상의와 반바지 밖으로 드러난 살결을 응시했다. 호텔 침대처럼 새하얀 그녀의 피부가 그가 와서 누워주기를 기다리고 있었다. 커피 향이 퍼졌다. 이원은 그에게 부드럽게 대하지 않으려고 무진 애를 썼다.

그의 앞으로 커피 잔을 내밀었다.

"뜨거워요."

날씨가 더운데도 첸이웨이는 양복 재킷을 벗지 않고 손으로 머그를 감싸 쥐었다. 이원이 냉장고에서 뭘 찾는 동안 남자 양말이 첸이웨이의 시선에 잡혔다. 이원이 아일랜드 식탁 뒤에 앉았다. 첸이웨이가 손을 뻗어 그녀의 귓바퀴를 만지자 이원이 고개를 돌렸다.

"첸이웨이."

"나 술 끊었어."

"잘됐네요. 정말."

첸이웨이의 말투가 갑자기 상기되었다.

"정말로 끊었어. 이원, 나 이제 오십이 넘었어. 당신을 이대로 놓칠 수 없어. 당신을 진심으로 사랑해. 아파트가 싫으면 이사해도 돼. 당신이 살고 싶은 곳에서 살아. 집 안을 마음대로 어질러도 괜찮아. 냉장고에 정크푸드를 채워놓아도 상관없어. 내게 한 번만 기회를 줘. 제발. 나의 핑크색 이원. 응?"

그가 그녀의 숨결을 들이마셨다.

이원이 속으로 생각했다.

'어떻게 하면 이 남자를 싫어할 수 있을까?'

두 사람이 한 몸으로 엉켜 소파에 누웠다.

첸이웨이가 그녀의 작은 가슴 위에 엎드렸다. 방금 전 절정의 여운이 아직 그녀의 몸속에 남아 있었다. 그녀의 등허리에서 규칙적인 경련을 느낄 수 있었다. 뒤로 휘어질 때는 밀물, 앞으로 구부러질 때는 썰물이었다. 그녀가 푸르스름한 정맥이 도드라질 만큼 주먹을 꽉 쥐었다가 천천히 힘을 빼고 손을 펼치며 팔 전체를 소파 아래로 늘어뜨렸다. 첸이웨이는 그녀의 손바닥에 난 손톱자국을 보았다. 핑크빛이었다.

이원이 유리주전자를 옮기듯 조심스럽게 첸이웨이의 머리를 옆으로 밀어놓고 옷을 입었다. 이원이 일어나 안경을 벗은 첸이웨이의 아기 같은 얼굴을 물끄러미 쳐다보았다. 이원이 그에게 옷을 건넨 뒤 옆에 앉았다.

"날 용서해주는 거야?"

이원이 차분한 말투로 말했다.

"내가 뭘 두려워하는지 알아요? 그날 밤 당신이 잠에서 깨지 않았더라면 나는 과다출혈로 죽었을 거예요. 당신을 떠나 있는 동안 내게 삶에 대한 욕심이 많다는 걸 알았어요. 뭐든 다 참을 수 있어요. 하지만 당신이 날 죽였을 수도 있다는 걸 생각하면 참을 수가 없어요. 모든 일에는 융통성이 있지만 생사는 칼로 자르듯 분명해요. 그때 내가 죽었다면 집 안을 가득 채운 사진들 속에서 우리가 눈을 크게 뜨고 당신을 보고 있겠죠. 그러면 당신은 그렇게 말짱한 정신으로 공허하게 생을 마감할 건가요? 아니면 술을 더 많이 마실 건가요? 당신이 날 사랑한다는 걸 믿어요. 그래서 더 당신을 용서할 수가 없어요. 난 이미 여러 번이나 당신을 위해 나의 마지막 한계선을 양보했어요. 하지만 이번에는 정말로 살고 싶어요. 그거 알아요? 학교에 휴학계를 냈을 때 교수님이 약혼자가 어떤 사람이냐고 물으셨죠. 그때 난 이렇게 대답했어요. 소나무 숲 같은 남자라고. 영어사전을 뒤져가며 내가 말한 것이 지구상에 있는 소나무 중 제일 곧고 단단한 품종이라는 것도 확인했어요. 예전에 내가 당신에게 자주 읽어주었던 사랑에 관한 시집을 기억해요? 지금 읽으면 그게 내 일기 같아요. 첸이웨이, 이거 알아요? 난 별자리를 안 믿지만 오늘 신문에서 보니 당신이 연말까지 운세가 아주 좋대요. 여자를 만날 운을 포함해서요. 잔인하다고 나무라지 말아요. 나도 당신에게 잔인하다고 하지 않았으니까. 첸이웨이, 당신은 좋은 사람이에요. 다시는 술을 마시지 마요. 그리고 진심으로 당신을 사랑하는 여자를 만나요. 설령 당신이 운다 해도 난 당신을 사랑하지 않을 거예요. 정말로 당신을 사랑하지 않아요. 다시는 사랑하지 않을 거고요."

마오마오가 돌아와 문을 열자 이원이 샤워하는 소리가 들렸다. 소파에 털썩 앉았는데 등받이 뒤에 뭔가 있는 느낌이 들었다. 둘둘 말린 넥타이였다. 회색 넥타이가 마오마오의 시야에 어두운 그림자를 드리웠다. 샤워 소리가 멈추었다. 잠시 후 헤어드라이어 소리가 들릴 것이다. 그녀가 머리를 다 말리기 전에 결정을 내려야 했다. 그녀의 슬리퍼가 시야에 들어왔다. 그다음은 종아리, 그다음은 허벅지, 그다음은 반바지, 그다음은 상의, 그리고 목과 얼굴이 보였다.

"이원."

"네?"

"오늘 누가 왔었어요?"

"왜요?"

그가 넥타이를 내밀었다. 구겨져 있던 넥타이가 그의 손바닥 위에서 한숨을 내뱉듯 느슨하게 풀어졌다.

"첸이웨이가 왔었어요?"

"네."

"당신 몸에 손을 댔어요?"

마오마오는 자신이 고함을 지르고 있다는 걸 알았다.

이원이 화를 냈다.

"내가 왜 대답해야 하죠? 우리가 무슨 사이라도 돼요?"

마오마오의 마음속에 장대비가 퍼부었다. 비에 흠뻑 젖은 강아지가 울면서 절룩거리고 있었다. 마오마오가 목소리를 낮추었다.

"난 이만 갈게요."

문이 소리 없이 닫혔다. 한 번도 열리지 않았던 것처럼 조용하게…….

이원은 집 안을 정리했다. 문득 모든 게 다 거짓인 것 같았다. 모두 그녀에게 뭔가를 요구하고 있지만 그녀의 것은 도스토옙스키뿐이었다.

한 시간 뒤 마오마오가 돌아왔다.

"저녁거리를 사러 나갔다 왔어요. 오래 걸려서 미안해요. 밖에 비가 와요."

누구에게 해명하는 건지, 무엇을 해명하는 건지 알 수 없었다. 마오마오가 사온 것들을 냉장고에 넣었다. 그의 손이 너무 느려 냉장고의 문열림 경고음이 울렸다.

마오마오가 말했다. 그의 목소리에도 비가 내리고 있었다. 쇼윈도 너머 치러우 밖에 내리는 비가 아니라 문밖에서 사람을 기다리고 있는 비였다.

"이원, 나 자신에게 실망했어요. 나의 유일한 장점이 분수를 잘 아는 거라고 생각했어요. 그런데 당신 앞에서는 욕심을 누를 수가 없어요. 내 잠재의식 속에서조차 당신이 공허하고 외로울 때 당신 마음속으로 들어가고 싶은 내 마음을 인정할 수 없었어요. 내가 아무 대가도 바라지 않길 얼마나 바랐는지 몰라요. 하지만 그럴 수 없어요. 날 사랑하느냐고 물을 용기도 없어요. 당신의 대답이 두려워요. 첸이웨이가 일부러 넥타이를 두고 갔다는 걸 알아요. 당신에게 이렇게 말한 적이 있죠. 당신이 그를 보는 눈빛으로 날 바라볼 수만 있다면 내가 가진 모든 걸 포기할 수 있다고요. 그건 진심이에요. 하지만 내가 가진 걸 다 합쳐도 고작 그의 넥타이만큼의 가치밖에 없어요. 우리 둘 다 예술을 배웠지만 난 예술의 가장 큰 금기를 어겼어요. 겸허하다고 자만한 거요. 당신 곁에 있을 수만 있다면 그걸로 족하다고 나 자신을 속이지 말았어야 했어요. 당신이 행복하기만 하면 된다고 나 자신을 속이지 말았어야 했어요. 사실 난 바라는 게 훨씬 많으니까. 당신을 사랑해요. 하지만 이기심을 버릴 수가 없어요. 당신을 실망시켜서 미안해요."

이원이 마오마오를 응시하며 뭐라고 말하려다가 입을 다물었다. 혀가 넘어져 일어나지 못하는 것 같았다. 옆집 부부가 섹스를 하며 내뱉는 음란한 욕설이 들리는 것 같았다. 땅속에서 씨앗이 움트는 소리, 다른 쪽 옆집의 노인이 물에 담가놓은 틀니에서 피어오른 기포가 수면에서 퐁퐁 터지는 소리까지 들리는 것 같았다. 이원의 얼굴이 천천히 밝아졌다.

마침내 말을 하기로 결심한 듯 그녀가 웃었다. 곧 입에서 나올 말이 뜨거워 혀를 덴 것처럼 입술이 조금 과장되게 움직였다. 그녀가 한 글자씩 손가락으로 짚어가며 간판을 읽는 어린 아이처럼 또박또박 달콤하게 말했다.

"징敬, 위안苑."

"왜 내게 한 번도 말하지 않았어요?"

"묻지도 않는데 왜 말해야 하죠?"

이원이 손에 들고 있던 허브케이크가 무너지고 갈라질 정도로 웃었다. 마오징위안의 콧수염과 턱수염 사이가 천천히 벌어졌다. 말을 하며 입술이 떨릴 때 그의 수염 밑 피부가 불그스름해졌다. 붉은 흙에서 자라는 풀이 비로소 황토에서 붉은 흙으로 옮겨 심어져 기공을 활짝 열고 향기를 내뿜는 것 같았다. 마오징위안이 활짝 웃었다.

쓰치의 일기를 다 읽고 난 이팅은 예전의 이팅이 아니었다. 자기 영혼의 쌍둥이가 바로 아래층에서, 또 자기 옆에서 유린당하고 더럽혀지고 음식물쓰레기 취급을 받고 있었다. 일기는 지금껏 보지 못했던, 달의 뒷면 같았다. 그녀는 이 세상의 곪아터진 상처가 이 세상 자체보다 크다는 걸 알았다.

이팅은 일기를 외울 정도로 읽고 또 읽었다. 자기가 직접 그 일을 겪은 착각마저 들었다. 일기를 들고 이원을 찾아갔다. 이원이 우는 걸 두 번째로 보았다. 이원의 변호사로부터 여성 인권을 위해 일하는 변호사를 소개받아 함께 변호사를 찾아갔다. 작은 사무실에 뚱뚱한 몸매의 변호사가 앉아 있었다. 그가 앉은 팔걸이의자 하나만으로도 사무실이 꽉 차 보였다.

변호사가 말했다.

"이것만으로는 어쩔 수 없어요. 증거가 있어야 해요. 증거가 없으면 고소해봤자 패소하고 되레 명예훼손죄로 고소당할 거예요."

"증거라면 어떤 것들이에요?"

"콘돔이나 휴지 같은 거죠."

이팅은 왈칵 치미는 구역질을 간신히 눌러 삼켰다.

이팅과 쓰치는 대학 생활을 미리 경험해보고 싶어 대학 체육관에 구경하러 간 적이 있었다. 체육관에서 운동을 하는 남학생들의 얼굴, 몸매, 운동 실력을 보고 점수를 매기기도 했다. 대입고사가 끝난 뒤에 하고 싶은 것들을 리스트로 작성해 벽에 붙여놓았다. 영영 체크되지 못할 네모 칸이 하품하듯 입을 쩍 벌리고 있었다. 어떤 선생님은 반 전체 학생들 앞에서 쓰치가 정신병에 걸렸다고 말했다. 이팅은 그 자리에서 종이를 구겨 선생님 얼굴에 던졌다.

'수영대회가 있던 날 탐폰을 넣지 못했다고 하니까 네가 화장실에서 내가 탐폰 넣는 걸 도와줬어. 리 선생님이 사준 음료수가 내가 좋아하는 것이면 넌 그걸 가방에 넣어 와서 내게 주었지. 내가 받지 않으면 네 얼굴에 일 초쯤 절망감이 스쳤어. 고등학생이 된 후 첫 생일에는 선배의 신분증을 빌려 노래방에 갔어. 우리 둘이 커다란 룸을 차지하고 벼룩처럼 펄쩍펄쩍 뛰면서 놀았잖아. 어릴 적에 부모님들과 연꽃 구경을 갔었어. 그런데 연꽃이 다 지고 잎사귀가 찻잎처럼 돌돌 말려 줄기에 붙어 있었지. 앙상한 나신을 드러낸 연줄기만 연못 전체를 뒤덮고 있었지. 그때 네가 나를 보며 입술말로 말했어. '연꽃이 지고 나니 빗물을 떠받칠 덮개가 없구나.* 참 바보 같아. 인간들처럼.' 나는 우리가 남다르다는 걸 알고 있었어.'

'경찰서에서 너를 데리고 나오면서 나도 모르게 경찰들에게 허리를 굽혀 고맙다고 인사를 했어. 그랬더니 경찰들이 쑥스러워하더라.'

* 소동파의 시 〈동경(冬景)〉의 구절.

'나만이라도 널 더럽다고 비난하지 않았다면 네가 정신을 놓지 않을 수 있었을까?'

이팅이 리궈화를 불러냈다. 그녀는 쓰치의 일을 알고 있다며 그의 아파트에 가자고 했다. 현관문이 닫히는 순간 이팅은 온몸이 선득했다. 머리카락이 두피에서 자라난 게 아니라 두피를 찌르고 들어온 것 같았다. 어항 속 금붕어가 그녀의 손짓에 아무 반응도 하지 않았다. 사람들의 장난에 익숙해진 것이리라. 그녀는 쓰치의 작은 손을 떠올렸다.

현관문이 닫히자 이팅이 말했다. 텔레비전을 켜자마자 습관적으로 뉴스 채널로 돌리듯 당연하다는 말투였다. 사실은 집에서 수없이 연습해온 말이었다.

"쓰치가 왜 실성했을까요?"

"쓰치가 실성했다고? 음, 글쎄. 모르겠구나. 쓰치와 연락한 지 오래됐어. 그걸 물어보려고 날 만난 거니?"

리궈화의 말투가 당장이라도 깨뜨려버리고 싶은 맹물 잔 같았다.

"제가 선생님을 고발할 수 없다는 걸 아시죠? 저는 쓰치가 왜 저렇게 됐는지 알고 싶을 뿐이에요."

리궈화가 소파에 앉아 까끌까끌하게 자란 수염을 만지작거리다가 말했다.

"원래 미친 애였어. 날 고발하겠다고? 무슨 근거로?"

리궈화가 입술을 가늘게 찢으며 웃었다. 그의 슬픈 눈이 금붕어가 뱉어낸 작은 공기방울 같았다. 이팅이 찬 숨을 들이마셨다.

"우리가 열세 살이었을 때 선생님이 쓰치를 강간했다는 걸 알고 있어요. 고발하려고 하면 불가능한 것도 아니에요."

리궈화가 강아지처럼 촉촉한 눈망울로 옛날 이야기를 하듯 말했다.

"얘길 못 들은 모양이구나. 내 쌍둥이 누나가 열 살 때 자살했단다. 어느 날 일어나 보니 누나가 없었어. 마지막 가는 얼굴도 보지 못했지. 밤에 옷으로 목을 매서 죽었대. 둘이 한 침대를 썼는데 나는 누나가 죽는 것도 모르고 옆에서 잠만 자고 있었던 거야. 아무리 나쁜 사람도 동정받을 만한 상처 하나쯤은 있단다."

이팅이 그의 말을 잘랐다.

"프로이트 이론을 들먹일 거면 관두세요. 누나가 죽었다는 게 남을 강간해도 된다는 뜻은 아니니까. 아무리 나쁜 사람도 동정받을 만한 상처가 있다는 건 소설 속 얘기죠. 이건 소설이 아니잖아요."

리궈화가 강아지 같은 눈을 거두고 원래 눈빛으로 돌아왔다.

"이미 미쳤잖아? 나한테 따진들 미친 애가 제정신이 돌아오진 않아."

이팅이 화를 내며 옷을 벗어 던졌다. 그녀의 눈동자 속에 비바람도 불지 않고 맑게 갠 하늘도 없었다.

"날 강간하세요."

'쓰치한테 했던 것처럼. 쓰치가 느낀 모든 감정을 느끼고 싶어요. 선생님을 향한 쓰치의 사랑도 미움도 전부 다. 이천 일 동안 똑같은 악몽을 꾸겠어요.'

"싫어."

"왜요? 날 강간하라고요. 내가 쓰치보다 더 선생님을 좋아했었어요!"

'내 영혼의 쌍둥이를 기다릴 거예요. 선생님은 쓰치를 열세 살의 시간 속에 버렸고 나는 열세 살 이후의 쓰치를 잊어버렸어요. 거기 누워서 쓰치를 기다릴 거예요. 쓰치가 나를 따라올 수 있도록. 쓰치 곁에 있을 거예요.'

이팅이 리궈화의 다리를 붙잡고 매달렸다.

"싫다니까!"

"왜요? 날 강간해요. 쓰치에게 했던 것처럼! 쓰치에게 있는 건 내게도 있다고요!"

리궈화의 발길질이 이팅의 입으로 날아갔다. 이팅이 바닥에 쓰러져 구역질을 했다.

"네 오줌에 그 곰보 얼굴을 비춰봐. 미친 암캐년!"

리궈화가 그녀의 옷을 문밖으로 집어던졌다. 이팅이 천천히 기어나가 옷을 주웠다. 금붕어가 툭 불거진 눈을 어항 벽에 붙이고 바닥을 기어 나가는 자신을 바라보는 것 같았다.

팡쓰치의 부모는 이사했다. 얼마 전까지만 해도 쓰치의 부모는 자신들이 남다르다는 자부심을 가지고 있었다. 하지만 딸이 영문을 알 수 없는 정신병에 걸린 뒤 '내일은 내일의 해가 떠오르고 산 사람은 살아야 한다'는 흔한 말의 의미를 이해할 수 있었다. 이사하던 날 쓰치 엄마는 반지르르한 아파트 벽처럼 매끈하고 고르게 얼굴에 분칠을 했다. 그 속에 뭐가 있는지 아무도 알 수 없었다.

샤오치는 집에서 부모의 노점 일을 거들며 지냈다. 하루 종일 바쁘게 일하고 나면 찜통 속에 들어갔다 나온 것처럼 온몸이 땀에 흠뻑 젖었다. 샤오치는 밤마다 잠들기 전에 기도했다.

"신이시여, 제게 좋은 남자를 보내주세요. 나라는 사람과 나의 기억을 평생 안고 살 수 있는 남자이면 좋겠어요."

자신이 기독교 신자가 아니라는 것도 잊고, 절에 향을 올리러 가자는 부모님에게 반항했었다는 것도 잊었다. 기도를 마치면 조용히 잠을 청했다. 리궈화는 파란 무늬가 그려진 이불을 덮고 옆으로 누워 잠든 그녀를 보고 청자 화병이 쓰러져 있는 것 같다고 했다. 자신은 그 화병에 꽃을 꽂는 사람이라고 했다. 하지만 샤오치는 그것도 기억하지 못했다.

리궈화는 타이베이의 아파트 욕실에서 고개를 숙이고 자신을 내려다볼 때면 문득 팡쓰치가 떠오르곤 했다. 자신의 조심스럽지만 광적이고, 매력적이면서도 한껏 팽창된 자아가 통째로 쓰치 안으로 들어갔던 순간이 생각났다. 쓰치는 그에게 친친 휘감겨 유치한 단어들 속으로 내던져졌다. 그의 비밀, 그의 자아가 그녀의 입에서 나오지 못하고 그녀의 몸 안에 갇혀 있었다. 심지어 마지막까지도 그녀는 그가 자신을 사랑한다고 믿고 있었다. 그것이 바로 언어의 무게였다. 고등학교 교사 시절 작은 동물을 못살게 구는 학생을 타이른 적이 있었다. 학생은 그의 말을 듣고 눈물을 쏟았다. 쥐에게 기름을 뿌리고 불을 붙인 학생이었다. 그의 말을 듣고 우는 학생을 보며 하마터면 그도 왈칵 눈물이 터질 뻔했다. 하지만 한편으로는 몸에 불이 붙은 채 미친 듯이 뛰어다니는 쥐를 비유하는 말들이 저절로 떠올랐다. 별똥별 같기도 하고, 제사 때 태우는 종이돈 같기도 하고, 플래시 불빛 같기도 했다. 이런 문학적 영감처럼 예쁜 소녀도 우연히 만날 수는 있지만 억지로 구한다고 얻어지는 게 아니었다. 불현듯 떠오른 시상처럼 아직 쓰지도 않았고 어떻게 써야 하는지도 모르지만 어쨌든 세상에서 가장 아름다운 존재였다. 반짝이는 비누거품으로 고불고불한 체모를 문지르며 그는 쓰치에 대한 생각을 머리에서 지웠다. 욕실에서 나오기 전 침실에서 기다리고 있는 소녀의 이름을 속으로 세 번 되뇌었다. 그는 예의 있는 사람이었다. 20년이 넘도록 이름을 잘못 부른 적이 한 번도 없었다.

이원은 일주일에 한 번씩 타이중으로 쓰치를 찾아갔다. 쓰치에게 과일을 깎아주고 책을 읽어주었다. 책을 읽기 시작하면 시간 가는 줄도 몰랐다. 고개를 들어보면 어느새 정신병원의 매끄러운 바닥 위로 철 난간의 그림자가 비스듬히 드러누워 있었다. 쓰치는 늘 몸을 잔뜩 웅송그리고 과일을 조금씩 갉아먹었다.

이원이 읽어주던 책에 이런 대목이 나왔다.

"아우슈비츠에서도 따분할 수 있다는 걸 이제야 알았다."

이원이 책 읽기를 멈추고 쓰치를 보았다.

"쓰치, 예전에 넌 이 대목이 제일 섬뜩하다고 했어. 수용소에서도 따분함을 느낄 수 있다는 거 말이야."

쓰치가 기억을 떠올려보려고 애를 썼다. 좁은 미간이 볼록 솟고 손에 든 과일이 뭉개져 즙이 흘렀다. 그러다가 가슴을 활짝 펴고 웃으며 말했다.

"난 따분하지 않아요. 그 사람은 왜 따분했을까요?"

이원은 쓰치의 웃는 모습이 첸이웨이와 결혼하기 전의 자신과 몹시 닮았다는 걸 알았다. 아직 세상의 이면을 보지 못한 웃음이었다.

이원이 쓰치의 머리를 쓰다듬었다.

"키가 컸다며? 이제 나보다 크겠네."

쓰치가 웃었다.

"고마워요."

그 말과 함께 쓰치의 입가에 과일즙이 흘렀다.

마오마오와 가오슝에서 만났다. 이원은 자신이 관광객의 시선으로 고향을 바라보고 있다는 걸 알았다. 한번은 차가 어느 회전교차로를 지나는데 그녀가 불쑥 말했다.

"징위안, 우리 이 길로 가지 말아요."

마오마오가 고개를 끄덕였다. 이원은 옆얼굴을 마오마오에게 보이는 게 두려웠다. 조수석 쪽 백미러에 자기 모습이 비치는 것도 싫었다. 자기 인생이 왼쪽도 오른쪽도 없이 오직 앞만 보고 달리고 있는 것 같았다. 마오마오의 집에 들어서며 이원이 말했다.

"슬퍼요. 내 고향인데도 갈 수 없는 곳들이 많아요. 내 기억의 필름이 풀어져 위험한 곳에 가지 못하도록 막는 노란 선이 된 것 같아요."

마오마오가 처음으로 그녀의 말을 자르고 끼어들었다.

"미안하다고 하지 말아요."

"아직 말하지 않았잖아요."

"영원히 하지 말아요."

"너무 괴로워요."

"그 고통을 내게 나눠줘요."

"아뇨. 나 때문이 아니라 쓰치 때문에 괴로워요. 쓰치 생각만 하면 살인 충동이 들어요. 진심으로."

"나도 알아요."

"나 혼자 있을 때 문득 과도를 소매 안에 숨기는 방법을 궁리하고 있는 나를 발견해요. 정말이에요."

"당신 말을 믿어요. 하지만 쓰치는 당신이 그러는 걸 원치 않을 거예요."

이원이 발갛게 달아오른 눈을 크게 떴다.

"아니에요. 틀렸어요. 문제의 핵심이 어디에 있는지 알아요? 바로 쓰치가 뭘 원하는지 아무도 모른다는 거예요. 쓰치가 없어졌다고요! 당신은 이해할 수 없을 거예요."

"이해해요. 난 당신을 사랑해요. 당신이 죽이고 싶은 사람은 나도 죽이고 싶어요."

이원이 벌떡 일어나 티슈를 뽑아 새빨간 눈가를 닦았다. 붉은 립스틱을 닦는 것 같았다.

"당신이 이기적인 사람이 되는 건 원치 않아요. 그럼 내가 이기적인 사람이 될게요. 날 위해 살아줘요. 그래주겠어요?"

이팅이 입학식을 얼마 남겨두고 이원에게 연락했다. 이팅이 노천카페에서 일어나 손을 흔들었다. 멀리서 이원이 걸어오고 있었다. 이원은 검은 바탕에 흰 물방울 무늬가 있는 원피스를 입고 있었다. 아무렇게나 가리켜도 별자리가 될 것 같았다. 이원은 원래 그런 사람이었다. 그녀의 온몸이 별자리였다. 아름답고 강인하고 용감한 이원 언니였다.

이원은 노천카페에 앉았다. 나뭇잎 사이로 쏟아진 햇빛이 그녀의 하얀 팔뚝 위에 별처럼 내려앉았다.

이원이 이팅에게 말했다.

"넌 아직 열여덟 살이야. 선택할 수 있어. 이 세상에 소녀를 강간하며 즐거워하는 사람이 있다는 걸 모르는 척 살 수 있어. 강간당한 소녀가 있다는 걸 모르는 척 살 수 있어. 쓰치라는 아이가 이 세상에 존재한다는 걸 모르는 척 살 수 있어. 다른 누군가와 공갈젖꼭지와 피아노를 공유한 적 없고, 다른 누군가와 똑같은 취향과 생각을 가진 적이 없는 척 살 수 있어. 부르주아의 평화롭고 안락한 생활을 할 수 있어. 정신에 걸리는 암이 있다는 것도, 쇠 울타리 안에 정신암 말기 환자들을 모아둔 곳이 있다는 것도 모르는 척 살 수 있어. 이 세상에 마카롱과 핸드드립 커피, 수입산 문구만 있는 척 살 수 있어. 하지만 넌 쓰치가 경험했던 모든 고통을 겪고, 쓰치가 그 고통에 저항하기 위해 쥐어짜낸 모든 노력을 따라할 수도 있어. 너희가 태어나서 함께 지낸 시간들과 네가 쓰치의 일기에서 찾아낸 시간들을 모두 합쳐서 말이야. 넌 쓰치 대신 대학에 입학하고 대학원에 다니고, 연애를 하고 결혼해서 아이를 낳아야 해. 퇴학을 당할 수도 있고 이혼을 할 수도 있고 유산을 할 수도 있지. 하지만 쓰치는 그렇게 흔하디흔하고 시시하고 따분한 인생도 경험할 수가 없어. 알아듣겠니? 넌 쓰치의 생각, 감정, 느낌, 기억, 환상, 사랑, 미움, 공포, 방황, 불안, 따뜻한 정, 욕망을 모두 경험하고 기억해야 해. 쓰치의 고통을 단단히 끌어안으면 쓰치가 될 수 있어. 그런 다음에 쓰치를 대신해서 쓰치의 몫까지 사는 거야."

이팅이 고개를 주억거렸다.

이원이 머리카락을 쓸어내리며 말했다.

"넌 이 모든 걸 다 글로 쓸 수 있어. 속죄를 위해서도 아니고 승화를 위해서도 아니고 정화를 위해서도 아니야. 비록 네가 열여덟 살밖에 안 됐고 어느 쪽이든 선택할 수 있지만, 만약 네가 영원히 분노한다면 그건 네가 너그럽지 못해서도 아니고, 선량하지 못해서도 아니고, 이해심이 없어서도 아니야. 누구에게든 이유가 있어. 남을 강간한 사람에게조차 심리학적, 사회학적인 이유가 있어. 이 세상에서 아무런 이유도 필요하지 않은 건 오직 강간당하는 것뿐이야. 넌 선택할 수 있어. 사람들이 쉽게 내뱉는 동사들처럼 내려놓을 수도 있고, 뛰어넘을 수 있고, 벗어날 수도 있어. 하지만 넌 그걸 기억할 수도 있어. 네가 그걸 기억한다면, 그건 너그럽지 못해서가 아니야.

이 세상 그 누구도 그런 일을 당해서는 안 되기 때문이지. 쓰치는 자신의 결말을 모른 채 이것들을 썼어. 지금 쓰치는 자기 자신이 사라졌다는 것조차 모르지만 일기는 또렷하게 남아 있어. 쓰치는 그런 일을 감당할 수 없는 모든 사람들—나를 포함해서—을 대신해서 그 모든 걸 감당했던 거야. 이팅, 네가 운 좋게 살아남았다는 걸 영원히 잊어선 안 돼. 넌 쌍둥이 중에서 살아남은 아이야. 요즘 쓰치에게 갈 때마다 책을 읽어주는데, 그럴 때마다 왜 집에 있는 향초가 생각나는지 모르겠어. 눈물을 흘리며 타고 있는 희고 통통한 초를 볼 때마다 요실금이라는 단어가 떠올라. 그러면 생각하지. 쓰치가 정말로 사랑했었다고. 그 사랑이 자기도 모르는 사이에 새어나왔을 뿐이야. 인내는 미덕이 아니야. 인내를 미덕으로 규정하는 건 위선으로 가득 찬 이 세상이 비틀어진 질서를 유지하는 방식이야. 분노를 표출하는 것이 미덕이야. 이팅, 분노를 표출하는 책을 써. 생각해봐. 네 책을 읽을 수 있는 사람들이 얼마나 행운인지. 직접 경험하지 않고도 이 세상의 이면을 볼 수 있으니까 말이야."

이원이 일어났다.

"징위안이 데리러 왔어."

이팅이 물었다.

"언니는 행복하고 즐겁게 살 수 있어요?"

가방을 들고 있는 이원의 오른손 넷째손가락에 반지 자국이 하얗게 남아 있었다. 지금도 무척 흰 이원의 피부가 예전에는 훨씬 더 희었던 것이다.

이원이 말했다.

"아니. 우린 앞으로 행복하고 즐겁게 살 수 없어. 정직한 사람은 행복하게 살 수 없어."

이팅이 또 말없이 고개를 주억거렸다. 별안간 이원의 코가 빨개지며 눈에서 눈물이 후드득 떨어졌다.

"사실은 무서워. 가끔씩 정말로 행복하거든. 하지만 행복감이 지나가고 나면 곧바로 쓰치가 떠올라. 설사 그게 아주 작은 행복이라도. 나도 남들과 똑같은 사람이 아닐까? 너무 어려워. 내가 정말로 쓰치를 사랑한다면 징위안을 사랑해선 안 돼. 그가 슬픔에 빠진 여자 곁에서 늙어 죽길 바라지 않으니까."

차에 타기 전 이원은 마지막 남은 아이스커피 한 모금을 빨대로 마셨다. 꽃을 입에 문 새 같았다.

이원이 차창을 열고 이팅에게 손을 흔들었다. 바람의 손가락이 이원의 머리칼 사이로 파고 들어가 춤을 추었다. 어릴 적 쓰치와 가지고 놀던 폭죽 불꽃처럼 춤을 추었다. 차가 멀어지며 불꽃이 꺼질 듯 사그라졌다. 이팅은 깨달았다. 자신과 쓰치가 받았던 첫인상이 완전히 빗나갔다는 것을. 늙고 약한 사람은 이원 언니이고, 강하고 용감한 사람은 리궈화였다. 차가 모퉁이를 돌아 사라지기 전에 이팅이 먼저 고개를 돌렸다.

원형 테이블은 세상에서 가장 아름다운 발명품이라고 일컬어진다. 원형 테이블이 생긴 후 서로 상석에 앉으려고 밀치락달치락 하는 시간을 절약할 수 있게 되었다. 게 다리 여덟 개 중 집게다리 한 쌍을 깨끗하게 발라 먹을 수 있는 시간이다. 원형 테이블에 앉은 모든 사람은 손님으로서의 무책임함과 주인으로서의 위풍당당함을 동시에 누릴 수 있다.

장씨 아저씨는 테이블에서도 에티켓 따위는 무시했다. 젓가락을 쭉 뻗어 모둠요리 속 채소를 치우고 고깃점만 골라서 아내의 그릇에 쿡 찔러주었다.

이팅 엄마가 그걸 보고는 팔꿈치로 남편을 툭 건드리며 하이톤의 목소리로 말했다.

“장 선생님 좀 봐. 결혼한 지 저렇게 오래됐는데도 부인 사랑이 넘치잖아.”

장씨 아저씨가 손사래를 쳤다.

“어이쿠, 그런 게 아니에요. 우리 완루가 시집간 뒤로 둘만 남아서 이젠 서로 챙겨주는 게 버릇이 됐어요. 류 선생은 이팅이 대학 간 지 얼마 안 돼서 아직 습관이 안 됐을 거예요.”

모두들 술잔이 기우뚱하도록 박장대소했다.

첸이웨이 어머니가 말했다.

"요즘 남들 앞에서 애정표현 하는 걸 부르는 말이 있던데 그게 뭐더라? 젊은이들이 쓰는 말인데."

리궈화가 말을 받았다.

"플래시 터뜨린다고 하죠!"

우씨 아주머니의 웃는 얼굴에 주름이 자글자글 잡혔다.

"선생님은 역시 좋은 직업이에요. 항상 젊은 애들이랑 있으니까 덩달아 젊어지잖아요."

첸이웨이 어머니가 말했다.

"애들이 부쩍부쩍 자라니 우린 늙기 싫어도 늙을 수밖에요."

셰謝씨 아저씨가 리궈화 부부에게 물었다.

"오늘은 시시를 왜 안 데리고 오셨어요?"

친한 이웃들과 있으니 리궈화의 아내도 마음이 편했다.

"친구 집에 숙제하러 갔어요. 그 집에 다녀올 때마다 양손에 쇼핑백을 주렁주렁 들고 와요. 아무래도 백화점에서 숙제를 하나 봐요! 이게 다 애 아빠가 너무 오냐오냐해서 그래요."

그녀가 남편 탓을 하자 리씨 아주머니가 웃었다.

"그래도 딸들은 용돈을 제 몸에다 쓰니 다행이지 뭐예요. 남자친구한테 쓰는 거보단 백 번 낫지."

리궈화 아내가 농담 섞인 푸념을 했다.

"제 몸에 돈을 쓰는 게 결국 남자친구한테 돈을 쓰는 거죠."

이팅 엄마가 역시 하이톤으로 말했다.

“우리 딸은 벌써 시집간 것 같아요. 이제 겨우 대학 들어갔는데 화성에라도 가버린 것 같다니까요. 명절에도 집에 안 오지 뭐예요.”

옆에 앉은 이팅 아빠는 아까부터 작은 소리로 구시렁거리고 있었다.

“어디 내가 집어주기 싫어서 그런 건가? 자기가 싫어하는 음식이니까 그랬지.”

셰씨 아저씨 부인이 남편을 흘긋 보며 말했다.

“미국이 아무리 멀다고 해도 집이 정말로 그리우면 타이베이만큼 가깝지요!”

첸이웨이 아버지가 웃었다.

“이팅이 타이베이에서 좋아하는 남자가 생겼나? 뉘집 아들인지 몰라도 복이 굴러들었구먼.”

셰씨 아저씨도 웃었다.

“거리가 중요한 게 아니라 미국 며느리는 대만 며느리만큼 고분고분하질 않아요.”

모두들 큰 소리로 웃었다.

우씨 아주머니의 주름에서 일종의 권위가 흘러나왔다. 그녀가 목청을 가다듬으며 말했다.

“이팅과 쓰치는 함부로 누굴 좋아할 아이들이 아니지.”

이팅과 쓰치.

갑작스런 정적이 테이블 주위를 에워쌌다.

작은 이빨이 촘촘히 박힌 주둥이를 벌리고 테이블 위에 누워 있는 커다란 생선이 무슨 말을 하려다 참는 것 같았다. 눈동자에서 억울함이 배어났다. 비틀린 몸의 절반은 테이블 밑에서 나는 소리를 경청하는 듯 모로 누워 있었다.

이팅 엄마의 소프라노 목소리가 정적을 깼다.

"맞아요. 우리 이팅이 눈이 높아요." 그녀가 어색하게 웃으며 한 마디 덧붙였다. "좋아하는 연예인도 없다니까요."

이팅 엄마의 목소리가 낯선 사람을 보고 짖어대는 개만큼이나 컸다.

우씨 아주머니의 얼굴에 주름이 잡혔다가 금세 펴졌다.

"요즘은 정말 연예인 좋아하는 애들을 별로 못 봤네."

우씨 아주머니가 마른 기침을 하며 리궈화의 아내를 보고 웃었다.

"지난번에 우리 집에 왔을 때 시시가 앉자마자 텔레비전을 켜기에 급히 볼 게 있느냐고 했더니 집에서 중요한 부분을 보다가 왔다지 뭐유."

우씨 아주머니가 모두를 둘러보며 큰 소리로 웃었다.

"엘리베이터를 타고 올라오면서 얼마나 많은 장면을 놓쳤겠어요?"

모두 그녀를 따라 웃음을 터뜨렸다.

리씨 아주머니가 리궈화의 귓가에 손을 대고 소곤거렸다.

“내가 뭐랬어요? 어린애한테 책을 너무 많이 읽어줘도 안 좋다고 했죠? 책을 너무 읽어서 정신병이 생긴 애도 있잖아요. 나는 드라마는 봐도 원작소설은 안 읽는다니까요. 책은 리 선생님처럼 정신력이 강한 사람들만 읽어야 해요. 안 그래요?”

리궈화가 애처로운 표정으로 천천히 고개만 끄덕였다.

천씨 아주머니가 두 사람을 가리키며 리궈화의 아내에게 큰 소리로 말했다. 손가락의 에메랄드 반지가 영롱한 빛을 냈다.

“에구머니나, 저것 좀 봐요. 리 선생님한테 비밀 얘기가 있나 보네.”

첸이웨이 아버지가 말했다.

“우리 사이에 비밀이 있으면 안 되지.”

장씨 아저씨가 웃으며 아내를 감쌌다.

“우리가 지금이라도 딸 하나를 더 낳아서 첸 선생님 댁 며느리로 시집보낼 수 있을지 물어본 거예요. 하하하!”

감히 첸이웨이 부모에게 농담을 하는 사람은 장씨 아저씨밖에 없었다.

첸이웨이 어머니가 큰 소리로 말했다.

“아유, 지금 플래시 터뜨리는 거죠? 늦둥이를 낳고 싶으면 낳으면 되지 우리 아들은 왜 끌어들여요?”

모두들 박장대소했다. 술잔에서 넘친 와인이 순백의 테이블보에 번져갔다. 테이블보가 수줍게 붉어졌다.

리궈화가 그걸 보고 침대 시트를 떠올리며 활짝 웃었다.

"이런 건 플래시 터뜨리는 게 아니라 공수표를 날린다고 하지요!"

사람들의 웃음소리가 공포에 질려 내지르는 새된 비명 같았다.

웨이터가 테이블을 돌며 술을 따라줄 때 첸이웨이만 살짝 고개를 까딱이며 고맙다고 했다.

첸이웨이는 웨이터를 흘낏하며 웨이터치고 의외로 젊다고 생각했다. 그 생각이 그의 마음속에 있는 통점을 찔렀다. 이 세상 모든 게 당연하기만 했던 그는 지금껏 '의외로'라는 말을 써본 적이 없었다.

리씨 아주머니가 그녀답지 않게 수줍은 듯 얼굴을 붉혔다.

"이이가 이렇다니까요. 밖에선 점잖아 보이는데 집에 들어오면 입만 살아 움직여요."

수줍을 나이가 한참 지난 우씨 아주머니가 말했다.

"입만 있으면 못할 것도 없지."

모두들 왁자하게 웃으며 우씨 아주머니와 건배를 했다. 역시 연륜은 못 속인다며 혀를 내둘렀다.

그때 리궈화가 목소리를 잔뜩 깔고 읊조리듯 한마디 했다.

"거실의 서문경西門慶*, 침실의 유하혜柳下惠**!"

사람들은 그 말의 의미는 이해하지 못했지만 리궈화가 틀린 말을 했을 리 없다고 넘겨짚고 그와 잔을 부딪쳤다.

리씨 아주머니가 화제를 돌렸다.

"책을 읽는 게 무조건 나쁘다는 얘긴 아니에요."

"어떤 책을 읽느냐가 중요하지."

책깨나 읽어봤다고 자부하는 첸이웨이 어머니가 고개를 끄덕이며 말을 받은 후 이팅 엄마에게로 시선을 옮겼다.

"이팅에게도 책을 읽어주지 말고 공원에 데려가서 노는 게 더 나았을 거예요."

첸이웨이는 가슴이 아팠다. '이팅에게 책을 읽어주지 말고'라는 말 앞에 '이원'이라는 주어가 생략됐다는 걸 알고 있었기 때문이다.

첸이웨이는 자신의 기억력이 원망스러웠다. 이원이 그의 가슴에 엎드렸을 때처럼 가슴이 묵지근했다.

이원이 눈을 깜박일 때마다 속눈썹이 그의 볼을 간질였다.

이원이 포니테일로 묶은 자기 머리를 붓처럼 쥐고 그의 가슴에 글씨를 쓰다가 갑자기 눈물을 쏟았다.

그가 몸을 일으켜 그녀를 베개에 눕히고 엄지손가락으로

* 중국의 4대 기서《금병매(金甁梅)》에서 반금련(潘金蓮)과 불륜을 저지르는 호색한.

** 춘추 시대 노나라의 현자. 추운 밤 집이 없는 여인을 불쌍하게 여겨 자기 집에 데려와 품에 안고 잤지만 그녀를 범하지 않은 일화가 유명하다.

눈물을 닦아주었다. 그녀는 벌거벗은 채 목에 핑크다이아몬드 목걸이만 걸고 있었다. 다이아몬드가 플래시처럼 그녀의 뺨을 비추었다.

코끝이 빨개진 이원은 평소보다 더 어린 양처럼 보였다.

이원이 말했다.

"날 영원히 잊으면 안 돼요."

첸이웨이의 눈썹이 미간에 모여들어 봉긋하게 솟았다.

"물론 우린 영원히 함께 있을 거야."

"아니요. 내 말은 당신이 진정으로 나를 갖기 전인 지금의 내 모습을 기억해달라는 거예요. 지금의 내 모습을 다시는 볼 수 없을 테니까. 내 말 알아듣겠어요?"

첸이웨이는 알았다고 대답했다.

이원이 고개를 돌리며 눈을 감았다. 목이 비틀리는 순간 목걸이가 달랑거렸다.

첸이웨이가 원탁을 둘러보았다. 사람들이 입을 크게 벌리고 왁자하게 웃었다. 그들의 혓바닥이 현금지급기가 현금을 토해내듯 날름거렸다. 웃다가 눈물이 찔끔 나올 때의 그 영롱한 빛이 금화로 가득 찬 둥근 연못을 비추고, 금화가 그들의 검은 눈동자에 거꾸로 비쳤다.

첸이웨이는 말쑥한 차림으로 앉아 이원의 차가운 두 손이 그의 엉덩이를 움켜쥐고 깊숙한 곳까지 그에게 호응하는 상상을 했다.

그녀가 말했다.

"사랑한다고 말해줘요."

"사랑해."

"영원히 사랑하겠다고 말해줘요."

"영원히 사랑할게."

"아직도 날 기억해요?"

"당신을 영원히 기억할 거야."

마지막 음식이 나오자 장씨 아저씨가 또 아내에게 음식을 집어주었다.

리씨 아주머니가 손가락을 펼쳐 움직이며 다 들으란 듯 큰 소리로 말했다.

"당신이 자꾸 이러면 새로 산 내 반지를 아무도 못 보잖아!"

모두들 시끌벅적하게 웃음을 터뜨렸다. 모두들 즐거웠다.

쓰치와 이팅의 아파트는 여전히 휘황찬란하고 풍요로웠다. 그리스식 원기둥은 시간이 흘러도 손때 묻은 흔적이 보이지 않았다. 위용을 자랑하며 우뚝 솟은 아파트가 성스러운 신전을 연상시켰다. 오토바이를 타고 지나던 사람들이 고개를 돌려 한 번 더 쳐다보고는 헬멧 마스크를 올리고 뒤에 탄 친구나 가족에게 말했다. 이 아파트에 살 수 있다면 그것만으로도 행복한 인생일 거라고…….

작가 후기

'천사를 기다리고 있는 소녀'야, 나는 B와 결혼했어.

나의 정신과 주치의에게 늘 이렇게 말해.

"이제 정말로 쓰지 않을 거예요."

고등학교를 졸업하고 8년 동안 나는 집, 학교, 카페만 왔다 갔다 했어. 카페에서 이어폰을 끼고 글을 쓰며 옆 테이블에 앉은 사람들의 입모양만 보고 그들이 무슨 얘기를 하는지 추측하곤 했어. 엄마와 아들처럼 보이는 연인도 있고 연인처럼 보이는 자매도 있었어. 나는 셀프서비스 카페를 제일 좋아해. 바로 1초 전까지만 해도 스마트폰에 대고 이가 빠질 듯 통화하던 양복 차림의 남자가 커피를 들고 조심스럽게 테이블에 앉았어. 건장한 몸집의 남자가 작은 커피 잔 하나 때문에 고분고분해졌지. 그때가 바로 사람의 본성을 들여다볼 수 있는 순간이었어. 난 그들의 얼굴에서 태어나기도 전, 양수 속을 떠다니던 때의 표정을 보았어. 그리고 나의 소녀 시절을 떠올렸어.

고등학생 때 그 수업이 끝나던 시간을 영원히 잊지 못할 거야. 우리 반은 '다른 반'들과 다른 건물에 있었어. 나는 '다른' 건물에서 나와서 친구의 수업이 끝나기를 기다렸어. 중학교 때부터 친한 친구였어. 건물 앞 작은 정원에 아몬드나무가 심어져 있고 나무 아래에 검은색과 흰색이 점점이 박힌, 돌로 된 테이블과 벤치가 있었어. 벤치 위에 쌓인 먼지는 기다림을 의미해. 여름이었을 거야. 긴 머리를 싫어하는 말괄량이 소녀가 엄마에게 붙잡힌 풍성한 포니테일 머리처럼 나뭇잎이 무성하게 자라나 있었어. 잎사귀 사이로 새어든 햇빛이 검은 테이블 위에 내려앉아 동전처럼 둥글고 반짝거리는 무늬를 만들었어. 중학교 시절 하교 후 학원에 다녀오면 나는 항상 그 친구에게 문자메시지를 보냈어. 답장을 받고 내가 답장을 보내면 또다시 답장이 왔어. 그녀는 마지막 문자메시지는 반드시 자기 것이어야 한다고 했어. 그래야 신사적이라나. 어느 날 그녀가 전화비 폭탄을 맞았다며 장난 섞인 투정을 했어. 그 말을 듣고 무척 기뻤지만 문자메시지로 작별인사를 하고 싶지 않다는 얘기는 하지 않았어. 영영 작별하는 것은 아니라도 말이야. 계산할 수 있을 만큼 순진한 사랑이 있다는 걸 그때 희미하게 알았어.

고개를 들어 아몬드나무를 올려다보았어. 통통하게 물이 오른 초록 잎사귀들이 서로 몸을 비비며 새살대는 소리가 들렸어. 입동 무렵 발밑에 떨어진 노란 낙엽들의 속삭임과는 달랐어. 여름 잎사귀들의 아우성에는 아무것도 모르는 천진함이 섞여 있었지. 나는 중학생 때 일 지망 우수반에 들어가기 위해 쉬는 시간에도 자리에 앉아 문제집을 풀었어. 활발한 그녀는 목청껏 소리를 지으며 배구를 했고. 내 시선은 문제집에 고정되어 있었어. 그녀의 목소리가 무지개색 호르몬을 칭칭 감고 귓속으로 파고들어도 나의 답은 흔들림이 없었지. 그녀의 목소리와 선명한 대조를 이룬, 나의 뻣뻣하고 구부러진 등이 고행하는 사람 같았어. 바람에 실려온 아몬드 향기가 콧속으로 스미면 아침에 먹은 수학문제와 샌드위치와 함께 섞여 사지선다형 햄아몬드샌드위치가 되었어. 나의 미각과 촉각이 그 향기를 음미했지. 친구의 교실을 올려다보면 분필이 칠판을 두드리는 소리가 꼭 노크 소리 같았어. 교단 밑에는 흰 블라우스에 검은 치마를 똑같이 입은 학생들이 앉아 있었어. 얼핏 보아서는 누가 누구인지 알아볼 수 없었지만 그녀가 거기에 있다는 걸 아니까 마음이 놓였어. 다른 쪽에는 배구장이 있었어. 배구하는 아이들의 외침이 양 떼를 모는 사냥개 소리 같았지. 그녀가 배구하는 모습을 떠올렸어. 얼굴이 땀에 흠뻑 젖어도 내게는 땀이 아니라 이슬처럼 보였어. 그날 나는 더는 그녀를 기다릴 수 없다고 말했어. 짜증을 내는 것이 내 자존심을 지키는 방법이라고 생각했지. 그때는 그게 영원한 이별이 될 줄 몰랐어.

그날 너는 내게 너의 이야기를 들려주었어. 나는 도망치듯 밖으로 나와서 평소에 글을 쓰는 카페로 갔어. 카페 문 앞에 도착해보니 나도 모르게 내 손에 노트북이 들려 있더라. 계절이 머리 위로 쏟아져 내렸어. 고개를 들어 하늘을 보니 솥 밑바닥에 가라앉은 노란 기름처럼 답답했지. 데고 나서야 뜨겁게 타오르는 이 세상의 핵심문제가 나 자신이라는 걸 알았어. 나는 카페로 들어가서 크림과 설탕을 넣지 않은 아메리카노를 시키고 두 손을 키보드에 올려놓았어. 그리고 엉엉 소리 내어 울었어. 그때 내가 왜 글을 쓰고 싶었는지 나도 몰라. 나중에 반년 동안 글을 읽을 수 없었어. 추악함도 일종의 지식이야. 하지만 미의 지식과는 달라서 추악함의 지식은 거스를 수 없어. 가끔, 나와 B의 집에서 깨어났을 때 혼자 서 있는 나를 발견해. 과도를 소매 안으로 숨기려고 애쓰고 있어. 나는 추악함을 잊을 수 있지만 추악함은 나를 잊지 않을 거야.

나의 정신과 주치의에게 늘 이렇게 말해.

"이제 정말로 쓰지 않을 거예요."

"왜죠?"

"써봤자 소용이 없으니까."

"그 '소용'이라는 게 무엇인지 정의해봅시다."

"문학은 가장 헛된 수고예요. 우스꽝스럽죠. 이렇게 많이 썼는데도 난 아무도 구하지 못했어요. 심지어 나 자신도 구하지 못했어요. 이렇게 오랫동안 이렇게 많이 썼는데 말이에요. 차라리 그를 칼로 찔러 죽이는 게 나았어요. 정말로."

"난 당신을 믿어요. 여기가 미국이 아닌 게 다행이군요. 미국이었다면 난 지금 경찰에 전화를 걸어 당신을 고발해야 했을 테니까."

"진심이에요."

"나도 진심으로 당신을 믿어요."

"처음부터 살인하고 싶었던 건 아니에요."

"처음에 왜 쓰기 시작했는지 기억해요?"

"생리적인 욕구 때문이었을 거예요. 너무 고통스러워서 어떻게든 발산해야 했어요. 배가 고프면 밥을 먹고 목이 마르면 물을 마시는 것처럼. 그러다가 쓰는 게 습관이 됐어요. B에 대해서는 쓰지 않아요. 난 추악한 일에 대해서만 써요."

"소설을 쓰는 게 그저 습관이라고요?"

"나중에 그녀를 만난 뒤 내 인생이 송두리째 바뀌었죠. 우울함은 거울이고, 분노는 창이에요. 환각과 환청으로 뒤틀린 거울 앞에 있던 나를 그녀가 창 앞으로 데리고 갔어요. 내게 창밖 풍경을 보여주었죠. 그녀에게 고마워요. 그 풍경이 지옥이기는 했지만."

"그래서 글을 쓰기로 했나요?"

"소설 속 이원의 말처럼 그렇게요? 내가 이 세상에 소녀를 강간하며 즐거워하는 사람이 있다는 걸 모르는 척 살 수 있어요? 내가 이 세상에 마카롱과 핸드드립 커피, 수입산 문구만 있는 척 살 수 있어요? 난 그럴 수 없어요. 내겐 선택의 여지가 없어요."

"글을 쓰면서 두려운 게 뭐죠?"

"세상 그 어떤 팡쓰치든 소비되어버릴까 봐 두려워요. 그녀들에게 상처 주고 싶지 않아요. 엽기적이고 선정적인 소설로 보여지는 건 원치 않아요. 매일 여덟 시간씩 글을 썼어요. 쓰는 동안 너무 고통스러웠어요. 언제나 얼굴은 눈물범벅이 되었죠. 다 쓰고 난 뒤에 보니 가장 무서운 건 내가 쓴, 이 가장 무서운 일이 정말로 일어났던 일이라는 사실이에요. 하지만 내가 할 수 있는 건 글을 쓰는 것뿐이에요. 소녀는 피해를 입었어요. 소녀는 독자들이 이 대화를 읽고 있는 지금 이 순간에도 계속 상처받아요. 하지만 악인은 고고하게 높은 곳에 있죠. 글밖에 쓸 줄 모르는 나 자신이 증오스러워요."

"그거 알아요? 당신 글 속에 암호가 있어요. 이런 상황에 처한 소녀만이 해독할 수 있는 암호죠. 설령 한 사람뿐이라고 해도, 수없이 많은 사람들 중에 단 한 사람만 그 암호를 해독한다면 당신은 외롭지 않은 거예요."

"정말이에요?"

"물론이죠."

'천사를 기다리고 있는 소녀'야, 내가 세상에서 제일 상처받길 바라지 않는 사람이 바로 너야. 이 세상에 너보다 더 행복해질 자격이 있는 사람은 없어. 너를 솜사탕 백 개만큼 포근하게 안아줄게.

중학교 중간고사와 기말고사가 끝나는 오후에는 항상 백화점에 가서 영화를 보았어. 평일이라 영화관에 우리뿐이었지. 친구들 중 제일 대담한 아이가 신발을 벗고 다리를 앞자리 등받이에 번쩍 올리면 다른 아이들도 서로 얼굴을 보다가 하나 둘씩 신발을 벗고 다리를 올렸어. 짓궂은 장난이라고 해봐야 그게 전부였지. 친구들과 헤어진 후에 엘리베이터를 타고 올라가던 걸 아직도 잊을 수가 없어. 머리를 포니테일로 묶은 소녀가 피곤하지만 신이 난 손으로 손잡이를 잡았어. 그녀의 손을 보았어. 손톱은 태양이 공전하는 황도 같고, 손가락 마디의 주름은 돌아가는 별자리 같았어. 내 손이 그 옆에 있었어. 내 손은 문제를 푸는 손, 글을 쓰는 손이지 누군가의 손을 잡는 손이 아니었어. 엘리베이터가 6층 건물을 올라가는 동안 나는 방금 전에 본 영화를 까맣게 잊어버렸어. 주먹 하나 거리였지만 유치한 자존심 때문에 아주 멀고 아득하게 느껴졌어.

나중에 자라서 두 번째 자살 시도를 했어. 진통제 백 알을 삼켰다가 비위관을 꽂고 위에 활성탄을 넣어 위세척을 했지. 활성탄이 아스팔트 같았어. 스스로 배변을 하지 못해서 침대 전체가 내 토사물과 똥오줌이었고, 난간을 올린 병상에 누운 채 중환자실로 옮겨졌어. 매끄러운 병원 바닥의 촉감이 내 등을 타고 올라왔어. 혈중산소함량을 측정하는 호스를 꽂기 전에 간호사가 내 매니큐어를 지워주었지. 간호사의 손은 참 따뜻하고 매니큐어 리무버는 차가웠어. 간호사에게 물었어. 나 죽는 거냐고. 그랬더니 죽는 게 그렇게 무서우면서 왜 자살하려고 했느냐고 묻더라. 나도 모르겠다고 했지. 정말로 몰랐으니까. 활성탄 때문에 대변이 흙처럼 검었어. 내 몸 위에 얼기설기 이어진 길 위에서 나는 8년 동안 길을 잃었어.

그녀가 내 손가락 사이로 손을 뻗고 싶어했다면, 내가 마셨던 커피를 마시고 싶어했다면, 지폐 사이에 내 사진을 끼워놓고 싶어했다면, 이제는 내가 읽지 않는 유치원용 책을 선물해주고 싶어했다면, 내가 먹지 않는 음식들을 기억하고 싶어했다면, 내 이름을 듣고 가슴 두근거리고 싶어했다면, 입맞춤하고 싶어했다면, 서로 사랑하고 싶어했다면, 돌아갈 수 있다면. 좋아. 좋아. 모두 좋아. 그녀와 헬로키티가 그려진 침대보 위에 누워 오로라를 보고 싶어. 주위에서 어미 순록이 무지개색 막을 뒤집어 쓴 새끼를 낳고, 토끼가 발정을 하고, 장모 고양이는 자기 죽음을 알고 아무도 모르는 곳으로 가겠지. 푸른 꽃이 잔뜩 그려진 본차이나 커피 잔 속 커피 찌꺼기가 우리에게 이렇게 말할 거야.

'고마워. 비록 내가 이 모든 걸 영영 놓쳐버렸지만.'

자존심? 자존심이 뭐야? 자존심은 간호사가 침대 커튼을 닫고 변기를 내 밑에 집어넣어줄 때 밖으로 흘리지 않고 변기 안에 배변할 수 있는 거야.

린이한

누가 팡쓰치의 낙원을 빼앗았나

2017년 4월 27일, 스물여섯 살의 대만 작가 린이한이 스스로 목숨을 끊었다. 어릴 적부터 작가가 되길 꿈꾸었던 그녀의 첫 소설《팡쓰치의 첫사랑 낙원》이 출간된 지 두 달 남짓 되었을 때였다. 그녀는 소설 속 리궈화의 원형은 자기가 가장 잘 아는 선생님이며 여학생 네 명의 실제 이야기를 듣고 이 책을 썼다고 말했다.

하지만 그녀가 자살한 후 그녀의 부모는 그녀가 열여덟 살에 학원 강사로부터 성폭행을 당한 후 우울증을 앓아왔으며 이 책은 그녀 자신의 이야기를 바탕으로 쓴 것이라고 밝혔다. 이 사건이 대만 사회를 충격에 빠뜨린 뒤 그녀를 성폭행한 학원 강사를 찾아내 처벌해야 한다는 여론이 빗발쳤지만, 같은

해 8월 22일, 대만 검찰은 증거 불충분을 이유로 학원 강사 천싱陳星을 불기소처분했다.

교사와 학생은 성별로 보든, 나이로 보든, 경험으로 보든 모든 면에서 완벽하게 불평등한 관계에 있다. 팡쓰치는 나이 많은 인기 강사 리궈화에게 몸과 마음을 유린당했다. 열세 살 어린 소녀에게 그것은 저항할 수 없는 권력이었다. 감수성 풍부하고 자존심 강한 소녀는 자신을 사랑한다는 선생님의 말을 믿기로 했다. 이 상황을 납득하지 못하는 자기 자신에게 선생님을 '사랑'할 것을 강요했다. 쉰 살 선생님에게 성폭행을 당한 뒤 도움을 청할 곳이 없는 열세 살 소녀에게 그것은 유일한 선택지였다. 그리고 5년 동안 매일 악몽에 시달렸다. 그녀에게 사랑은 곧 악몽이었다.

이와 비슷한 성폭행 사건을 접했을 때 우리가 가장 흔히 하는 질문이 있다. 어째서 부모에게 말하지 않았을까? 어째서 고통스러운 관계를 지속했을까? 이 소설은 이렇게 쉽게 내뱉는 질문들이 얼마나 무지하고 폭력적인지 보여준다.

팡쓰치의 비극에서 가정은 아무런 기능도 하지 못했다. 작가가 이 소설에서 유일하게 언급하지 않은 것이 팡쓰치의 집이다. 팡쓰치의 아빠는 소설 전체를 통틀어 한 번도 등장하지 않고, 팡쓰치의 엄마는 남들에게 딸 자랑을 하면서도 딸이 실성한 후 남의 이목이 두려워 딸을 집에 데려오지 않는다. 팡쓰치가 성교육에 대해 물었을 때도 엄마는 "성교육이라니? 성교육은 성이 필요한 사람한테나 하는 거지"라는 말로 그녀의 입을 막아버렸다.

성교육에 소홀한 것은 가정만이 아니었다. 사회 전체가 성교육의 필요성을 외면했다. 이팅은 이웃 어른들이 모인 자리에서 성에 대한 이야기를 했다가 엄마에게 꾸중을 듣는다. 어른들은 아이들이 성에 대한 이야기를 입에 올리는 것조차 허락하지 않았다.

성교육에 소홀한 사회가 여자에게는 성적 순결을 강요한다. 여자가 순결을 잃는 것은 수치스러운 일이 되고, 남녀 관계에서 여자가 피해를 입어도 모든 책임과 비난은 여자에게 돌아간다. 팡쓰치가 어떤 여학생이 선생님과 사귄다고 말했을 때도 그녀의 엄마는 천박한 아이라고 나무란다. 이런 교육에 길들여진 여자들이 성폭행을 당했을 때 제일 먼저 드는 생각은 자기 보호가 아니라 죄책감이다. 심지어 그들은 상대의 요구를 충족시키지 못했다는 사실에 자책한다. 팡쓰치도 처음 성폭행을 당했을 때 리궈화에게 "죄송하다"고 말했다.

또 다른 피해자인 궈샤오치가 당한 일은 더욱 비참하다. 그녀가 리궈화에게 성폭행당했다는 사실을 알았을 때 그녀 부모의 분노는 리궈화가 아니라 딸을 향했다. 자신이 성폭행당한 사실을 인터넷 게시판에 폭로했을 때 익명의 사람들이 그녀를 향해 쏟아부은 댓글은 성폭행보다 더 잔인했다.

궈샤오치가 성폭행에 침묵할 수밖에 없었던 또 하나의 이유가 있다. 바로 대학 입시이다. 그녀는 인기 강사인 리궈화에게 특별과외를 받을 수 있다는 기대감에 지속적인 성폭행에도 침묵할 수밖에 없었다. 명문대 합격이 유일한 목적이 된 교육 시스템 속에서 학생은 우리 안에 갇힌 채 높은 점수만을 강요당한다. 입시 위주의 교육은 거짓 영웅을 만들어내고 그에게 과도한 권력을 부여한다. 그가 그 권력을 어떤 식으로 휘두르든 학생은 복종하고 사회는 묵인한다.

팡쓰치는 거의 고아나 다름없었다. 집도 있고 자주 왕래하는 이웃도 있고 학교도 있었지만, 가족도, 사회도, 세상 누구도 그녀를 지켜주지 않았다. 이원, 이팅, 엄마에게 도움을 청하려고 했지만 세 사람 모두 팡쓰치를 도와주지 못했다. 이원은 힘이 없었고, 이팅은 너무 늦게 깨달았으며, 엄마는 무관심했다. 팡쓰치는 처음부터 끝까지 혼자서 이 사회와 리궈화를 감당해야 했다. 아이러니하게도 팡쓰치에게 가장 가까운 사람은 리궈화였다. 그녀는 자기 정신에 문제가 생긴 것을 알고 부모가 아닌 리궈화에게 함께 병원에 가줄 수 있느냐고 묻는다. 고아만큼 외로웠던 그녀는 가해자에게 도움을 청할 수 밖에 없었다.

이 책이 출간된 후에도 사람들은 소설 속 이야기 자체보다 과연 팡쓰치가 린이한 본인인지 아닌지에 더 관심을 가졌다. 린이한은 한 좌담회에서 이를 묻는 질문에 몇 초 동안 침묵하다가 "실망하시겠지만 저는 팡쓰치가 아닙니다. 미안합니다"라고 대답한 뒤 이렇게 덧붙였다.

"제가 팡쓰치인지 아닌지는 이 책의 가치와 아무런 관계도 없습니다. 그러므로 그런 질문은 거절하겠습니다."

만약 린이한이 처음부터 자신의 경험을 바탕으로 쓴 책이라고 밝혔다면 이 사회는 그녀를 어떤 시선으로 바라보았을까? 그녀에게 어떤 질문과 힐난을 쏟아냈을까? 그녀를 악의적으로 공격하는 사람은 없었을까?

성폭행을 당한 순간부터 이 사회도 가해자임을 깨달았을 그녀는 사실대로 말했을 때 자신에게 쏟아질 동정과 조롱의 말을 감당할 수 없었을 것이다. 그럼에도 이 소설이 실화를 바탕으로 쓴 작품임을 밝힌 이유에 대해 그녀는 이렇게 말했다.

"책의 앞머리에 '실화를 바탕으로 쓰다'라고 쓴 것은 독자들이 마음의 준비를 하길 바라기 때문이었습니다. 책을 읽다가 불편하거나 고통스러운 단락이 나왔을 때 그런 고통이 실제로 존재한다는 사실을 독자들이 알아주면 좋겠습니다. 책장을 덮고 책을 내려놓으며 '아, 실제가 아니라 소설이라 다행이야'라고 말하지 않길 바랍니다. 물리적으로든, 정신적으로

든 이 책을 내려놓지 말길 바랍니다. 작가인 나처럼 여러분도 쓰치를 동정하고 그녀에게 공감해주면 좋겠습니다. 여러분이 그녀 편에 서주길 바랍니다."

상처는 시간이 흐를수록 희미해지지만 린이한의 고통은 8년 동안 점점 더 깊어져 결국에는 그녀를 죽음에 이르게 했다. 그녀는 결혼을 앞두고 매일 여덟 시간 넘게 집필에 매달려 이 소설을 완성했다. 결혼식 전날에도 한밤중에 화장실에 숨어서 원고를 썼다고 고백했다. 개인적인 감정을 최대한 배제한 언어로 사실을 전달하고자 했던 그녀의 노력이 오히려 가슴을 먹먹하게 한다. 아름다운 문장들의 행간에 꾹꾹 눌러 담긴 고통의 깊이를 감히 헤아릴 수조차 없다.

린이한은 세상을 떠났지만 팡쓰치의 비극은 지금 이 순간에도 계속되고 있다. 이제는 우리가 린이한을 대신해 팡쓰치들을 안아줄 차례다.

2018년 4월

허유영

롤리타인, 롤리타가 아닌 : 21세기판 소녀의 모험

장이쉬안(張亦絢) | 작가

《팡쓰치의 첫사랑 낙원》은 특별하고 소중한 기록이다. 이야기의 줄거리는 대략 이렇다.

……기혼의 유명 학원강사 리궈화는 쉰 살이다. 열세 살의 팡쓰치를 강간하기 전에도 그는 여러 여학생들을 유인해 강간했다. 쓰치가 처음 성폭행을 당하고 5년 뒤 쓰치의 단짝인 류이팅은 경찰서에서 걸려온 전화를 받는다. 경찰서에 가보니 정신 나간 표정의 쓰치가 앉아 있었다. 이팅은 쓰치의 일기를 통해 지난 5년 동안 쓰치가 겪은 일을 알게 된다. 한편, 5년 전 첸이웨이와 결혼한 이원은 나이 차는 크지만 두 소녀와 친구처럼 가깝게 지냈다. 하지만 소녀들의 '문학적 보모'의 자리를 곧 리궈화에게 빼앗기게 된다. 20대의 그녀는 남편

의 폭력에 고통받고 있었다. 이처럼 힘없는 그녀는 소녀들을 지켜줄 수 없었다. 쓰치와 이원 사이에 '불행의 평등'이 존재하고 있었던 것이다. 쓰치에게는 이원의 관심이 유일한 희망이었지만, 쓰치에 대한 리궈화의 성폭행이 심해진 후 쓰치는 도움을 청하지 못했다. 이원은 이팅에게 쓰치의 고통을 잊지 말라고 말한다. 속사정을 모르는 사람들은 여전히 리궈화를 훌륭한 선생님으로 믿으며 쓰치의 실성을 이원이 그녀에게 '책을 너무 많이 읽게 한 탓'으로 돌린다.

이 줄거리가 이 책의 특별함을 보여줄 수는 없을지 몰라도, 이 책에 담긴 문제의식은 지적하고 있다. 나는 문학적인 표현에 중점을 두고 이 작품에 대해 평론하려고 한다. 강간이라는 주제는 이미 많이 다루어졌다. 괴테, 나보코프, 하디괴테의 《친화력》, 나보코프의 《롤리타》, 하디의 《테스》를 참고했다 등등. 이들의 소설 속에서 소녀가 나이, 성별, 문화 등 세 측면에서 불평등했음이 표현되지 않은 것은 아니지만, 소녀가 고통받는 존재일 뿐만 아니라 사회구성원이라는 사실을 보여주는 데는 그리 성공하지 못했다. 토니 모리슨1993년 노벨문학상 수상자은 《가장 푸른 눈》을 집필하던 1965년까지도 강간 피해자는 "누구에게도 관심받지 못하는 개체"였으며, 가장 큰 도전은 피해자의 이야기를 "소녀들 자신의 관점에서 쓰는 것"이었다고 했다.1993년판 《가장 푸른 눈》(초판 1975년)에 수록된 후기에서 여기에서 가장 중요한 말이 바로 '개체'다. 나보코프가 롤리타를 개체로 보지 않았다고 말할 수는 없지만, '개체화된 생명의 깊이와 영혼'이라는 관점에서 본다면《롤리타》는 실패작이다.《팡쓰치의 첫사랑 낙원》은 쓰치의 문학에 대한 애착을 묘사하는 데 큰 비중을 두었다는 점에서 높이 평가할 수 있다.

이밖에도 몇 가지 지적하고 싶은 것이 있다. 첫째, 작가는 성폭력에서 살아남은 사람의 '언어 격차'를 표현했다. 쓰치가 처음 자신의 일을 이야기할 때는 "……내가 리 선생님과 사귄다……"고 표현하며 그것이 성폭행임을 말하지 않았다. 그래서 이팅은 두 사람이 서로 사랑하는 사이 즉 불륜으로 알고 "너 정말 역겨워"라고 말했다. 쓰치의 언어는 경험의 핵심을 담아내지 못했고, 이것이 그녀가 타인은 물론 자아와 지속적으로 소통하지 못하도록 가로막았다.

이 소설은 무척 섬세하지만 그보다 더 훌륭한 점은 쓰치가 자기 자신이나 가해자와 나누는 대화에서 점점 자신에게 불리한 이 '언어 격차'를 좁혀간다는 데 있다. 그녀는 어떤 이론을 사용한 것이 아니라 '상대(선생님)의 언어'로 반격했다. 세심한 독자들은 이 '언어의 마라톤'을 알아차렸을 것이다. 처음 강간당했을 때 공황 상태였던 쓰치는 점점 가속도를 붙여 언어 격차를 좁혀간다. 비록 이 달리기가 읽는 이를 가슴 아프게 하기는 하지만. 그녀가 특별히 똑똑하기 때문에 아니라 곤경에 처한 사람에게서 저절로 나온 지혜라고 하는 편이 더 정확하다. 하지만 폭력은 '언어와 지식의 유효성'을 부정했다. 쓰치에게는 폭력에 저항하는 문명이 있었지만 문명은 야만을 당해내지 못했다.

둘째, 작가 린이한은 인물과 언어를 상당히 노련하게 처리했다. 소설 속 사건은 '사랑'을 과장하는 언어적 환경에서 발생했다. 리궈화는 가르침보다는 사랑을 말한다. 자아도취에 빠진 그의 모습이 보는 이를 역겹게 한다. 하지만 이것이 바로 강간의 중요한 핵심이었다. 소녀의 신체를 침범하면서도 가해자는 가르치는 투로 말한다. 마치 영혼을 죽이는 현장을 생중계하는 것처럼. 리궈화는 문학에 대한 소녀의 갈망을 이용해 문학을 변태적으로 사용했다. 그가 말하는 문학은 가학적이며 정신적인 폭력까지 포함하고 있었다. 이것은 사회적인 병이다.

이원은 쓰치의 사랑을 '실금'이라고 했다. 이 부분은 깊이 생각해볼 만하다. 실금은 신체적 관계와 밀접하다. 실금은 항문의 괄약근이 약해져 사람이 자기 힘으로 자기 육체를 통제할 수 없을 때 생기는 증상이다. 쓰치의 가정은 성에 대해 무지하고 억압적이었다. 심지어 존재하지 않는 것으로 치부하기도 했다. 어린 아이를 '깨끗한 로봇'으로 생각했다. 강간은 여기에서 발생했다. 강간은 폭력이면서 또 육체의 존재성에 대한 부정이었다. 논리를 극단화시키면 성을 배제하고 자녀를 교육하는 가정과 강간이 서로 대척점에 있는 것 같지만 사실은 동전의 양면과 같다.

쓰치는 자신이 리궈화를 믿었던 때를 회상하며 "……정확한 이유는 모르겠지만 장한가를 모두 외우는 사람은 믿을 수 있다고 생각했어요"라고 말한다. 문학에 대해 조금 아는 사람은 이런 낭만적이고 유치한 얘기가 전혀 낯설지 않을 것이다. 이것이 세상에 대해 무지하고 시시한 청춘문학에 오도된 소녀의 착각일까? "한나라 황제가 여색을 중히 여겨 뛰어난 미인을 사모했는데"라는 구절로 시작되는 장한가가 탄생할 수 있었던 것은 왕의 잘못을 지적할 사람이 없었기 때문이다. 양귀비의 '지위 상승'은 여성의 권익과는 관계가 없다. 모두 4장으로 되어 있는 이 시의 2장에서 '사랑의 여왕' 양귀비가 비참하게 죽을 때 작가가 그 죽음을 찬미하는 것인지 조롱하는 것인지 애매하다. 쓰치는 아무런 비판 없이 글의 아름다움에 매료된 걸까, 아니면 고전을 새롭게 해석할 능력을 갖기도 전에 꺾여버린 걸까?

"문학에 대한 추구는 감금과 같은 상태로 도망쳐 들어가는 일종의 자기 제한이다."에린 쿠 닌erin Khuê Ninh, 《배은망덕Ingratitude》, 2011년

문학소녀에 대한 에린 쿠 닌의 이 분석이 핵심을 찌르고 있

다. 쓰치와 이팅은 어른들의 말에 따라 노숙자에게 탕위안을 나누어주고, 이웃집을 방문하고 교류한다. 사회학적으로 볼 때는 폐쇄적이었다고 할 수 없지만 성별에 대한 사고는 폐쇄적이었다고 보아야 한다.

소설 속 리씨 아주머니는 '딸을 시집보내는 일'만 이야기한다 그녀는 강간과는 아무 관련이 없는 것처럼 보인다. 하지만 그녀는 자신의 딸을 폭력적인 첸이웨이와 결혼시키지 않으면서도 이원을 그에게 소개한다. 리궈화가 여학생을 강간하도록 도와주는 차이량도 마찬가지다. 소녀들은 아직 결혼과 거리가 멀지만 '결혼하지 않으면 안 된다'는 인식이 그녀들 주위를 에워싸고 있다. '반드시 결혼해야 한다'는 생각은 성별을 통한 압박을 가져온다. 이웃들의 관심이 도움이 아니라 학대가 될 수 있다. 소녀는 '폐쇄적이었다가 문학에 애착을 갖게 되고, 문학에 대한 애착 때문에 문학의 화신에게 강간당함으로써 감금되는' 과정을 거쳤다.

마지막으로 이 소설은 아주 자연적인 방식으로 독자의 마음속 약한 부분을 건드린다. "언니가 셰익스피어의 십사행시로 눈물을 닦는다면……"이라는 구절을 읽을 때마다 눈물을 참을 수가 없었다. 이 말 속에서 형언할 수 없는 신비로움과 진심이 느껴졌다. 《팡쓰치의 첫사랑 낙원》은 아름다운 작품임에 틀림없다.

성에 관한 모든 폭력에는 사회라는 공범이 있다

차이이원(蔡宜文) | 사회학자

성에 관한 모든 폭력에는 사회라는 공범이 있다.

〈사회적 살인, 강간Rape as Social Murder〉은 미국의 인류학자 케이티 윈클러Cathy Winkler가 성폭행을 당한 후 쓴 글이다. 페미니즘이나 성별을 연구하는 사람들이라면 모두 읽어봐야 할 글이다. '강간' 또는 조금 듣기 좋게 말하는 '성폭행'을 사회학적, 인류학적 페미니즘의 관점에서 다양하게 정의할 수 있겠지만, 이 글의 제목보다 더 강하고 인상 깊은 정의는 없다. 강간은 사회적인 살인이다. 성에 관한 모든 폭력은 '사회적이다.' 다시 말해, 성에 관한 모든 폭력은 가해자 혼자 저지른 것이 아니라 사회 전체가 가해자에게 협조함으로써 발생하고 지속된다.

《팡쓰치의 첫사랑 낙원》에서 사회는 협조자에 그치는 것이 아니라 직접 가해자가 되기도 했다.

소설 속에서 가해자는 리궈화와 첸이웨이다. 리궈화의 경우 작품 전체에 걸쳐 학원, 학부모, 심지어 학원 동료까지도 그를 돕는다. 심지어 학원 동료는 여학생의 경계심을 누그러뜨린 뒤 리궈화의 아파트로 데려다준다. 하지만 가해자의 가장 중요한 협조자는 바로 무형의 '사회'이다.

> "성을 금기시하는 사회 분위기가 그에게는 최고의 방패였다. 여학생을 강간해도 세상은 그게 그녀의 잘못이라고 했다. 심지어 그녀 자신조차 자기 잘못이라고 생각했다. 죄책감 때문에 그녀는 그의 곁으로 되돌아왔다……."

리궈화는 똑똑했다. 이 사회가 성폭력을 발견했을 때 가해자 편에 선다는 사실을 그는 잘 알았고, 이 사실을 이용해 수많은 '사랑'을 얻었다. 팡쓰치든 궈샤오치든, 아니면 그 뒤에 줄서서 기다리고 있는 소녀들의 사랑이든. 그가 그럴 수 있도록 허락한 것은 바로 사회였다. 소녀들은 반드시, 또 필연적으로 '강간당한 후'의 자신과 대면하고 가해자를 사랑해야 한다고 자신을 설득했다. 그래서 억지로 욱여넣은 건 그인데 죄송하다고 말하는 것은 소녀들이었다. 그녀들은 이렇게 생각했다. 사랑하지도 않는 사람과 섹스하는 것이 더러운 일이라면,

선생님이 나를 사랑한다면, 정말로 나를 사랑한다면, 그걸로 됐다. 이 사랑의 베일을 찢고 그 진정한 모습을 본다면 그것은 바로 적나라한 '사회적 살인'이다. 궈샤오치를 향한, 그 허구가 아닐 인터넷 댓글들처럼 말이다.

작품 속에서 전개되는 또 하나의 폭력은 첸이웨이의 폭력이다. 첸이웨이는 이미 여러 여자친구들을 때린 전력이 있었다. 그런데 그에게는 절대로 딸을 시집보낼 수 없다던 리씨 아주머니가 이원을 그에게 소개해주었다. 아마 첸이웨이의 부모를 포함해 아파트 주민들이 모두 알고 있었을 것이다. 하지만 그 폭력 앞에서 모두 침묵했다. 성과 성별에 관한 폭력은 한 번도 단독으로 행해진 적이 없다. 반드시 사회 전체가 가해자가 된다. 특히 성에 관한 폭력에는 본질적으로 권력이 개입된다. 권력을 가진 사람이 사회를 장악한다. 리궈화와 첸이웨이는 폭력으로 여학생과 여자의 몸을 지배하고 자유를 억압했으며 그녀들의 일부를 죽였다.

이원이라는 인물은 팡쓰치의 또 다른 모습이면서 리궈화의 또 다른 모습이기도 하다. 피해자이자 아름다운 여성으로서 그녀는 팡쓰치의 미래 모습이지만, 그와 동시에 쓰치와 이팅의 우상이며 멘토이다. 책에 대해 이야기한다는 점이 리궈화와 닮았으며 쓰치와 이팅의 사고를 이끌어주는 사람이었다. 어떤 의미에서 보면 '선생님'과 경쟁 관계에 있었다. 이것은 현실 세계와 비슷하다. 여자가 점점 지식적인 면에서 다른 여자들의 지도자가 되기 시작했을 때 그들은 '보모'처럼 은밀하고 비밀스러웠다. 또 지도자인 동시에 피해자이기도 했다. 이원도 결혼을 위해 학업을 중단했고 결혼이라는 제도에 억압당했다. 쓰치, 이팅, 이원의 보석 같은 시간은 여성 지식이 전달되는 시간이었다. 이 지식의 전달은 정통을 상징하고 더 권위적인 리궈화와 투쟁하려고 애썼지만 남성의 폭력과 사회의 폭력에 짓눌려 거의 이루어지지 못했다.

하지만 나는 여전히 작은 희망을 보았다. 팡쓰치나 다른 인물에 대한 '희망'이 아니라 여성 지식의 전달에 대한 '희망'이다. 마왕을 무찌르는 데 실패한 마을 사람들이 다음 세대에 지식을 알려주는 것과 같다. 이원이 첸이웨이에게서 벗어날 때, 이팅이 쓰치에 대해 쌍둥이 자매 같은 우정을 느낄 때, 이원이 이팅에게 마지막 당부를 할 때 그 작은 희망을 볼 수 있다(비록 나는 이원이 다시 마오마오를 사랑할 수 있든 없든 마오마오라는 존재가 너무 아름다워서 현실감을 느낄 수 없지만).

마지막 부분의 이 단락에서 그 희망의 씨앗을 발견할 수 있다.

> "넌 아직 열여덟 살이야. 선택할 수 있어. 이 세상에 소녀를 강간하며 즐거워하는 사람이 있다는 걸 모르는 척 살 수 있어. 강간당한 소녀

가 있다는 걸 모르는 척 살 수 있어. 쓰치라는 아이가 이 세상에 존재한다는 걸 모르는 척 살 수 있어. 다른 누군가와 공갈젖꼭지와 피아노를 공유한 적 없고, 다른 누군가와 똑같은 취향과 생각을 가진 적이 없는 척 살 수 있어. 부르주아의 평화롭고 안락한 생활을 할 수 있어. 정신에 걸리는 암이 있다는 것도, 쇠 울타리 안에 정신암 말기 환자들을 모아둔 곳이 있다는 것도 모르는 척 살 수 있어. 이 세상에 마카롱과 핸드드립 커피, 수입산 문구만 있는 척 살 수 있어. 하지만 넌 쓰치가 경험했던 모든 고통을 겪고, 쓰치가 그 고통에 저항하기 위해 쥐어짜낸 모든 노력을 따라할 수도 있어. 너희가 태어나서 함께 지낸 시간들과 네가 쓰치의 일기에서 찾아낸 시간들을 모두 합쳐서 말이야. 넌 쓰치 대신 대학에 입학하고 대학원에 다니고, 연애를 하고 결혼해서 아이를 낳아야 해. 퇴학을 당할 수도 있고 이혼을 할 수도 있고 유산을 할 수도 있지. 하지만 쓰치는 그렇게 흔하디흔하고 시시하고 따분한 인생도 경험할 수가 없어. 알아듣겠니? 넌 쓰치의 생각, 감정, 느낌, 기억, 환상, 사랑, 미움, 공포, 방황, 불안, 따뜻한 정, 욕망을 모두 경험하고 기억해야 해. 쓰치의 고통을 단단히 끌어안으면 쓰치가 될 수 있어. 그런 다음에 쓰치를 대신해서 쓰치의 몫까지 사는 거야."

이 단락이 바로 작가 린이한이 이 책을 쓰게 된 동기일 것이다. 작가는 현실 세계의 이야기와 악의에서 시작해 이 책을 썼다. 하지만 이 책을 썼다는 것 자체가 지식 전달의 가능성을 보여준다. 나는 '피해자'라는 말보다 '생존자'라는 말이 더 두렵다. 처음 강간을 인식하고 성폭력에 관한 모든 이론을 인식한 후부터 나는 이 단어를 사용하는 것이 두려웠다. 우리가 다른 범죄의 피해자를 지칭할 때는 이 단어를 사용하지 않기 때문이다. 절도나 강도, 폭행의 피해자는 생존자라고 표현하지 않는다. 생존이라는 단어를 사용하는 것 자체가 학교 총격 사건, 테러 사건 같은 학살을 묘사하는 것과 같다. 내가 이 단어를 두려워하는 것은 너무 거창하거나 사실적이지 않기 때문이 아니라, 사회 전체의 가해 속에서 살아남은 것을 이보다 더 잘 표현해주는 말이 없기 때문이다.

이 세상 모든 여자들이 이팅과 같다. 설령 친한 친구가 아니라도, 자신이 직접 경험한 적은 없더라도, 뉴스를 보고 가십성 기사를 보며 그들이 어떻게 가해자와 함께 성폭력을 지속하는지 목격할 때마다 갑자기 깊은 숨을 들이 마시며 탄식한다. '아, 나는 오늘 요행히 살아남았구나!' 린이한은 극한의 고통 속에서 이 책을 썼을 것이다. 그녀를 감히 어떻게 위로해야 할지 모르겠다. 내가 유일하게 할 수 있는 것은 그녀에게 감사를 전하는 것이다. 그녀로 인해 우리는 사회에 의해 살해당한 여자들의 생각과 느낌을 끌어안고 그 느낌을 기억한 채 그녀들의 몫까지 살 수 있게 되었다.

팡쓰치의 첫사랑 낙원

1판 1쇄 발행 2018년 4월 25일 **1판 3쇄 발행** 2024년 4월 26일
지은이 린이한 **옮긴이** 허유영
펴낸이 박강휘
편집 이승희 **디자인** 홍세연

발행처 김영사
주소 경기도 파주시 문발로 197(문발동) 우편번호 10881
등록 1979년 5월 17일(제406-2003-036호)
구입 문의 전화 031)955-3100 **팩스** 031)955-3111
편집부 전화 02)3668-3292 **팩스** 02)745-4827 **전자우편** literature@gimmyoung.com
비채 블로그 blog.naver.com/viche_books
인스타그램 @drviche @viche_editors **트위터** @vichebook
ISBN 978-89-349-8136-7 03820 책값은 뒤표지에 있습니다.

비채는 김영사의 문학 브랜드입니다.